WORLD TEACHER 2
이 세 계 식   교 육   에 이 전 트

네코 코이치 지음 Nardack 일러스트 이승원 옮김

예밀리아 *Emilia*

맡겨만 주세요!

새로운 생활을 위한 준비, 착착 진행 중——

월드 티처

이세계식 교육 에이전트

네코 코이치 지음
Nardack 일러스트
이승원 옮김

2

CONTENTS

Illust : Nardack

주얼 터틀.

온몸이 바위나 특수한 광석으로 되어 있어서 강철보다 더 단단한 거북이 형태의 마물이다.

평범한 무기와 마법은 통하지 않으며, 내 열 배는 될 듯한 거대한 몸집을 지녔기에 무시무시한 마물로 여겨지고 있다. 하지만 몸이 바위로 된 탓에 매우 걸음이 느려서 쉽게 도망칠 수 있다.

하지만 등딱지에 달려 있다는 보석은 비싼 가격에 거래되기 때문에 일확천금을 노리는 모험가들이 이 마물에게 도전하는 일이 빈번하게 일어나는 것 같다.

하지만 이 마물의 엄청난 방어력과 무시무시한 힘 때문에 목숨을 잃는 모험가가 태반이라고 한다.

우리는 그런 주얼 터틀과 현재 싸우고 있었다.

"갑니다! '에어 샷'."

에밀리아의 손에서 뿜어져 나온 바람의 구슬이 마물의 등딱지에 닿았지만, 표면에 약간의 상처만 냈다. 저 바람마법은 자그마한 바위를 간단히 박살내지만, 역시 등딱지를 부서뜨리는 건 무리였다.

"다음에는 촉수를 노려!"

"예! '에어 슬래시'."

움직임이 느린 주얼 터틀이 무시무시한 이유는 엄청난 방어력과 등딱지에서 뻗어 나오는 수많은 촉수 때문이다. 그 촉수는 자유자재로 움직이며 인간의 육체를 간단히 찢을 정도의 힘을 지녔기에 함부로 접근할 수 없다.

하지만 촉수는 바위가 아니기 때문에 에밀리아가 날린 바람의 칼날에 절단됐다.

"잘했어. 이대로 계속 시선을 끌고 있어."

나는 에밀리아에게 지시를 내리면서 오르막길에서 마법진을 그리고 있었다.

어떤 광석과 약초를 조합해서 만든 특수한 액체로 그리고 있는 것은 지형을 조작하는 흙속성 초급마법 '크리에이트'의 마법진이다.

그 마법진에 마력을 흘려 넣어서 발동시키자, 지면에 내가 쏙 들어갈 수 있을 정도의 구멍이 생겼다.

이제 이걸 설치하면…… 준비가 끝났다.

"좋아, 준비 완료. 에밀리아!"

"예!"

촉수가 잘린 바람에 분노한 마물이 내가 보낸 신호를 보고 이쪽으로 오는 에밀리아를 쫓아왔다.

그 움직임에 맞춰 나도 후퇴했고, 마물이 내가 만든 구멍의 바로 위를 지날 때…….

"전부 잘라버려!"

"예! '에어 슬래시'."

내 지시에 따라 날린 에밀리아의 마법이 등딱지에 달린 촉수를 전부 절단했다.

"잘했어. 발동!"

그리고 촉수가 전부 잘린 것을 확인한 후에 나와 구멍 사이에 존재하는 '스트링'에 마력을 쏟아 넣자, 폭발음을 내면서 마물의 상반신이 들리며 그대로 뒤집어지면서 쓰러졌다.

어느 정도 들어올리기만 하면 등딱지의 체중 때문에 저절로 넘어가는 것이다.

"와아…… 저렇게 커다란 마물을 어떻게 뒤집은 거죠?"

"아까 만든 구멍에 '임팩트'를 설치해뒀어."

구멍에는 강철로 된 전차조차 파괴하는 대전차 지뢰를 이미지한 '임팩트'를 대기 상태로 설치해뒀다.

대기 상태로 내버려둬도 언젠가 터지지만 미리 마력의 실인 '스트링'을 연결해두면 그것을 통해 마력을 주입해서 임의로 발동시키는 게 가능하다. 즉, 유선식 리모컨 폭탄 같은 것이다.

언덕에 올라오느라 몸이 기울어진 상태에서 '임팩트'의 충격을 몸 아랫부분에 가하면, 해치울 수는 없어도 몸을 뒤집어 버릴 수는 있다.

"지금이다아아앗!"

그리고 마물이 뒤집힌 채 쓰러지면서 무방비한 복부를 드러낸 순간…… 레우스가 몸을 날렸다.

주얼 터틀의 약점은 복부의 중심에 존재하는 심장이며, 레우스는 그곳을 노리기 위해 대기하고 있었던 것이다. 몸을 날린 레우스는 마물의 몸 위로 단숨에 뛰어올라가더니, 심장이 있을 것으로 추정되는 붉은 부분을 향해 있는 힘껏 검을 찔러 넣었다.

"오, 오오?!"

하지만 등딱지만큼은 아니더라도 배 또한 단단했기에 검은 절반 정도만 들어간 것 같았다. 또한 마물은 고통 때문에 날뛰기 시작했고, 레우스는 검을 밀어 넣는 것은 고사하고 검에 매달린 채 떨어지지 않도록 버티는 게 고작이었다.

"레우스, 검을 놔라!"

"하지만! 조금만 더 밀어 넣으면…… 해치울 수 있어!"

원래 이 마물은 뒤집혔을 때 촉수로 몸을 일으키지만, 아까 에밀리아가 마법으로 촉수를 전부 잘라버렸기 때문에 그럴 수가 없다.

하지만 촉수는 금방 재생되는 것 같으며, 마물이 몸을 일으킨다면 레우스는 그대로 깔리고 만다. 그래서 나는 화를 내는 듯한 목소리로 레우스에게 명령을 내렸다.

"자신의 힘을 과신하지 마! 물러나!"

"윽?!"

레우스는 그제야 상황을 이해했는지 마물에게서 떨어졌다. 그와 동시에 몸을 날린 나는 '에어 스텝'으로 공중을 두 번 걷어차면서 하늘 높이 날아올랐다.

그리고 마물의 머리 위로 올라간 순간, 나는 손바닥에 마력을 집중하면서 전생에서 사용했던 그레네이드 런처를 이미지했다.

"좀 얌전히 있어. '런처'."

마물의 안면을 향해 발사된 마력 구슬은 명중하자마자 방대한 충격파를 뿜으며 마물의 움직임을 한순간 봉쇄했다.

마법은 마물의 안면을 약간 함몰시켰을 뿐이지만, 방금 그 공격은 상대의 움직임을 봉쇄하기 위한 견제이며 진짜 공격은 이거다.

"'매그넘'."

손가락 끝에서 연속적으로 발사된 마력 탄환은 레우스가 마물에 찔러둔 검의 칼자루에 꽂히면서 검을 안으로 밀어 넣었다. 검이 끝까지 다 박힌 순간, 마물은 울음소리를 내면서 사지를 축 늘어뜨리더니 그대로 움직임을 멈췄다.

"해, 해치운 거야?"

"레우스. 다친 데는 없니?"

바로 그때, 마물의 옆에서 숨을 고르던 레우스에게 다가간 에밀리아는 동생을 살피려다······.

"······어? 꺄앗?!"

"누나!"

마물은 아직 살아 있었다.

재생된 촉수로 근처에 있던 에밀리아의 몸을 잡아 그대로 들어 올린 순간······.

"에밀리아!"

나는 허공을 박차면서 디에게서 받은 검으로 촉수를 잘랐다.

그리고 촉수에서 풀려난 후 그대로 떨어지는 에밀리아를 공중에서 안은 후, 레우스의 검이 박혀 있는 장소에 '임팩트'를 날렸다. 그러자 박혀있던 검이 더욱 파고들면서 마물의 숨통을 끊었다. 일단 '서치'로 생태 반응을 조사해서 마물이 죽었다는 것을 확인한 나는 에밀리아를 안은 채 레우스의 곁에 착지했다.

"누나, 괜찮아?!"

"응, 무사해. 시리우스 님, 감사합니다."

"무사해서 다행이야. 하지만 내가 하고 싶은 말이 뭔지는 알지?"

내가 책망하는 듯한 눈길로 쳐다보자 남매는 풀이 죽은 듯한 표정을 지으며 고개를 끄덕였다.

"예. 마물을 쓰러뜨렸다고 생각해서 방심했어요."

"나도 긴장을 풀었어요."

"뭘 잘못했는지는 알고 있나 보네. 하지만 레우스는 하나 더 있지 않아?"

레우스가 마물에게 검을 꽂을 때까지는 괜찮았지만, 그 후의 행동이 문제였다.

검을 더욱 찔러 넣었다면 쓰러뜨렸을지도 모르지만 마물의 움직임에 휘둘리고 있었다. 또한 그 상황에서는 거꾸로 검이 빠질 가능성이 높았다.

그래서 떨어지라고 지시를 내린 건데…….

"응. 지시에 따르지 않아서 미안해요. 조금만 더 하면 될 것 같아서……."

"내 지시를 따르지 않은 것 때문에 화내는 게 아냐."

물론 지시에 따르지 않아도 곤란하지만, 나는 이 남매를 지시 없이는 꼼짝도 않는 병사 같은 애로 키우고 싶지 않았다.

내가 가장 신경 쓰는 것은 바로 판단력이다.

아까 레우스는 혼자 싸우는 게 아니었다. 그러니 내가 말을 걸었을 때 고집을 부리지 않았어야 한다. 자신의 힘으로는 무리이니 뒷일을 아군에게 맡긴다는 판단을 재빨리 내려줬으면 했다.

즉, 최선의 행동을 취할 수 있는 판단력을 길러줬으면 하는 것이다. 그렇게 설명하자, 남매는 명확하게는 아니라도 내 말의 취지는 이해한 것처럼 고개를 끄덕였다.

"즉, 할 수 있는 일과 할 수 없는 일을 재빨리 판단하라는 거야. 알기 쉽게 설명하자면 네가 벨 수 있는 상대와 벨 수 없는 상대를 재빨리 파악하라는 거지."

"응! 알았어!"

왠지 사고방식이 라이오르 할아버지를 닮아가는 것 같아서 걱정이지만, 이해는 한 것 같으니 아마 괜찮으리라.

"어려운 거니까 이 자리에서 바로 이해할 필요는 없어. 그저 머릿속에 넣어둬."

이런 판단은 경험에서 비롯된다. 너희는 아직 어린애니까, 앞으로 성장하며 많은 경험을 한 끝에 자연스럽게 깨닫게 되기를 기대할 뿐이다.

"그리고 실패하더라도 반성해서 다음에 같은 실패를 반복하지만 않으면 돼. 두려워하지 말고 계속 도전해 나가는 거야."

""예!""

일단 설교는 이쯤 해두기로 했다.

"하지만 움직임은 나쁘지 않았어. 에밀리아는 마법을 차분하게 사용했고, 레우스도 몸을 날리는 타이밍도 적절했지. 너희는 확실하게 강해지고 있어."

"정말이에요?!"

"만세! 쓰다듬어줘! 쓰다듬어줘!"

남매가 원하는 대로 쓰다듬어주자 그들은 꼬리를 흔들며 기뻐했다.

설교를 끝낸 후, 주얼 터틀이 지닌 보석을 찾고 있을 때 마물의 몸 위에 올라간 레우스가 고함을 질렀다.

"아아아아아앗──?! 내, 내 검이!"

레우스의 검은 내 '매그넘'에 의해 완전히 파묻혔을 뿐만 아니라, 충격을 견뎌내지 못했는지 칼자루가 완전히 부서졌다. 회수는 고사하고 휘두르는 것도 불가능할 것 같았다.

이 검은 디가 마을에 가서 사온 검이며, 레우스는 이걸 받고 정말 기뻐했다. 나는 무릎을 꿇은 채 풀이 죽어 있는 레우스의 머리를 쓰다듬어주면서 사과했다.

"미안해. 대신이라고 할 수는 없지만, 내 검을……."

"……그건 형님의 검이니까 됐어. 그리고 형님에게 도움이 되기는 했잖아."

"나중에 같이 디에게 사과하자. 그리고 이 보석이 비싼 가격에 팔리면 더 좋은 검을 구해줄게."

"정말?! 고마워, 형님!"

솔직하게 말해, 디가 사온 것은 싸구려 검이다.

성장해서 강해진 레우스에게는 어울리지 않았기에 슬슬 새로운 검을 장만해주고 싶었다. 그러니 이건 딱 좋은 계기일지도 모른다. 하지만 레우스의 추억을 부순 것은 엄연한 사실이니 반성해두자.

그 후 다시 마물의 등딱지를 조사하고 있을 때, 나와 반대편에서 조사하던 에밀리아가 보석을 발견했다.

"시리우스 님, 이쪽에 보석 같은 게 있어요."

"에밀리아, 잘했어."

내가 에밀리아의 머리를 쓰다듬어주며 확인해보니 황금색으로 빛나는 보석이 단단한 암반 같은 등딱지 안에 존재했다. 하지만 미스릴 나이프로 간단히 썰 수 있었기에 흠집 하나 나지 않은 보석을 손에 넣었다.

"와아…… 아름다워요."

"응. 나도 이렇게 큰 건 처음 봐."

크기는 전생에서 본 럭비공만 했다. 가공하지 않은 원석인데도 불구하고 천으로 살짝 닦아만 줬는데도 찬란히 빛났다.

여러모로 고생하기는 했지만, 이렇게 깊은 산속으로 훈련을 하러 온 보람이 있었다. 레우스의 감 덕분에 주얼 터틀을 찾을 수 있었고, 이렇게 거금을 손에 넣을 기회를 얻었다.

"에헤헤……. 노엘 누나와 디 형도 이걸 보면 깜짝 놀랄 거야! 형님, 빨리 돌아가자!"

우리는 깜짝 놀라는 두 사람을 상상하면서 의기양양하게 저택으로 돌아갔다.

《비 온 다음 맑음》

"주얼 터틀과 싸웠다고요?! 그런데…… 그건 어떤 마물인 가요?"

"나는 절대 이길 수 없을 만큼 위험한 마물이야."

"예엣?! 다, 다친 곳은 없죠?!"

우리가 저택에 돌아오자마자 보고를 하자 노엘은 평소와 다름 없는 반응을 보였다.

"우리는 무사해. 그리고 이게 오늘의 전리품이야."

내가 보석을 꺼내서 보여주자, 두 사람은 입을 쩍 벌린 채 그 대로 딱딱하게 굳어버렸다.

"자아, 들어볼래?"

"예~?! 돼, 됐어요! 수많은 접시를 박살낸 저를 과소평가하지 말아주세요!"

자신만만한 목소리로 할 소리는 아니라고 생각하지만 노엘에 게는 건네주지 않았다.

일단 전직 모험가이기에 안목이 좋은 듯한 디에게 건네줘서 감정을 부탁했다.

"……저도 이런 건 잘 알지는 못하지만 상당한 금액일 것 같 군요."

"그렇구나. 이정도 물건이라면 누구한테 파는지도 중요하 겠지."

이걸 팔면 상당한 금액이 들어오겠지만, 그것은 거금이 움직인다는 것을 뜻한다.

만약 우리가 이걸 팔았다는 정보가 퍼진다면 거금을 노리는 도적과 멍청한 놈들이 우리를 표적으로 삼을 것이며, 까딱하면 미행을 당해 저택까지 알려질 가능성도 있다.

꽤 멀리 떨어진 곳에 있는 마을에 가서 팔까, 하고 내가 생각하고 있을 때였다. 디가 미소를 지으면서 나를 쳐다보았다.

"시리우스 님. 이 보석을 매각하는 일은 제게 맡겨주시지 않겠습니까?"

"……이걸 판다는 게 뭘 의미하는지 알면서 하는 소리지?"

"예. 제가 모험가로 활동하던 시절의 파트너에게 팔까 합니다. 믿을 수 있는 사람이죠."

이야기를 들어보니, 그 파트너는 모험가를 관두고 상인이 되었으며, 디가 물건을 사러 가는 마을에 가게를 열었다고 한다.

"지난번에 만났을 때, 그 녀석은 지나가는 투로 희소한 물건을 구하고 있다고 말했었습니다. 그러니 쌍수를 들며 구매할 겁니다."

"흐음, 그럼 비싼 가격에 팔 수 있겠네."

조심성이 많고 사람을 사귀는 게 서툰 디가 이렇게까지 말하니, 이 일은 그에게 맡기기로 했다. 만약 잘 풀린다면 내가 안고 있는 문제는 전부 해결될 것이다.

겸사겸사 또 하나의 문제를 해결하기로 할까.

"그럼 보석은 그렇게 하기로 하고…… 디가 부탁했던 그건 어떻게 됐어?"

"윽!"

디는 그 말을 듣더니 자신의 호주머니를 쳐다보았다. 아마 저 안에 들어있는 것이리라.

"그게 뭐야?"

"어떤 부탁인데요?"

"아…… 그게…….."

우리 집에서 눈치 없기로 소문난 두 사람이 그 말에 흥미를 보였으니, 이대로 입을 다물고 있을 수는 없으리라. 이 자리에 있는 모든 이들의 시선 때문에 디가 서서히 궁지에 몰렸다. 솔직히 말해 이제 디는 도망치지 말아줬으면 싶었다.

"디. 어머니가 했던 말을 떠올려봐."

"시리우스 님…….."

디는 내 말을 듣고 고개를 끄덕이더니 진지한 표정으로 호주머니에서 무언가를 꺼냈다. 그리고 노엘의 왼손 약지에 그것을 끼워줬다.

"와아…… 예쁜 반지네요. 저한테 주는 건가요?"

"노…… 노엘!"

"예?"

그리고 디는 숨을 크게 들이마시더니 노엘의 두 손을 잡고…….

"나와………… 결혼해줘!"

"……예엣?!"

드디어 자신의 마음을 전했다.

"아…… 저기…… 저……한테 한 말인가요?"

"그래. 노엘, 나는 너와 평생…… 함께하고 싶어."

"저는…… 수인인데요? 그리고 노예였던 적도 있는데…….."

"그런 건 상관없어. 나는 노엘을 좋아해. 내 옆에서 항상 웃어 줬으면 해. 그러니까…… 네 대답을 들려줘."

"……예! 저는…… 디 씨의 아내가 되겠어요!"

노엘이 만면에 미소를 지으며 그를 끌어안자, 디는 그런 그녀를 마주 끌어안았다.

기나긴…… 그야말로 10년 넘게 서로를 마음에 뒀던 두 사람이 드디어 맺어졌다.

"노엘. 디. 축하해."

"해냈구나, 노엘 누나! 디 형!"

"축하드려요! 저도 정말 기뻐요!"

"시리우스 님, 다들…… 고마워!"

"고마……워."

어머니…… 보고 있지?

당신을 잃은 슬픔은 아직 사라지지 않았지만, 우리는 이렇게 웃고 있으니까 안심해.

행복을 느끼며 포옹하는 두 사람에게 나와 남매는 아낌없는 악수를 보냈다.

그리고 저녁 식사를 끝내고 결혼을 약속한 두 사람이 어떻게 되었냐면…….

"냐후후…… 디 씨."

"노엘……."

소파에 나란히 앉아 서로의 이름을 몇 번이나 부르며 서로를 응시했다.

완전히 단둘만의 세계에 빠져 있었기에 내버려뒀다간 평생 저러고 있을 것 같았다. 지금까지 어중간한 거리에서 사랑을 해왔던 반동인지 단숨에 불타오르기 시작한 것 같았다.

입안까지 달콤해질 것 같은 공기를 자아내는 두 사람을 에밀리아는 눈을 반짝이며 응시하고 있었다.

"하아…… 멋져요. 저도 언젠가 시리우스 님과…… 앗, 안 돼요! 저는 시종이니까, 곁에 있는 것만으로 충분해요. 언젠가 안아주시기만 하면 그걸로……."

……이쪽에도 자신만의 세계를 만들고 있는 소녀가 있었다.

나는 한숨을 내쉰 후, 에밀리아가 현실로 되돌아올 수 있도록 그녀의 머리를 쓰다듬어줬다.

"앗?! 우후후…… 시리우스 님……."

"돌아왔구나. 그리고 거기 있는 두 사람도 내 말에 귀 좀 기울여줬으면 좋겠네."

"앗?! 죄, 죄송합니다!"

"냐후후……."

……노엘은 여전히 돌아오지 않았다. 뭐, 좋다. 이야기를 하다보면 돌아올 테니까 말이다.

"내일 두 사람의 결혼식을 열까 해."

""""결혼식?!""""

그리고 노엘도 현실에 돌아왔다.

"그렇게까지 하실 필요 없습니다. 저는 노엘과 함께 할 수 있다면 그걸로 충분하니까요."

"그, 그래요. 저희는 그럴 여유가……."

"우리끼리 소소하게 식을 올리는데 돈이 들 리가 없잖아."

엄청 기다리게 했으니까 말이다. 제대로 축하해주지 않으면 마음이 풀리지 않을 것 같았다.

"형님 말대로 하자, 노엘 누나! 디 형!"

"그래요! 저도 두 사람을 축하해주고 싶어요."

"뭐, 너희가 허락을 하던 안 하던 우리는 멋대로 준비할 거야. 두 사람은 준비가 다 될 때까지 기다리기만 하면 돼."

실은 나와 남매들끼리 몰래 준비를 하고 싶었지만, 이 조그만 저택에서 그러다간 바로 들킬 것이다. 그렇다면 같이 준비를 하여 두 사람의 생각을 반영하는 편이 좋은 결혼식이 될 것이다.

우리가 그렇게 말하자 두 사람은 체념한 것처럼 고개를 끄덕이며 미소를 지었다.

""고맙습니다, 시리우스 님.""

결혼식이 두 사람에게 주는 결혼 선물이다.

그렇기 때문에 우리는 밤늦게까지 내일 할 결혼식에 대해 이야기했다.

다음 날, 아침 일찍 일어난 우리는 거실에 모여서 각자의 역할을 확인했다.

"그럼 어제 이야기했던 대로, 에밀리아와 노엘은 의상을 만들어. 레우스는 식량을 조달해. 그리고 나와 디는 요리를 준비하자."

""""""예!""""""

"내가 준 건 어디까지나 견본이야. 무리해가면서 똑같이 만들 필요는 없어."

"아뇨! 오늘 안에 완성하고 말겠어요!"

"예. 에리나 씨에게서 배운 기술을 활용할 때가 왔어요!"

어젯밤에 내가 그린 웨딩드레스 그림을 받아든 에밀리아와 노엘이 힘찬 목소리로 말했다.

"레우스, 무슨 일 있으면 바로 돌아와."

"나만 믿어, 형님!"

지금의 레우스에게 이 주변의 숲은 앞마당이나 다름없다. 그러니 혼자라도 문제없을 것이다.

세 사람이 각자가 맡은 역할을 수행하기 위해 흩어진 후, 나는 디를 데리고 요리실로 향했다.

"그럼 요리를 시작해볼까?"

"한 수 배우겠습니다."

그리고 디는 메모지를 한 손에 든 채 기대에 찬 표정을 짓고 있었다.

내가 새로운 요리를 가르쳐줄 거라는 걸 눈치챈 것 같았다. 정말 요리에 있어서만큼은 탐욕적인 남자다.

"뭐, 새 요리는 레우스가 사냥을 끝내고 돌아와야 만들 수 있거든. 그러니 우선 케이크부터 만들까 해."

"케이크?! 귀족들만이 준비한다는 요리를 저희 결혼식에……."

"네가 생각하는 케이크와 다르니까 안심해."

전생에서는 평범한 음식이었지만, 이 세계의 케이크는 맛보다 겉보기를 중시하는 장식 같은 것이라고 한다. 책에 적혀 있던 정보에 따르면 빵 생지에 설탕을 넣어서 구운 후에 동그랗게 잘라서 과일을 얹기만 하는, 간단한데다 단조롭고 맛없는 음식이다.

그리고 귀족은 빵을 몇 층으로 쌓으며, 높게 쌓을수록 고귀한 귀족이라는 걸 가리킨다고 한다. 즉, 과시용 요리인 것이다.

물론 나는 그런 케이크를 만들 생각이 없다.

달걀과 버터 등으로 케이크 생지인 스펀지를 만들고, 요즘 들어 만들 수 있게 된 생크림과 과일로 꾸미는 평범한 케이크를 만들 생각이다.

"뭐, 이것들을 다 넣고 열심히 섞은 후, 굽기만 하면 돼."

나는 디에게 만드는 법을 가르쳐주면서 작업을 진행했고 재료를 더 섞어서 만든 케이크 생지를 근처에 있던 강철 상자에 부었다.

"이 과정이 가장 어려우니까 몸으로 익혀."

강철 상자는 요리실과는 어울리지 않는 물건이지만, 마을에 가는 디에게 부탁해서 특별히 구한 것이다.

안에는 내가 그린 고열을 뿜는 마법진이 있고, 마력을 흘려 넣어서 가동시키면 안에 있는 것에 전방위에서 열을 가해 굽는다.

즉, 전생에 존재하던 오븐이다.

"……좋아. 이정도 하면 됐겠지. 다음은…….”

"형님! 과일과 새를 잡아왔어!”

무사히 스펀지를 완성하고, 생크림에 대해 가르쳐주려고 할 때, 레우스가 돌아왔다.

"수고했어. 하지만 레우스…… 의욕이 너무 넘친 거 아냐?”

"하지만 노엘 누나와 디 형의 결혼식이잖아? 요리가 부족하면 안 된단 말이야.”

레우스가 맨 가방에는 과일이 넘칠 정도로 들어 있었고, 또한 양손에는 집오리와 비슷하게 생긴 새를 여섯 마리나 쥐고 있었다.

이정도면 5인분이 아니라 10인분은 될 것 같았다. 미리 양을 지정해주는 걸 깜빡하기도 했지만, 이런 상황에서 레우스가 본 능에 따라 행동하게 하면 안 된다는 것을 깨달았다.

결국 파티 요리로 쓰고 남는 식재료를 따로 보존하게 된 탓에 예상했던 것보다 더 귀찮아졌다.

저녁이 되자, 거실을 꾸며서 만든 결혼식장에서 노엘과 디의 결혼식을 거행했다.

나는 주례 역할을 맡았기에 로브를 입고 발판 위에 섰으며, 평 소보다 단정한 옷차림인 디는 아까부터 안절부절 못하면서 노 엘을 기다리고 있었다.

"디 형, 진정해. 노엘 누나는 도망 안 간다고.”

"응……. 그건 알지만.”

레우스는 안절부절 못하는 디를 보고 약간 어이없어 했다.

하지만 결혼식을 치르는 당사자이니 당연한 걸지도 모른다. 평소 무표정하던 디의 그런 모습을 따뜻한 눈길로 쳐다보고 있을 때, 갑자기 문이 열리더니 웨딩드레스를 입은 노엘이 모습을 드러냈다.

"많이 기다렸죠? 드디어 주역이 등장했어요."

노엘의 옆에는 그녀와 손을 맞잡은 에밀리아가 회심의 미소를 짓고 있었다.

레이스를 이어붙이고 천의 볼륨을 이용해 만든 각종 장식은 어머니가 가르쳐준 기술을 활용해 만든 것이리라. 급하게 만들기는 했지만 정말 잘 만든 것 같았다.

노엘은 아무 말 없이 천천히 걸음을 옮기더니 디의 눈앞에 멈춰서면서 미소를 지었다.

"어때요? 저…… 예쁜가요?"

"응…… 예뻐."

디는 완전히 얼이 나간 것 같았다.

그 사이에 에밀리아는 조용히 멀어졌고 두 사람은 긴장한 표정으로 나를 쳐다보았다.

왜일까……. 두 사람이 이렇게 나란히 서 있는 모습을 보니 눈시울이 약간 뜨거워졌다. 딸을 시집보내는 아버지가 된 듯한 기분이지만, 지금은 감상에 젖을 때가 아니다.

"그럼 결혼식을 시작할까?"

""예.""

이 세계의 결혼식은 친족과 지인을 초대하여 그들 앞에서 주례를 보는 신부를 통해 신에게 맹세를 한 후, 파티……라는 식으로 치러진다. 전생의 결혼식과 별반 차이가 없지만, 그것은 어디까지나 귀족의 결혼식이며, 평민이나 평범한 사람의 결혼식은 비교적 자유롭게 치르는 것 같았다.

"딱히 법칙 같은 게 있지는 않은 것 같으니까, 내가 하고 싶은 대로 해도 되지?"

"시리우스 님이 제안하신 결혼식이잖아요. 믿고 맡길게요."

"동감입니다."

"고마워. 두 사람은 내 질문에 대답해주기만 하면 돼."

전생에서 잠입 수사 임무를 수행하기 위해 신부로 위장해서 주례 흉내를 낸 적이 있지만, 설마 진짜로 주례를 하게 될 거라고는 꿈에도 생각 못했는걸.

나는 한 번 헛기침을 한 후, 두 사람에게 등을 보이며 섰다. 그리고 신에게 말을 건네듯 하늘을 우러러보며 입을 뗐다.

"신이시여……. 저희는 지금부터 디머스와 노엘의 결혼식을 거행하려 합니다. 두 사람의 결혼식을 지켜보시고, 둘의 맹세를 들어주시옵소서."

그리고 나는 긴장한 듯한 표정을 짓고 있는 두 사람을 향해 돌아서며 말했다.

"그럼 신랑, 디머스. 그대는 신부 노엘이 아플 때도, 건강할 때도, 항상 사랑하며, 평생을 함께 할 것을 맹세합니까?"

"매…… 맹세합니다!"

"신부, 노엘. 당신은 신랑 디머스가 아플 때도, 건강할 때도, 항상 사랑하며, 평생을 함께 할 것을 맹세합니까?"

"……예, 맹세합니다."

"두 사람은 서로에게 서로를 바칩니까?"

""바칩니다.""

"그럼 신랑은 신부에게 반지를 끼워주십시오."

전생에서는 서로에게 반지를 끼워주지만, 디가 반지를 두 개나 준비하지는 못했기에 노엘에게만 반지를 끼워주기로 했다.

디가 긴장한 탓에 꼼짝도 못할까봐 걱정됐다. 하지만 맡아뒀던 반지를 건네주자 디는 떨면서도 노엘의 왼손 약지에 반지를 끼워줬다.

"……나, 노엘을 반드시 행복하게 해줄 수 있도록 힘내겠어."

"아뇨. 디 씨만이 아니라 저도 힘낼게요. 우리 함께 행복해져요."

"그래."

자연스럽게 좋은 분위기가 형성되자, 나는 두 사람에게 결혼식의 대미를 장식하는 말을 건넸다.

"그럼 맹세의 입맞춤을 하십시오."

""예?!""

입맞춤까지 하는 건 부끄러운 것 같지만 이것도 중요한 의식이니 넘어갈 수는 없었다.

내가 괜한 소리를 용납하지 않는 것처럼 날카롭게 노려보자, 각오를 다진 디가 노엘의 어깨를 잡고 억지로 하듯 입맞춤을 했다.

"꺄아──!"

"아아아앗?!"

하객들이 꽤나 시끄러웠다. 뭐, 심정이 이해되지 않는 것은 아니지만 말이다.

원래 이럴 때는 조용히 해줘야 하지만 한 가족이나 마찬가지인 사이니 봐주기로 했다.

"지금 이 순간부터 두 사람은 부부입니다. 신이시여. 이 두 사람에게 영원한 축복을 내려주소서. 그리고 여러분, 박수 부탁드립니다."

""축하해요!""

남매가 힘차게 박수를 치며 축복하자, 신랑신부는 만면에 미소를 지었다.

"고마워."

"여러분…… 저…… 정말 행복해요! 고마워요. 정말…… 고마워요!"

이렇게 두 사람의 결혼식을 최고의 형태로 끝낼 수 있었다.

'……축하해.'

바로 그때, 비어있던 의자 쪽에서 어머니가 박수를 치며 두 사람을 축복한 듯한…… 느낌이 들었다.

식이 끝난 후, 파티를 열었다.

하지만 참가자가 얼마 안 되고 여흥거리도 없기에, 호화로운 식사 자리나 별반 차이가 없었다.

노엘은 드레스 차림으로 식사를 하는 건 어려운지 평소 입던 메이드복으로 갈아입고 준비된 요리를 즐겼다.

"으음…… 이 고기는 정말 부드럽고 맛이 잘 스며들어 있네요. 최고예요."

오늘 준비한 요리는 칠면조 통구이…… 같은 것이다.

크리스마스가 아니지만 뭔가를 축하하는 자리에서 먹는 음식 하면 이게 가장 먼저 떠올랐다. 게다가 칠면조보다 맛있는 고기이기에 더욱 좋았다.

"저기, 노엘 누나. 드레스가 엄청 잘 어울렸는데, 왜 갈아입은 거야?"

"그건 에미와 같이 만들고, 모두에게 축복을 받은 기념적인 옷이잖아. 소중하게 간직할 거니까 더럽히고 싶지 않아."

"그렇구나. 그건 그렇고, 진짜로 축하해! 노엘 누나!"

"응, 고마워. 시리우스 님, 에미, 레우 군이 보는 앞에서 디 씨가 나를 받아줬어. 나는 정말 행복한 애야."

노엘은 만면에 미소를 지으며 요리를 먹어댔고 그런 노엘에게 지지 않겠다는 듯이 남매 또한 음식을 먹었다. 하지만 잠시 후, 에밀리아는 뭔가가 생각난 것처럼 손을 멈추며 고개를 갸웃거렸다.

"언니와 디 씨는 이제 부부니까 호칭이 바뀌어야 하지 않아?"

"그것도 그러네. 그럼…… 한 번 불러볼까~? 시리우스 님의 요리는 여전히 맛있네요. 안 그래요, 여, 보?"

"푸읍?!"

부끄러운 심정을 감추려는 것처럼 묵묵히 식사를 하던 디는 노엘의 말을 듣고 사레가 들렸다.

이성에게 익숙하지 않은 디에게는 꽤나 강렬한 공격이었지만, 노엘의 공격은 아직 끝나지 않았다.

"자, 여보. 아~……."

"어이…… 노엘."

노엘은 포크로 고기를 찍더니 싱글벙글 웃으면서 그것을 디의 입을 향해 내밀었다.

사랑하는 아내의 호의를 거절할 수 없었던 디는 각오를 다지며 고기를 먹었다.

"냐후후…… 행복해요~."

또 두 사람만의 세계가 만들어지더니 주위가 달콤한 공기로 가득 찼다.

에밀리아는 그 모습을 눈을 반짝이며 지켜보았고, 레우스는 영문을 모르겠다는 듯이 고개를 갸웃거렸다. 참고로 나는 그런 걸 신경 쓰지 않았다. 두 사람이 행복하면 그걸로 됐다고 생각하며 내버려뒀다.

"형님. 왠지 저 두 사람에게 다가가기 힘든 것 같아. 내 착각일까?"

"저 두 사람은 행복해하고 있으니까, 그냥 가만히 지켜봐주자."

"형님의 말에 따르게. 그런데 왠지 몸이 간지러워……."

두 사람이 자아내는 분위기에 휘말린 레우스는 몸 곳곳을 가려워하는 것 같았다. 독특한 기운을 감지할 수 있는 애이니, 달콤한 공간을 그렇게 인식하는 것 같았다.

"언니, 정말 좋겠어……."

그리고 감격한 듯한 에밀리아는 고기를 찍은 자신의 포크를 응시했다.

"안 돼…… 안 돼요! 저는 시종이니까 그러면 안 돼요. 하지만 어차피 시중을 들 거라면…… 그, 그래도 안 돼요!"

에밀리아는 이런저런 소리를 하면서 중얼거렸지만, 결국 그녀는 나를 향해 자신의 포크를 내밀었다. 자제심이 없는 제자를 보고 어이가 없었지만, 그걸 먹은 나는 그녀에게 주의를 줄 자격이 없었다.

"아아…… 행복해요……."

"어? 누나를 쳐다볼 때도 몸이 간지러워. 어째서지?"

"아마…… 어른이 되면 알 수 있을 거야."

"어, 어른이 되어야 알 수 있어?!"

너는 멍한 구석이 있으니까 어른이 되어도 모를 가능성이 있거든.

식사를 마친 후, 드디어 케이크가 등장했다. 이번에 처음으로 만들어본 케이크의 스펀지는 약간 딱딱했지만 맛은 좋았다.

아름답게 꾸며진 크림 장식을 본 수인 세 사람이 눈을 반짝였다.

그러고 보니 결혼식에서는 케이크를 자르기도 했지. 노엘은 이미 옷을 갈아입었지만, 아직 늦지 않았으니 두 사람에게…….

"이, 이게 케이크인가요?! 귀족님이 먹는 케이크와 완전히 달라요!"

"와아…… 정말 예쁘네요. 어떻게 만든 건가요?"

"형님, 대단해!"

……그건 무리일 것 같았다.

육식동물 같은 눈빛을 띤 세 사람을 말리는 건 어려울 듯 하니, 깨끗하게 포기하기로 했다.

"아직 부족한 부분이 있기는 하지만, 맛은 보장할 수 있어."

"""와아~!"""

우리 집 수인들은 흥분을 감추지 못했다.

결혼식의 주역인 노엘과 디에게는 좀 큼지막하게 잘라준 후, 내가 먹기 시작하자 다들 케이크를 맛보기 시작했다.

"……아아…… 달고 맛있어요!"

"마딨떠, 엉님!"

"케이크가 이렇게 맛있다는 건 오늘 처음 알았어요!"

"……정말 대단하군요."

시종들의 평가는 정말 좋았다. 내 입에는 크림의 맛이 느끼한 것 같았지만 충분히 허용범위 안이었다.

"여보! 물론 이것도…….'"

"철저하게 메모해뒀지. 다음에 도전해보겠어."

"우리 여보는 정말 최고라니까요!"

결혼했는데도 이 두 사람은 변함이 없었다. 오랫동안 같이 지낸 덕분에 서로를 잘 알고 있으니, 두 사람은 좋은 부부가 되리라.

이렇게 노엘과 디의 결혼 파티는 밤늦게까지 계속되었다.

물론 마지막 마무리 또한 잊지 않았다.

식후에 마시는 홍차에 수면제를 타서 에밀리아와 레우스를 재운 나는 남매를 침대로 옮긴 다음, 신혼인 두 사람에게 말을 걸었다.

"오늘은 좀 피곤해서 푹 쉬고 싶으니까 귀마개를 하고 잘 거야. 그러니 좀 시끄러워도 괜찮아."

"……예?"

"예엣?!"

"참고로 에밀리아와 레우스는 수면제를 먹였으니까 내일 아침까지 일어나지 못할 거야. 그럼 잘 자."

"시리우스 님, 그 말은…… 어, 저기, 시리우스 님?!"

내 생각에도 너무 노골적인 것 같지만, 지금까지의 경험에 비춰볼 때 어느 정도 직설적으로 말해주는 편이 나을 것이다.

결혼 후 치르는 초야 또한 중요한 의식이다. 그러니 두 사람만의 밤을 즐겨줬으면 좋겠다고 생각했다.

……다음 날 아침.

"노엘, 몸은 괜찮아?"

"아직 조금 아프지만, 그만큼 행복하니까 괜찮아요. 여보."

나는 행복한 표정으로 대화를 나누는 두 사람을 보며 빨리 어머니에게 보고해야겠다고 생각했다.

"어서 오세요! 여보."

"다녀왔어, 노엘."

결혼을 하고 며칠 후, 마을에 볼일을 보러 어제 외출했던 디가 돌아왔다.

기척을 감지할 수 있는 나나 후각이 민감한 남매보다도 먼저 디가 귀가했다는 사실을 눈치챈 노엘은 누구보다 먼저 저택을 뛰쳐나가더니 디를 끌어안았다. 이것도 사랑의 힘인 걸까?

현관 앞에서 포옹을 하고 있는 두 사람을 방해하는 건 미안하지만, 내버려뒀다간 서로에게 사랑을 속삭일 것 같았기에 끼어들기로 했다.

"어서 와, 디. 혼자 보내서 미안해."

"다녀왔습니다. 이것 또한 시종으로서 당연히 해야 할 일입니다."

"보고는 저택 안에서 들을게. 결과는 나중에 천천히 알려줘도 돼."

"예. 배려해주셔서 감사합니다."

"여보, 짐을 들어드릴게요. 사양하지 마세요."

"고마워, 노엘."

"아뇨. 이것도 아내로서 당연히…… 생각했던 것보다 더 무거워요!"

결국 나중에 온 레우스에게 짐을 맡긴 후, 우리는 저택 안으로 들어갔다.

그리고 거실 소파에 앉아 에밀리아가 끓인 홍차를 마시며 한숨 돌린 디는 짐에서 커다란 주머니를 꺼냈다.

나는 그것을 받아, 다른 이들에게 보여주듯 내용물을 테이블 위에 꺼내놓았다.

"양이 이 정도나 되니 무거워 보이네요."

"눈이 따가워."

"우, 우와…… 엄청나요! 이렇게 많은 금화를 태어나서 처음 봤어요!"

돈에 집착하지 않는 남매는 별다른 반응을 보이지 않았지만, 그 가치를 아는 노엘은 욕망 때문이 아니라 공포 때문에 다리가 풀려버릴 지경이었다.

"전부 해서 금화 칠십하고도 다섯 닢입니다. 확인해주십시오."

디를 의심하는 것은 아니지만 앞으로 필요할 돈이기에 확인을 해두기로 했다.

이 금화는 일전에 손에 넣은 주얼 터틀의 보석을 팔고 받은 돈이다. 결혼식을 끝내고 좀 분위기가 가라앉았을 즈음에 이 보석을 처분했는데, 설마 이렇게 큰 금액을 손에 넣게 될 줄은 생각도 못했다.

"응…… 숫자도 맞고, 전부 진짜네. 가지고 오느라 고생 꽤나 했지?"

"예. 긴장했습니다."

돈 또한 가게 안에서 몰래 건네받았기 때문에 디가 이런 거금을 들고 있다는 것은 본인과 예전 파트너인 상인만이 알고 있었다.

혹시나 해서 '서치'를 광범위하게 발동시켜서 주위를 조사했지만 수상한 반응은 감지되지 않았으니 아마 괜찮을 것이다.

"저기, 누나. 이게 엄청 큰돈이라는 건 알겠는데, 정확하게 얼마나 큰 거야?"

"으음…… 금화 한 닢이 은화 스무 닢 정도의 가치가 있어."

남매는 돈을 필요로 하지 않는 마을에서 태어나, 노예 생활을 하다가 내 제자가 되었다. 즉, 돈을 쓰지 않는 생활을 해왔던 것이다. 그러니 돈에 흥미가 없는 것도 무리는 아니었다.

"에미, 그렇게 설명하면 레우 군이 이해를 못할 거야. 레우 군, 전에 풀었던 문제에서 푸딩 한 개가 철화 세 닢이었잖아? 즉, 이거 하나로…… 으음…… 에미!"

"2천 개야, 언니."

"그래! 어때, 레우 군? 엄청나지?"

"응! 엄청 많네!"

……너희야말로 여러 가지 의미에서 정말 엄청나네.

아무튼 전생의 화폐로 생각해보면 750만 엔이나 되는 것이다. 그리고 물가가 전체적으로 싼 이 세계에서는 그야말로 파격적인 금액이리라.

아무튼 늦지 않아서 다행이다. 이걸로 가장 큰 문제를 해결할 수 있으리라.

"레우스. 돈은 살아가기 위해 필요한 거라는 걸 이해해둬. 예를 들어 이 금화가 있으면 너희도 학교에 다닐 수 있어."

""……어?""

남매는 학교에 갈 수 있다는 말을 듣더니, 입을 쩍 벌린 채 딱딱하게 굳어버렸다.

이건 예전부터 생각했던 것이다. 내가 학교에 다니는 동안에 남매는 학교 근처에 있는 마을에서 살기로 했지만, 설령 마을 안이라고 해도 진귀한 은랑족은 악의를 지닌 자의 표적이 될 가능성이 높았다.

몸과 마음을 단련시키기는 했지만, 이 남매는 아직 애다. 비겁한 함정에 빠질 가능성은 얼마든지 있으니 가능한 한 안전한 곳에 두고 싶다.

그러니 가장 좋은 방법은 남매가 나와 같이 학교에 다니는 것이다.

문제는 입학금이지만 이정도 금액이면 충분하리라.

"전에 어머니와 정해뒀었어. 금전적으로 여유가 된다면 에밀리아와 레우스도 학교에 입학시키겠다고 말이야."

"에미와 레우 군은 당당히 학교에 들어가면 돼."

"그래. 우리 몫까지 시리우스 님의 곁에 있어줘."

남매는 당황했지만 미소를 지은 채 고개를 끄덕이는 우리를 보더니 기뻐하기 시작했다.

""만세——!""

이런 거금을 자신들을 위해 쓰게 돼도 괜찮은 걸까, 같은 생각을 한 것 같지만 두 사람은 어린애니까 솔직하게 기뻐해주면 된

다. 노엘이 남매와 손을 맞잡고 기뻐하는 가운데, 나는 디와 앞
으로의 일을 생각했다.

"그러고 보니 학교의 입학금은 금화 열다섯 닢이었지? 입학금
세 명 몫에, 그걸 공제하면……."

"그래도 꽤 남는 군요. 남은 돈은 생활비로 쓰십시오."

"알았어. 남은 돈은 내가 알아서 쓸게. 그리고…… 그 녀석이
오는 건 모레 맞지?"

"예. 편지를 받았습니다. 시간관념이 없는 자이지만, 미끼를
던져뒀으니 분명 맞춰서 올 겁니다."

"어찌어찌 될 것 같네."

보름 뒤면 이 저택을 나가야 하는 날인데도 불구하고, 찾아오
지도 연락도 하지 않는 녀석이 있었기에 내가 연락을 취했다.

내버려두면 골치 아플 것 같아서 학교에 가기 전에 결판을 내
기로 했다.

이 저택에 부른 사람은 발드미르 드리아누스…… 내 아버지다.

※ ※ ※ ※ ※

이틀 후…… 나는 저택 거실에서 친부인 발드미르 드리아누스
와 대면했다.

디를 내 등 뒤에 세워뒀고, 이 남자의 눈에 띄면 골치 아파질
수 있는 수인들은 다른 방에 대기시켜뒀다.

자아…… 아버지와 처음으로 만났지만 본성을 이미 알고 있어

서 그런지 아무런 느낌도 들지 않았다. 예전보다 주름과 흰머리가 늘었을 뿐만 아니라 약간 살이 찐 걸 보면 무절제한 생활을 해오고 있는 것 같았다.

나는 귀찮다는 듯한 표정을 짓는 발드미르에게 직접 끓인 홍차를 내주면서 인사를 건넸다.

"처음 뵙겠습니다, 발드미르 님. 저는 미리아리아의 아들, 시리우스라고 합니다."

"호오? 그 계집에게서 태어난 애답지 않게 예의가 바르구나. 그 시종이 교육을 잘 시킨 것 같군."

입을 떼자마자 무례한 소리를 지껄이는 걸로 모자라 인사조차 건네지 않는 이 남자가 내 아버지인가.

내가 마음속으로 어이없어 하고 있을 때, 발드미르는 홍차를 한 모금 마시면서 주위를 둘러보았다.

"그런데 그 시종은 어디 있지? 내가 왔는데 나와 보지도 않는 것이냐?"

"……에리나는 몇 달 전에 숨을 거뒀습니다. 지금은 제가 이 집을 이끌고 있죠."

"그래. 결국 죽은 건가. 유능하기는 했지만, 그 계집에 관한 일에서는 잔소리가 많은 여자였지."

"에리나는…… 시종으로서, 그리고 제 부모 대신으로서 최고의 여성이었습니다. 제가 이렇게 어엿하게 자랄 수 있었던 건 전부 에리나 덕분입니다."

"최고의 여성이라고? 너를 세뇌해서, 내 가문을 빼앗을 계획을 세웠을지도 모르는데?"

남의 신경을 건드리는 짓은 정말 잘하는 것 같았다. 게다가 이 게 본성인 듯 싶다.

나는 샘솟는 분노를 억누르며 사무적인 미소를 유지하고 있지 만, 내 등 뒤에 서 있는 디는 명백하게 분노를 드러내고 있었다. 하지만 원래 시선이 날카롭기 때문에 상대방은 눈치채지 못한 것 같았다.

그리고 복도에서 들려오는 목소리를 '부스트'로 청력을 강화해 서 들어보니…….

'안 돼, 레우스! 네가 가봤자 아무 소용 없어!'
'놔, 누나! 저 자식은 에리나 씨를 모욕했어! 절대 용서 못해!'
'레우 군이 화내는 것도 당연하지만, 지금은 그러면 안 돼. 부 탁이니까 참아!'

정말…… 방에서 기다리고 있으라고 했는데 말이야.

하지만 어머니를 위해 진심으로 분노해주는 목소리를 냉정하 게 듣고 있을 때, 발드미르가 문을 쳐다보면서 고개를 갸웃거 렸다.

"밖이 시끄럽군. 누가 있는 거냐?"

"신경 쓰지 마십시오. 그것보다 발드미르 님께 연락을 드린 용건 말입니다만……."

"아, 그랬지. 네 편지에는 거금을 손에 넣었으니 나에게 넘겨주고 싶다고 되어 있던데, 바쁜 나를 이렇게 불러낼 정도의 금액이겠지?"

어머니가 죽었을 때도, 에리나가 죽었을 때도, 얼굴조차 비추지 않았던 남자다. 단순히 연락을 해봤자 오지 않을 거라고 생각했기에 돈 냄새가 나는 편지를 보냈던 것이다.

디가 마을에서 모은 정보에 따르면 드리아누스 가문은 재정 상태가 좋지 않다고 하니, 분명 미끼를 물 거라고 생각했다.

"예. 실은 이걸 직접 건네 드리고 싶어 연락을 드린 겁니다."

"흥. 나를 납득시킬 수 있는…… 아, 아니?!"

발드미르는 내가 내민 주머니 안을 쳐다보더니 경악에 찬 표정을 지었다.

뭐, 이런 촌구석의 저택에서 금화가 들어 있는 주머니를 받았으니 놀랄 만도 했다.

"금화?! 네놈, 이걸 어떻게 손에 넣은 거지?"

"수십 년 전부터 에리나가 모은 돈입니다. 에리나의 유언에 따라 제가 물려받았습니다만, 당신에게 드리죠."

"호오, 기특하구나. 하지만 이런 거금을 주는 걸 보면 나한테 바라는 게 있을 것 같은데?"

"예. 하지만 그걸 말씀드리기 전에 먼저 정정할 게 있습니다. 제가 드린 그 돈은 원래 발드미르 님의 돈이며, 저는 어디까지나 돌려드리는 것뿐이에요."

"내 돈이라고?"

미소를 지으며 금화를 품속에 넣던 발드미르는 내 말을 듣고 고개를 갸웃거렸다.

"예. 그건 발드미르 님이 지금까지 에리나에게 준 제 양육비입니다. 에리나가 철저하게 기록해뒀으니 금액이 모자라지는 않을 겁니다."

"흥. 그 시종이라면 기록하고도 남지."

준 돈보다 많은 금액을 받았으면서 입을 다물고 있는 걸 보면 소인배가 틀림없다.

에리나가 기록해둔 내용에 따르면, 이 남자에게 받은 양육비는 금화 열다섯 닢 정도다. 어떤 이유를 대며 남은 금화를 차지할지 고민하는 듯한 이 녀석에게 나는 말했다.

"이 저택을 쓰게 해주시는데 대한 답례 삼아 넉넉하게 넣었습니다. 그리고 제가 바라는 건……."

"흥. 설마 내 후계자 후보가 되고 싶다는 소리를 하려는 건 아니겠지?"

"그런 게 아닙니다. 저는 이 저택을 나갈 생각이며, 가문을 이을 생각 또한 눈곱만큼도 없어요. 제가 바라는 건 단 하나, 드리아누스라는 이름을 버리는 겁니다."

이 남자를 부른 이유는 돈으로 나와 이 자식 사이의 관계를 청산하기 위해서다.

나는 딱히 귀족이란 것에 미련이 있지도 않고, 그딴 것에 매달릴 생각도 없다.

게다가 현재 내리막길로 들어선 드리아누스 가문의 이름을 가지고 있다간 나중에 쓸데없이 책임을 져야 하는 상황이 찾아올지도 모른다. 그러니 이 녀석과의 관계를 완벽하게 끊고 싶었다.

이 저택에서 쫓겨나는 것 자체가 의절을 당하는 거나 다름없지만, 가문의 당주에게서 직접 관계가 끊겼다는 말을 듣고 싶었다.

"……네놈, 제정신인 것이냐. 긍지 높은 드리아누스의 이름을 버리고 싶다고?"

"예. 저는 귀족도, 뭐도 아닌 평범한 시리우스로서 살고 싶습니다."

그렇다……. 나는 그저 시리우스로서 바깥 세상에 나가서 자유롭게 살고 싶었다.

그것이 아리아 어머니와 에리나 어머니의 소망이기도 하다.

발드미르는 그런 내 소망을 듣더니 어이없다는 표정을 지었다. 뭐, 돈을 주면서 의절해달라고 하니 어이없기도 하리라.

나를 바보 취급하는 듯한 시선을 보내는 발드미르는 내가 재촉을 하자, 순순히 내가 원하는 대답을 해줬다.

"좋다. 드리아누스 가문 당주, 발드미르가 명한다. 너는 이제두 번 다시 드리아누스라는 이름을 쓸 수 없다. 지금 이 순간부터 너는 드리아누스와 아무런 상관이 없는 타인이다."

"예."

드리아누스라는 이름은 쓴 적은 단 한 번도 없지만, 일단 고개를 끄덕였다.

아무튼 이걸로 이 녀석과의 관계는 깨끗하게 청산했다.

레우스가 사고를 치기 전에 빨리 돌려보내야겠다.

"제 볼일은 이게 다입니다. 감사합니다."

"음. 매우 유익한 시간이었군."

이곳에 올 때만 해도 귀찮아 죽겠다는 듯한 표정을 짓고 있었지만 금화를 받아서 그런지 꽤나 만족한 것 같았다.

그건 그렇고 그의 눈은 욕심으로 가득 차 있었다. 돈을 흥청망청 쓰는 모습이 간단히 상상이 되었다.

"자아, 타인이 된 네놈은 지금 바로 이곳을 나가야겠지만, 이 금화를 봐서 한동안 더 쓰게 해주지. 나는 상냥한 사람이거든."

"감사합니다."

"하지만 다음에 내가 왔을 때도 너희가 이 저택에 있다면, 그 때는 도적으로서 체포할 테니 각오해라."

"알았습니다. 빠른 시일 안에 저택에게 나가죠."

발드미르는 으스대며 그렇게 말하고 돌아갔지만, 이 남자의 성격을 생각해볼 때 내가 돈을 더 가지고 있는 줄 알고 금세 또 찾아올 것 같았다.

이렇게 부모자식으로서의 처음이자 마지막 대면은 끝이 났고, 나는 귀족도 무엇도 아닌…… 평범한 시리우스가 되었다.

"……시리우스 님."

현관에서 발드미르가 탄 마차를 배웅한 후, 디스 분하다는 듯이 주먹을 말아 쥐며 하늘을 올려다보았다.

"제가 예전 저택에 있었을 때는 저 남자와 거의 얼굴을 마주하지 않았습니다. 하지만 에리나 씨는…… 저 남자와 만날 때마다 이런 기분을 맛봤겠군요."

"그래. 몇 번이나 만났는지는 모르겠지만, 어머니는 정말 강한 사람이었어."

"저는 분합니다. 소중한 사람들이 바보취급을 당했는데 아무것도 하지 못하는 제가…… 너무 한심해요."

"네가 손을 썼다간 노엘이 위험해졌을지도 몰라. 잘 참았어."

"황송한 말씀입니다."

귀족의 권력을 써서 마음에 들지 않는 녀석을 지명수배하고도 남을 놈이다. 권력이 없는 우리가 함부로 손을 쓰지 않는 편이 좋다.

"그것보다, 나는 이제 귀족이 아냐. 그러니 예의 차릴 필요 없어."

"아뇨. 그 어떤 일이 있어도 제 주인은 시리우스 님이십니다."

"물론 저도 그렇게 생각해요!"

"저도 마찬가지예요! 시종으로서 항상 함께할게요!"

"나도 마찬가지야, 형님!"

목소리를 듣고 고개를 돌려보니, 시종들이 나를 향해 미소를 짓고 있었다.

그래. 너희는 내 시종이며, 제자이자…… 소중한 가족이야.

"……고마워."

그들의 신뢰에 답하듯 나는 진심 어린 감사의 마음을 담아 그 말을 전했다.

그리고 거실에 돌아가서 홍차를 마시며 쉬고 있을 때였다. 에밀리아가 뭔가 할 말이 있는 것처럼 내 앞에 섰다.

"저기, 시리우스 님의 아버님은…… 저기……."

"그 녀석은 이제 내 가족이 아니니까 신경 쓰지 않아도 돼. 나도 타인처럼 이름으로 부르잖아?"

"……예. 그럼 딱 잘라 말하겠습니다. 정말 너무한 분이세요! 자기 자식을 그렇게 차갑게 대하다니, 정말 말도 안 된다고요!"

"맞아! 에리나 씨 험담도 잔뜩 했다고! 절대 용서 못해!"

은랑족은 가족을 소중히 여기는 종족이기 때문에, 발드미르가 한 말이 용서가 안 되는 것이리라.

그리고 내 가족은 너희니까, 그 녀석과 의절을 해도 아무렇지도 않아. 오히려 저런 쓰레기가 남매에게 반면교사가 되어줄 것 같다는 생각 또한 들었다.

"수인을 싫어하기 때문에, 예전 저택에서 지낼 때는 저를 항상 불쾌한 눈길로 쳐다봤어요."

"수인을 싫어한다니, 말도 안 돼. 노엘은 이렇게 귀엽잖아."

"여보……."

"노엘……."

이제 이 두 사람이 무엇을 계기로 단둘만의 세계를 만들 것인지 감조차 잡히지 않았다.

내 헛기침 소리를 듣고 정신을 차린 두 사람은 아무 일도 없었다는 듯이 이야기를 계속했다.

"그건 그렇고 시리우스 님이야말로 용케 참으셨네요. 저 같았으면 에리나 씨가 모욕당했을 때 바로 따귀를 때려줬을 거예요!"

"그래! 형님은 당한 만큼 갚아주는 사람이잖아?"

"……내가 아무 일도 하지 않을 거라고 진짜로 생각하는 거야?"

"설마…… 가짜 금화를 준 건가요?"

"아니, 그 녀석이 마신 홍차에 손을 써뒀지."

실은 그 남자가 마신 홍차에는 거기가 서지 않게 되는 독을 타뒀다. 약초학에 해박한 에리나 덕분에 만들 수 있었던 독이다.

효과는 며칠 정도이지만 특수한 조합으로 늦게 나타나게 해뒀으니, 오늘 밤쯤에 효과가 나타날 것이다. 방금 손에 넣은 돈으로 여자 놀음을 하려고 하는데 거기가 서지 않는다면 정신적 충격을 꽤나 받을 것이다.

미성년자인 남매 앞이라 중요한 부분을 얼버무리면서 설명을 해주자 일부를 제외한 시종들이 미소를 지었다.

"홍차를 직접 준비하겠다고 하신 건 그래서군요. 대단하세요!"

"그 남자로서는 치명적이겠군요."

"잘은 모르겠지만 그 녀석이 한 방 먹은 거지? 형님, 잘했어!"

"외람된 말일지도 모르지만, 그런 걸 사용할 때는 주의해주세요. 만약 시리우스 님이 실수로 그런 걸 복용하기라도 하신다면, 제가 할 일이 하나 줄고 마니까……."

걱정스러운 눈길로 나를 쳐다보며 말하는 일부 시종은 미성년자인데도 불구하고 그런 쪽으로 해박했다.

아마 에리나에게 교육을 받았으리라. 나는 듣지 못한 척 하면서 손뼉을 친 후, 다른 이야기를 시작했다.

"자아, 그딴 쓰레기 이야기는 그만하고 본론에 들어가자. 다들 준비는 마쳤지?"

"예. 빈틈없습니다."

"저택 청소로 깨끗하게 해뒀어요!"

"저도 준비를 마쳤어요."

"나는 마찬가지야!"

나는 그들의 대답을 듣고 만족스럽다는 듯이 고개를 끄덕인 후, 힘찬 목소리로 말했다.

"좋아, 그럼 파티다! 오늘은 마음껏 떠들어보자고!"

"""""예!"""""

실은 이미 이곳을 떠날 준비를 마쳤으며, 내일 이 저택을 나갈 생각이었다.

우리가 돈을 가지고 있다는 사실을 안 발드미르가 며칠 안에 또 저택에 올 가능성이 높기에, 빨리 떠나기로 한 것이다. 그 녀석도 우리가 이렇게 빨리 저택을 떠날 거라고는 생각도 못 할 것이다. 돈이 될 만한 것이 없고, 텅 비어버린 저택을 보며 분통을 터뜨리는 그 녀석의 모습이 눈앞에 어른거렸다.

파티 준비를 하고 있을 때, 노엘이 갑자기 질문을 했다.

"그런데 시리우스 님의 가명(家名)은 어떻게 하실 건가요?"

"아…… 그래. 바깥 세상에 나가면 필요하겠지."

가명이란 아까 버린 드리아누스나 남매의 실버리온 같은 것을 말하며, 전생의 성 같은 것이다. 물론 노엘과 디도 가명을 가지고 있지만, 가명은 귀족이 주로 사용하는 이름이며 일반 서민이 쓸 기회는 거의 없다.

하지만 기회가 거의 없다고 해도 가명이 없는 건 세간에서 볼 때 부끄러운 일이니, 새롭게 생각해야만 할 것 같았다.

"아리아 님의 가명인 엘드랜드를 쓰는 건 어떨까요?"

"아, 엘드랜드는 몰락했다고 해도 귀족이야. 만약 살아남은 분가가 있다면 쓸데없는 문제가 발생할 가능성도 있어."

"그럼 새롭게 짓도록 하죠. 시리우스 님이 출세하게 해줄 만한 이름으로 정하는 거예요!"

"나는 딱히 출세하고 싶지는 않은데……."

"그건 무리예요. 시리우스 님은 장래에 분명 유명해질 거라고 저는 생각하거든요."

나는 제자를 기르며 세계를 둘러보고 싶을 뿐이며, 유명해질 생각은 눈곱만큼도 없다. 내가 고민에 잠긴 사이, 노엘이 다른 이들을 불러왔다. 결국 다 같이 나의 새로운 가명을 위한 회의를 개최했다.

"제1회…… 시리우스 님의 '가명을 생각해보자' 회의를 개최하겠습니다. 다들 박수!"

아마 노엘은 재미삼아 말한 거겠지만, 아마 제2회는 절대 열리지 않을 것이다. 당사자가 마음속으로 딴죽을 날리는 가운데, 곳곳에서 박수 소리가 들렸고, 시종들은 차례차례 손을 들며 입을 열었다.

"시리우스 님에게 어울리는 이름을 짓고 싶네요. 뭐랄까……

듣기만 해도 엄청나다는 느낌이 드는 이름으로요."

"용과 관련된 이름을 어때?"

"시리우스 실버리온. 데릴사위 같네요…… 에헤헤……."

"잘은 모르겠지만, 우리와 같은 가명을 쓰는 건 좋을 것 같아! 진짜 형님이 된 것 같잖아!"

……시종들에게 맡겨뒀다간 어떤 이름이 튀어나올지 감조차 잡히지 않았다.

이상한 게 튀어나오기 전에 내가 정하는 편이 좋을 것 같았다.

너무 화려하지 않고, 상징이 될 듯한 이름이 좋을 것이다. 나는 교육자가 되는 게 목표니까…….

……교사?

"……티처로 할까?"

"티처? 의미가 있나요?"

"전생에서…… 아니지. 오래된 문헌에서 교육자를 가리키는 의미래."

"교사…… 괜찮을 것 같아요!"

"나도 동감이야! 형님은 우리의 주인이자 선생님이잖아!"

"모르는 게 없으신 시리우스 님에게 딱 어울리는 이름이에요."

"결정…… 된 것 같군요."

이렇게 가명이 정해졌다.

오늘부터 나는 시리우스 드리아누스……가 아니라, 시리우스 티처다.

그 후, 우리는 남은 식재료로 파티를 열며 이 저택에서 마지막

밤을 보냈다.

다음 날 아침, 출발할 준비를 끝낸 우리는 저택 앞에 나란히 섰다.

이 세상에 태어나고 10년 동안 신세를 졌던 저택이기에 당연히 애착이 있고, 떠나야 하는 것도 솔직히 아쉬웠다.

그리고 나보다 저택에서 지낸 기간은 짧지만, 남매에게 있어서도 이곳은 자신들의 집이었기에 작별을 아쉬워하며 눈물을 흘리고 있었다. 옆에서는 디와 노엘이 추억에 잠긴 것처럼 아무 말도 하지 않으며 저택을 올려다보고 있었다.

……아쉽지만, 이렇게 계속 추억에 잠겨 있을 수는 없었다.

아무래도 내가 먼저 걸음을 떼야겠다는 생각이 들어서 나는 남매의 어깨를 가볍게 두드리며 저택에서 돌아선 후, 그대로 걸음을 내디뎠다.

나는 등 뒤에서 들려오는 시종들의 발소리를 들으며 한 번도 돌아보지 않고 앞으로 나아갔다.

지금까지 고마웠어.

갔다 올게…… 어머니.

저택을 떠나고 한나절 정도 걸은 우리는 디와 노엘이 물건을 사러 가는 아르메스트 마을에 도착했다.

많은 사람들이 생활하고 있으며 이 세계에서는 중간 규모의 마을이다. 내 아버지였던 발드미르가 다스리는 마을 중 하나인 듯 하며, 수인을 싫어하는 그의 의향이 반영됐는지 수인의 숫자가 극단적으로 적은 것이 특징이었다.

그래서 수인인 남매와 노엘은 로브에 달린 후드로 귀와 꼬리를 가린 채 마을 안으로 들어섰다.

그리고 모습을 감춘 채 마을을 산책한 후, 우리는 이동수단을 확보하러 가는 디와 헤어지고 나서 근처에 있는 식당에서 점심을 먹었다.

"그러고 보니 에미와 레우 군은 마을에 처음 와보지?"

"노예 시절에 몇 번 들른 적은 있지만, 마차에 갇혀 있었기 때문에 이렇게 마을 안을 걷는 건 처음이에요."

"누나와 나는 항상 마차 안에 있는 우리에 갇혀 있었거든."

남매는 마음이 강해졌는지 그런 이야기를 하면서도 표정에서 비통함이 느껴지지 않았다.

"그랬구나. 그럼 아까처럼 주위를 두리번거리는 것도 무리는 아니네."

"응. 신기한 게 잔뜩 있었거든."

"다양한 사람이 있고 다양한 냄새가 섞여 있어서 불가사의해요."

"그렇지? 나도 아리아 님이 구해준 후에 처음으로 마을에 가봤는데, 그때는 불안해서 죽을 것만 같았어. 하지만 아리아 님이 내 손을 잡아주셨지. 나는 그 따뜻한 손을 한동안 놓지 못했어."

"노엘 누나한테도 그럴 때가 있었구나."

"당연하잖아. 그리고 너희도 마찬가지 아냐? 너희가 아까 시리우스 님의 옷을 잡고 있었다는 걸 이 누나는 알고 있거든?"

하지만 노예였던 탓에 생긴 인간 불신이 아직 완전히 사라지지 않았는지, 남매는 마을에 도착했는데도 내 옷을 놓지 않았다. 뭐, 시간이 지나면 나아지리라.

"사람이 너무 많아서 안심이 안 돼요. 하지만 시리우스 님의 곁에서는 마음이 진정돼요."

"마을에는 이렇게 많은 사람들이 있구나. 그런데 형님도 마을을 돌아다니는 건 처음일 텐데, 왜 이렇게 차분한 거야?"

"뭐, 마음먹기에 달렸지."

전생에서 맛봤던 도시의 인구밀도에 비하면 이 정도는 아무것도 아니었다.

"사람은 어디에나 있으니 금방 익숙해질 거야. 그리고 너희라면 웬만한 모험가 정도는 간단히 이길 수 있어. 그러니 겁먹을 필요 없지."

"……예."

"아하, 주위에 있는 사람들한테서는 형님이나 할아버지 같은 기운이 안 느껴져. 그것보다……."

레우스는 주문한 고기와 채소 볶음을 먹으면서 고개를 갸웃거렸다. 식사를 멈추지는 않았지만, 그렇게 맛있지는 않은 것 같았다.

"형님이나 디 형이 만든 요리와는 딴판이네."

"난잡하다고나 할까, 여러 가지 맛이 섞여서 미묘해요."

"아하하……. 너희 마음은 이해해. 하지만 시리우스 님과 디 씨가 엄청난 거지, 이 요리가 맛이 없는 건 아냐."

향신료를 지나치게 넣고 재료에 열이 균일하게 전해지지 않은 것이리라. 솔직히 말해 난잡하지만, 이 요리 나름의 맛은 있기에 나쁘지는 않았다.

우리가 식사를 끝냈을 즈음, 디가 한 남자를 데리고 우리와 합류했다.

"기다리게 해서 죄송합니다. 시리우스 님, 이 사람은 저의 옛 동료인 개드라고 합니다."

"흐음…… 네가 그 소문 자자한 시리우스 님이야?"

개드라는 이름의 갈색 단발머리 남성은 왼쪽 팔에 커다란 흉터를 지녔으며, 전직 모험가답게 꽤 탄탄한 육체를 지닌 남성이었다.

나를 보고 한순간 놀라기는 했지만 곧 우호적인 미소를 지으며 오른손을 내밀었다.

그에게서는 악의가 느껴지지 않으며 억지 미소를 짓고 있지도 않았다. 게다가 사람을 가려 사귀는 디, 그리고 노엘이 친근한 태도를 취하는 것을 보면 신뢰해도 될 것 같았다.

"우선 만나서 반갑다고 해야겠군. 나는 이 마을의 가르간 상회의 우두머리인 개드야."

"저야말로 만나서 반가워요. 저는 시리우스라고 해요."

악수를 나누면서 개드는 새끼손가락이 없다는 걸 눈치챘지만, 지금은 괜한 생각을 할 때가 아니라 고맙다는 말을 해야 한다.

"디에게서 들었어요. 당신이 저희의 약과 보석을 매입해줬고,

필요한 물건을 융통해줬다면서요? 우선 고맙다는 말씀을 드려야겠군요."

"됐어. 양질의 약만이 아니라 그렇게 멋진 보석까지 매입한 우리야말로 고맙다는 인사를 하고 싶을 지경이라고."

"그럼 비긴 걸로 하죠. 그런데 소문자자한 시리우스 님이라는 게 무슨 말이죠?"

"아, 디가 요즘 들어 이상한 주문을 많이 했거든. 이유를 물어보니 주인인 시리우스 님이 원하는 거라고만 해서 신경이 쓰였어."

케이크를 굽기 위한 오븐을 만들려고 주문한 뚜껑이 달린 강철 상자 또한 언뜻 보면 묘한 물건이니 그런 생각을 하는 것도 무리는 아니다.

"그리고 자세한 이야기를 물어보니, 시리우스 님은 어린애라고 하잖아. 그럴 리가 없다고 생각했지만…… 진짜로 어린애네."

"몇 번이나 말했잖아."

"그래요. 그리고 화나면 엄청 무서우니 조심하세요."

……대체 나에 대해 어떻게 설명한 것일까.

"방금 그 말을 신경 쓰지 마세요. 저 두 사람이 특수한 것뿐이니까요."

"하지만 디가 신세를 진 은인이라는 건 틀림없잖아? 그런 사람을 그냥 이름으로 부르는 것도 좀 그러네. 그냥 나는 나리라고 부르겠어."

"편할 대로 하시죠. 그런데 개드 씨는 디의 모험가 동료였다면서요?"

"그래. 서로의 등을 지켜줬던 파트너였어."

이야기를 듣자하니, 디와 모험가 활동을 하던 개드가 모험 도중에 후유증이 남을 정도로 심각한 부상을 입었고 결국 모험가를 은퇴한 후 상인의 길을 걷게 됐다고 한다.

왼쪽 눈에 흉터가 있고 왼손에 새끼손가락이 없는 것도 그래서일까.

"처음 이 마을에 왔을 때는 놀랐어. 네가 이 마을에 있을 줄은 몰랐거든."

"그건 나도 마찬가지야. 말주변 없는 네가 귀족의 시종이 되어서 물건을 사러 왔으니까 말이야."

그리고 개드는 디에게서 자초지종을 듣고 여유가 없는 옛 파트너를 위해 손해 볼 각오로 물건을 싸게 판 것 같았다.

"우리도 신세를 많이 졌네."

"디가 신세를 진 분이니 괜찮아. 자아, 그럼 장사 이야기를 시작해볼까. 이동수단이 필요하다고 했지?"

"그래. 시리우스 님과 저 두 시종은 서쪽으로 갈 거고, 나와 노엘은 동쪽으로 가고 싶어."

"같이 가는 게 아니었어? 뭐, 이유는 묻지 않겠어. 아무튼 서쪽과 동쪽이라……."

어느 마을에 가든 며칠은 걸리기 때문에 우리를 목적지에 데려다주기 위해 따로 마차를 준비할 수도 없었다. 한동안 이곳에서 머물게 될지도 모른다고 내가 생각하고 있을 때, 개드가 들고 있던 서류를 확인하며 고개를 끄덕였다.

"운이 좋은걸. 실은 오늘, 짐을 옮기는 마차가 서쪽과 동쪽에 있는 마을로 출발할 예정이야. 디와 노엘은 내 마차에 타. 하지만 나리들은⋯⋯."

"미안하지만 나보다 시리우스 님을 우선해줘. 엘리시온 마을에 가는 마차는 없는 거야?"

"엘리시온? 있기는 한데⋯⋯ 마차에는 호위와 상품을 실어야 하니까 나리들이 앉을 자리가 거의 없어. 꽤 힘든 여행이 될걸?"

"그래도 괜찮아요."

애초에 우리는 사치를 부릴 만한 처지가 아니기에 태워주는 것만으로도 충분했다.

하지만 딱 잘라서 말을 했는데도, 우리는 어린애들이기에 개드는 미심쩍은 눈길로 쳐다보았다.

"안심해, 개드. 시리우스 님이라면 괜찮아. 내가 보장하지."

"네가 그렇게까지 말한다면 믿어보겠어. 진짜로 믿어도 되는 거지?"

"나중에 자세한 이야기를 해줄게."

"너무 엄청나서, 좀 더 겸손한 태도를 취할 걸 그랬다며 후회하게 만들어드릴게요!"

"호오, 그 정도야? 뭐, 기대하고 있을게."

이야기가 어느 정도 정리된 후, 식당을 나선 우리는 가르간 상회로 향했다.

그리고 개드가 안내해준 가게 앞에는 커다란 마차가 몇 대나 서 있었으며, 종업원으로 보이는 남자가 마차에 짐을 싣고 있었다.

"어이, 잭!"

개드가 부른 남자가 고개를 돌렸다. 그는 흉터가 없는 개드를 좀 젊게 만든 듯한 느낌의 남자였으며, 나란히 선다면 형제 같아 보일 것만 같았다.

그리고 마차에 다가간 개드는 잭이라고 부른 남자에게 사정을 설명했다. 잠시 후, 설명을 끝낸 개드는 잭이라고 부른 남자를 데리고 왔다.

"나리, 소개할게. 이 녀석은 내 동생 격인 잭이다. 나리의 목적지인 엘리시온 마을 쪽의 배달 담당자지."

"잭임다. 잘 부탁해요."

나란히 서니 진짜로 많이 닮았다. 개드가 30대라면, 잭은 스무 살 정도로 보였다. 그리고 말투가 독특한 남자였으며, 짐이나 다름없는 우리를 태워야 한다는 이야기를 듣고도 딱히 싫은 기색을 드러내지 않았다.

"개드, 그는 믿을 만해?"

"걱정하지 마. 이 녀석은 몇 번이나 엘리시온에 가 봤고, 이번에는 모험가 길드의 호위도 고용했거든. 안전한 여행을 보장할수 있어."

"당근이죠! 나리는 우리가 지켜줄 테니까 마음 푹 놓으라굽쇼. 그럼 엘리시온에 도착할 때까지 잘 부탁함다."

그가 친근한 미소를 지으며 손을 흔들자, 나도 간단하게 자기소개를 하면서 악수를 나눴다.

"저야말로 잘 부탁해요. 그런데 왜 잭 씨도 저를 나리라고 부르는 거죠?"

"형님이 그렇게 부르니 저도 당연히 그렇게 불러야죠. 게다가 인색한 형님이 짐을 내려놓으면서까지 여러분이 앉을 장소를 마련했으니, 분명 중요한……."

"이 멍청이가! 입 좀 함부로 놀리지 말라고!"

우리에 대한 설명이 좀 길다 했더니 그런 이유가 있었던 건가.

개드는 잭의 머리에 꿀밤을 날려 입을 다물게 했지만, 이미 상황을 이해한 노엘이 미소를 지었다.

"후후후…… 아까 그렇게 말해놓고, 시리우스 님을 위해 짐을 내려놓은 거군요. 솔직하지 못하다니까요."

"여전하군."

"시끄러워! 나리가 장래에 출세할 걸 고려해 선행투자를 하는 것뿐이야! 쓸데없는 소리를 더 하면 안 태워줄 거야!"

개드는 부끄러움을 감추려는 것처럼 마차의 짐을 내리기 시작했다.

"아, 나도 도와야지. 그럼 준비가 끝날 때까지 기다려주십쇼."

잭의 설명에 따르면 내리는 짐은 나무통 하나와 나무 상자 하나이지만, 마차에 실은 짐의 배치를 전체적으로 조절해야 하기 때문에 시간이 조금 더 걸리는 것 같았다. 하지만 우리로서는 이렇게 시간이 생겨서 정말 다행이었다.

이제 헤어져야 하는 우리는 천천히 작별인사를 나눴다.

잭이 개드를 도우러간 후, 노엘은 남매를 동시에 끌어안았다.

"누나, 이제까지 정말 고마웠어."

"무슨 소리를 하는 거야. 앞으로 못 만나는 것도 아니니까, 그런 말 하지 마."

"그래도 고맙다는 말을 하고 싶어요. 저는 시리우스 님의 버팀목이 될 테니, 언니는 디 씨의 버팀목이 되세요."

"정말, 동생 주제에 건방지다니깐."

노엘은 그렇게 말하면서도 남매를 사랑스러워하듯 꼭 끌어안았다. 그러자 에밀리아는 노엘의 어깨를 살짝 깨물었다.

"아?! 이건 혹시……."

"예. 저는 언니를 좋아하니까요."

은랑족에게 있어 어깨 깨물기는 애정 표현이다.

노엘은 그 사실을 알기에 에밀리아를 안고 있는 손에 더욱 힘을 줬다.

"냐후후…… 더 세게 깨물어도 돼."

"그건 시리우스 님에게만 할 거예요."

"어머머, 역시 사랑은 이길 수가 없나 보네."

세게 물면 물수록 상대를 향한 애정이 깊은 것이기에, 에밀리아가 나를 깨물었다간 어깨가 떨어져나가는 느낌이 들었다.

"나도 깨물게, 노엘 누나!"

"으, 응……. 그건 기쁘지만, 레우 군은 살짝만 물어. 왠지 피가 날 것 같거든."

"그렇게 세게 물 생각은 없다고!"

레우스 또한 노엘의 어깨를 깨물고 나자, 수인들은 눈물을 흘리면서도 미소를 지었다.

"에미…… 레우 군. 내 몫까지 시리우스 님을 잘 모셔."

"물론이죠."

"형님과 누나는 내가 지킬 거야!"

"하지만 자기 자신도 잘 지켜야 해. 나는 너희가 다치는 것도 싫어."

"시리우스 님 다음으로 신경 쓸게요."

"전부 내가 지킬 거야!"

"……괜찮으려나."

나도 그 말에 동감했다.

조금은 자기 자신을 소중히 여겨줬으면 한다. 이제부터 서서히 바꿔가는 수밖에 없을 것 같군.

내가 마음속으로 한숨을 내쉬고 있을 때, 디가 내 앞에 서서 천천히 머리를 숙였다.

"시리우스 님……."

"응. 한동안 못 보겠네."

"아쉽습니다. 그리고…… 이걸 받아주십시오."

슬픈지 눈을 슬며시 감고 있던 디는 진지한 표정을 짓더니 품속에 있던 가죽 주머니를 꺼내서 나에게 내밀었다.

"……뭐하는 거야?"

"아직 늦지 않았습니다. 이걸 돌려드리고 싶어요."

디가 내민 주머니에는 거금이라고 해도 과언이 아닐 정도로 많은 금화가 들어 있었다.

왜 디가 그런 거금을 가지고 있느냐면…… 어젯밤 일이다.

파티가 끝난 후, 나와 남매는 테이블에 있던 돈을 계산했다. 참고로 저택의 재산관리는 어머니가 했다. 하지만 지금은 내가 하고 있었다.

그리고 테이블 위에 있는 돈은 시종들의 몫을 제외한 이 저택의 전 재산이다.

"금화가 칠십하고도 세 닢에, 은화가 열 닢인가. 나와 남매의 입학금으로 금화 사십오 닢이 필요하니, 남은 금화는 스물여덟 닢이네……."

생활비는 금화 한 닢 정도는 충분하리라. 내가 남은 돈을 어떻게 쓸지 생각하고 있을 때, 노엘과 디가 갑자기 나에게 말을 걸었다.

"시리우스 님. 한 말씀드려도 될까요?"

"응? 왜 갑자기 진지한 표정을 짓는 거야?"

"그게…… 우선 이걸 받아주시지 않겠습니까?"

그들은 금화 한 닢을 내밀었다. 두 사람에게 있어서는 쉽게 마련할 수 없을 만큼 큰 금액이었다.

"……이게 뭐야?"

"지금까지 에리나 씨에게서 받은 저희 급료를 모은 돈이에요."

"저희가 드리는 작별 선물입니다."

거의 용돈이나 다름없는 금액이기는 하지만, 어머니는 이 두 사람에게 급료를 주고 있었던 것이다. 정말 존경스러운 사람이다.

"……미안하지만 받을 수 없어. 너희가 앞으로 생활하기 위해서는 필요한 돈이잖아?"

"저희 몫은 남겨뒀으니까 괜찮아요!"

"시리우스 님께서 베풀어주신 가르침에 대한 답례입니다. 시리우스 님께서 주신 것에 비해 보잘것없는 금액이기는 하지만, 받아주시지 않겠습니까?"

나는 깊이 고개를 숙인 두 사람을 보면서 난처해했다.

남매는 몰라도, 노엘과 디에게는 많은 도움을 받았기에 이 마음만으로 충분하지만…… 납득해줄 것 같지 않았다.

"……알았어. 고맙게 받을게."

""감사합니다!""

돈을 주고 고맙다고 말하는 것도 좀 이상한걸.

"그럼 다음은 내 차례네. 이건 내가 주는 작별 선물이야."

""……예?""

내가 금화 스무 닢이 든 주머니를 내밀자, 두 사람은 눈을 치켜뜬 채 그대로 딱딱하게 굳었다.

"일전에 어머니와 의논해서 정해뒀어. 남는 돈은 너희에게 주기로 말이야."

"이, 이렇게나……."

"너, 너무 많아요! 여보, 빨리 돌려드려요!"

두 사람은 허둥지둥 나에게 돌려주려 했지만 나는 받지 않았다.

"디, 너는 이해하고 있을 거야. 음식점을 내려면 얼마나 많은 돈이 필요한지 계산해본 적이 있을 텐데?"

"그건……."

디는 요리사뿐만 아니라, 자신의 음식점을 차린다는 꿈도 가지고 있었다.

하지만 요릿집을 차릴 자금은 쉽게 벌 수 있을 리가 없다.

두 사람이 지금까지 얼마나 모아뒀는지는 모르지만, 노엘의 고향에서 돈을 모으려고 해도 생활도 해야 하니 몇 년이나 걸릴지 알 수가 없다. 그렇기 때문에 이 금화를 주는 것이다.

"이건 오랫동안 나를 모신 두 사람에게 주는 급료이기도 해. 사양하지 말고 받아."

"하, 하지만 이건 너무 많습니다!"

"그래요! 에미와 레우 군도 그렇게 생각하지?"

"저는 언니와 디 씨라면 받을 자격이 있다고 생각해요."

"나도 마찬가지야. 그리고 디 형의 요리를 많은 사람들이 먹어볼 수 있을 거 아냐."

"윽!"

남매가 순진무구한 미소를 지으며 말하자 노엘은 말문이 막히고 말았다.

하지만 두 사람이 계속 당혹스러워하자 나는 방향성을 바꿔보기로 했다.

"학교를 졸업하고 나면 만나러 갈 테니까, 그때 공짜로 대접해줘."

"애초부터 시리우스 님에게 돈을 받을 생각은 없었습니다."

"그럼…… 좋아. 다음에 재회했을 때, 두 사람의 아이와 멋진 가게를 보여줬으면 해. 그 정도면 내가 금화를 내놓을 가치로서는 충분하거든."

그리고 긴 설득 끝에 두 사람은 눈물을 흘리며 고개를 푹 숙였다.

……이게 어젯밤에 있었던 일이다.

이 일은 이미 마무리가 되었지만, 디는 여전히 수긍을 하지 못한 것 같았다.

"우리에게는 필요 없고, 너희에게는 필요한 거잖아?"

"하지만 이렇게 많은 돈을 받고도 시리우스 님의 기대에 부응할 수 있을지, 그리고 제 꿈을 이룰 수 있을지 자신이 없어서……."

그래…… 너는 불안한 거구나.

모험가 출신에 나이도 꽤 먹었지만, 자신을 보호해주던 저택을 나섰을 뿐만 아니라 이제부터는 자신뿐만 아니라 사랑하는 노엘도 지켜야만 한다. 그러니 불안할 것이다.

그리고 성과를 내지 못했을 때를 두려워하는 것이리라.

"디……."

"그러니 이건…… 커억?!"

공교롭게도 나는 상냥한 말은 해주지 않기로 했다.

나는 디의 배에 가볍게 주먹을 꽂은 후, 몸을 앞으로 숙인 그의 멱살을 잡았다.

"뭐, 뭘 하시는 겁니까?!"

"어리광 부리지 마, 디! 너는 이제 노엘을 지켜야만 하는 남편이자, 언젠가 태어날 아이의 아버지야. 그런 남자가 이정도 일로 겁먹지 말라고!"

"윽?!"

"불안한 건 알아. 하지만 너는 인생을 살아갈 방법을 이미 알고 있어. 두려워하지 마. 자신감을 가지고 살아가는 거야."

내가 다소 단련시켜준 디라면 웬만한 도적 따위에게는 지지 않을 것이다. 그러니 남은 문제는 바로 마음이다.

"그리고 너에게 부족한 부분은 노엘이 채워줄 거야. 부부는 서로를 돕는 존재잖아."

"시리우스 님의 말이 옳아요. 저는 보호받기만 하는 게 아니라 당신과 함께 노력하겠다고 말했잖아요. 그것보다 당신이 불안을 느끼고 있다는 걸 눈치채지 못하다니…… 죄송해요."

"그렇지 않아. 그저…… 내가 약할 뿐이야. 이런 모습은 두 번 다시 보여주지 않을 거야. 노엘, 나와 함께 해줘!"

"예! 여보……."

이 두 사람은 이런 말을 한 후, 또 단둘만의 세계를 만들어 냈다.

이제 더는 돈을 사양하지 않을 것 같고 디도 마음을 굳게 먹은 것 같았다.

"호오……. 디가 존경할 만한 걸."

우리를 부르러 왔던 개드는 중간부터 이 광경을 보고 있었던 것 같지만 끼어들지는 않았다.

나를 보는 눈빛이 변한 개드는 미소를 머금으며 마차를 손가락으로 가리켰다.

"나리, 준비는 끝났어. 언제든지 출발할 수 있으니까, 준비가 끝나면 잭에게 말을 걸어."

"고마워요. 자아, 너희도 이제 그만 현실로 돌아와."

"앗?!"

"죄, 죄송합니다! 개드, 기다리게 해서 미안해."

"괜찮아. 그리고 앞으로 사랑을 나눌 거면 내가 없는 곳에서 해."

개드가 놀리는 듯한 어조로 그렇게 말하자 두 사람은 얼굴을 새빨갛게 붉혔다.

마음을 진정시킨 디는 남매에게 걸어가더니 눈높이를 맞추기 위해 몸을 숙였다.

"에밀리아. 레우스. 선배로서 한심한 꼴을 보였구나. 용서해다오."

"디 씨는 한심하지 않아요. 저희가 존경하는 멋진 선배이자, 오빠예요."

"맞아! 디 형이 해주는 밥 덕분에 우리는 이렇게 자랄 수 있었어."

"고맙다. 그리고 내가 하고 싶은 말은 노엘이 다 했어. 그러니 나는 딱 한 마디만 할게. 시리우스 님을…… 부탁해."

""예!""

디는 할 말을 다한 것 같았다.

이렇게 두 사람은 남매와 작별 인사를 한 후, 나를 향해 깊이 고개를 숙였다.

"학교를 졸업하려면 5년이 걸리지, 아마? 그때까지 못 보겠네."

"5년…… 길군요. 만약 시리우스 님이 학교에 들어갈 생각을 하지 않으셨다면, 제 고향으로 가자고 했을 거예요."

"그것도 괜찮을 것 같네. 하지만 살 곳이 없잖아?"

"제 집에서 사시면 돼요. 그리고 시리우스 님이라면 자기 집 정도는 간단히 지을 것만 같아요."

"어이, 그러면 눌러앉을 수밖에 없잖아. 아무튼 학교를 졸업하면 바로 두 사람을 만나러 갈게. 아, 그때는 세 명이려나?"

"에, 에헤헤……. 아직은 모르겠지만 최선을 다할게요! 그리고 부탁이 있는데…… 그 애가 크면, 시리우스 님의 시종으로 삼아주지 않겠어요?"

"……너 지금 무슨 소리를 하는 거야?"

"에리나 씨에게서 배운 기술을 가르쳐둘 테니까, 기대해주세요. 그리고 여자애라면 첩으로 삼아주셔도 돼요!"

"언니! 멋대로 그런 걸 정하다니, 너무해요!"

노엘이 폭주하자, 에밀리아는 뚜껑이 열렸다. 그래, 에밀리아. 따끔하게 한마디 해줘.

아무리 부모라도, 아직 태어나지 않은 아이의 인생을 정해서는 안 된다고.

"최측근 시종은 에미로 정해됐으니까 안심해."

"……그러면 괜찮아요."

어이…… 너무 빨리 납득하는 거 아냐?

만난 지 하루도 안 됐으면 내 연인 후보가 되려고 한 엘프인 피아도 그렇고…… 왜 이 세계의 여성은 이렇게 적극적인 거지?

"잘 들어. 절대 강요는 하지 마! 어디까지나 아이의 마음을 존중해주라고."

"거, 걱정 마십시오. 제가 지켜보겠습니다."

"즉, 세뇌나 유도는 괜찮은 거네요?"

"하지 마!"

왠지 벌써부터 피곤했다. 이대로 이야기를 계속하다간 끝이 없을 것 같으니, 슬슬 출발하자.

마지막으로 작별의 악수를 하려고 손을 뻗었지만, 노엘은 악수 대신 내 이마에 입맞춤을 했다.

"당신의 행복한 인생을 보내길. 저희는 언제까지나…… 당신의 행복을 기원하겠어요."

그리고 천천히 나한테서 떨어진 노엘은 눈물을 흘리면서 미소를 지었다.

정말…… 헤어지기 직전에…….

"그럼 나도 이 말을 해야겠네. 행복해야 해…… 누나."

"윽?!"

처음으로 나한테 누나라고 불리고 훌쩍이는 노엘에게서 시선을 뗀 후, 나는 디가 내민 손을 움켜잡았다.

"힘내, 디!"

"예!"

작별인사를 마친 우리는 마차에 탄 후, 잭에게 말을 걸었다.

"알았슴다. 그럼 출발하죠."

"잭, 정중하게 모시라고."

마차가 움직이기 시작하면서 노엘과 디의 모습이 점점 작아지는 가운데, 우리는 두 사람의 모습이 완전히 보이지 않을 때까지 손을 흔들었다.

그리고 마을 입구에서 호위를 담당하는 모험가 두 명을 태운 후, 우리는 엘리시온을 향해 출발했다.

학교가 있는 엘리시온까지는 마차로 나흘 정도 걸린다고 한다.

흙을 다져서 만든 길을 따라 이동하며, 길가에 있는 간판으로 방향을 확인하면 길을 헤맬 염려는 없을 것 같았다.

"저 나무는 설화(雪花)의 달이 되면 예쁜 꽃이 핌다. 그리고 저쪽에 있는 나무에 달린 풀을 약으로 씀니다."

현재 우리는 후드를 눌러쓴 채 마부석에 앉아서 말을 모는 잭과 잡담을 나누고 있었다.

"잭 씨는 박식하네요. 이야기를 들으면서 많이 배워요."

"아하하, 실은 전부 형님에게 들은 검다. 형님은 셀 뿐만 아니라 엄청 똑똑하거든요. 제 목표임다."

하지만 이야기 중 절반은 형님 격인 개드를 자랑하는 이야기였다. 듣고 있으면 즐거우니 딱히 불만은 없었다.

"잭 형, 나는 이해가 돼! 나도 형님이 목표거든!"

수인에게 편견을 가지고 있지 않으며 은랑족 남매를 보고도 아름다운 은발이라고 솔직하게 말하는 남자이기에 남매도 그를 그다지 경계하지 않았다.

특히 레우스는 잭과 묘하게 죽이 잘 맞는 것 같았다. 아까부터 서로의 형님이 얼마나 대단한지 계속 이야기하고 있었으며, 진짜 절친 같았다.

"이야, 레우스는 내 마음을 이해하는 검까. 그런데…… 진짜로 괜찮은 검까?"

"문제없어. 이것도 훈련이거든."

그리고 잭은 마차에 타지 않은 채 옆에서 뛰고 있는 레우스를 보면서 쓴웃음을 지었다.

"레우스에게 있어서는 일상적인 일이니까 신경 쓰지 마세요."

지금은 여행 중이기 때문에 유사시에 대비해 체력을 온존해둬야겠지만, 마차의 속도는 그렇게 빠르지 않고 지금은 호위를 맡은 모험가도 있었다. 어느 정도는 훈련을 해도 될 것이다.

게다가 저택에서 훈련을 할 때는 산길이나 숲속을 더욱 빠른 속도로 뛰어다녔으니, 이 정도는 레우스에게 준비운동에 지나지 않는다.

"뭐, 이 근처는 마물이 거의 없으니 괜찮을 검다. 피곤하면 바로 말하십쇼."

"마물인가요……."

"아, 에밀리아 양, 괜찮습다. 마물이 나타나도 호위가 있고,

저도 검을 어느 정도 다룰 줄 알거든요."

"마물이 거의 없는데도 호위를 고용했다는 건…… 도적이라도 나타나는 건가요?"

내가 마차 뒤편에 조용히 앉아 있는 두 모험가를 쳐다보자, 잭은 쓴웃음을 지으면서 목소리를 낮췄다.

"이미 들켰으니 어쩔 수 없다. 실은…… 요즘 이 근처에서 도적이 나타났다는 이야기를 들었습다. 그래서 호위를 고용한 검다."

"저 두 사람은 잘 아는 모험가군요."

마차에 탄 후로 한 마디도 하지 않았기에 꽤 수상했다. 에밀리아도 신경이 쓰이는지 내 곁에 붙어 있었다.

"도적 퇴치로 유명한 2인조이며, 모험가 길드에 소속된 모험가임다. 저뿐만 아니라 형님도 확인해봤으니 걱정할 필요 없슴다."

"그럼 괜찮겠지만요."

나는 아직 모험가 길드에 대해 잘 모른다. 어쩌면 이게 당연한 걸지도 모른다.

하지만 여러모로 신경이 쓰였기에 '서치'를 발동시켜보니…… 예감이 정확하게 적중하고 말았다. 마차를 향해 접근하는 다수의 반응을 포착한 것이다.

"잭 형! 마차를 세워!"

다음 순간, 밖에서 달리던 레우스가 큰 목소리로 외치더니 주먹을 말아 쥐며 주위를 경계했다. 레우스도 꽤 감이 날카로워진 것 같았다.

레우스의 목소리를 듣고 놀란 잭은 고개를 갸웃거리면서 마차를 세웠다.

"무슨 일임까?"

"사람들이 이쪽으로 몰려오고 있어! 왠지 불길한 예감이 들어……."

'서치'로 포착한 반응은 여덟 개이며, 둘로 나뉘어서 마차의 앞뒤에서 접근하는 것 같았다. 그렇다면 둘로 나뉘어서 대처하는 편이 좋겠지만…… 그럴 수도 없는 상황이 벌어졌다.

"혹시 도적임까?! 당신들, 상황을 살펴…… 앗?!"

"움직이지 마라! 이 꼬맹이가 죽어도 괜찮은 거냐?!"

잭이 고개를 돌려보니, 호위를 맡은 모험가들이 에밀리아의 목을 팔로 조르면서 나이프를 꺼내들었다.

"죄, 죄송해요, 시리우스 님……."

에밀리아는 물이 들어있는 컵을 손에 든 채 미안해하는 듯한 표정을 짓고 있었다.

아무래도 나와 레우스가 마실 물을 준비하려다 잡힌 것 같았다.

"이 타이밍에 이딴 짓을 벌인 걸 보면, 역시……."

"뭐라고 중얼대는 거야? 꼬맹이라고 봐줄 것 같냐?! 빨리 무기를 버려."

"……알았어. 버리면 되지?"

무기를 놓으며 상황을 살펴보니, 에밀리아를 세게 조르고 있는 것 같지 않았으며 나이프 또한 우리를 향해 들고 있었다. 에밀리아가 어린애라서 완전히 방심한 것 같았다.

그리고 옆에 있는 잭도 검을 버렸기에 모험가들은 만족스러운 표정으로 고개를 끄덕였다.

"자아, 이제 됐습까? 그럼 애한테 상처를 입히지 마십쇼!"

"그건 네 태도에 달렸다. 어이, 너는 밖에 있는 꼬맹이가 다가오지 않는지 감시해!"

다른 한 모험가가 뒤편을 감시하기 시작했기에 레우스가 기습을 하기도 어려워졌다.

우선 에밀리아의 안전이 최우선이라 밖에 있는 레우스에게는 '콜'로 대기하라는 명령을 내려뒀다.

"모험가가 이런 짓을 해도 됨까? 들키면 길드에게 쫓기지 않습까?"

"그런 걱정을 할 필요 없어. 이제부터는 도적에게 공격을 당한 너희가 무사히 돌아갈 수 있을 리가 없으니까 말이야."

역시 마차에 다가오고 있는 집단은 도적이며, 이 두 사람은 그들의 동료 같았다.

그리고 이 두 사람이 말한 것처럼 도적에게 공격을 받고 길드에 보고를 하는 사람이 없다면, 이 녀석들의 범행은 알려지지 않을 것이다. 그리고 이 두 사람은 수적 열세라 도망칠 수밖에 없었다고 길드에 보고하면 자신들에 대한 평가가 떨어지기는 해도 의심을 받지 않으리라.

"잠깐 기다립쇼, 돈과 짐은 전부 다 줄 테니까 아이들은 놔주십쇼!"

"어차피 다 가질 건데 그럴 필요 없잖아. 이 꼬맹이도 노예로 팔면 꽤 돈이 될 테니까 놔줄 수 없다고!"

"히익?!"

노예라는 말을 듣고 옛날 일이 생각난 듯한 에밀리아는 몸을 부르르 떨었다. 역시 마음의 상처는 쉽게 낫지 않는 걸까.

이렇게 되면 상대의 팔을 공격해서…… 아니다. 지금의 에밀리아라면 분명…….

"에밀리아, 내 말 들리지?"

"아, 예."

"너는 이제 약하지 않아. 네가 받은 훈련을 떠올려."

"아……."

내 말을 듣고 천천히 눈을 감은 에밀리아는 곧 몸의 떨림이 완전히 멎었다.

"생각났지? 지금의 너라면 그딴 남자 정도는 식은 죽 먹기야. 봐줄 필요 없으니까 해치워버려."

"……예!"

"아까부터 무슨 소리를…… 커억?!"

에밀리아는 대답을 하면서 눈을 뜨더니 몸을 웅크려서 상대방의 품에서 빠져나왔다. 그리고 놀란 모험가의 팔을 비틀어서 나이프를 휘두르지 못하게 했다.

하지만 에밀리아의 행동은 그것으로 끝이 아니었다.

"제 몸을 만져도 되는 건 시리우스 님 뿐이에요!"

그대로 엎어치기를 하듯 모험가를 던져버렸다. 게다가 뒤편을 살펴보고 있던 남자도 그 공격에 휘말렸다. 결국 모험가들은 마차 밖으로 내던져지고 말았다.

"뭐, 뭐가 어떻게 된 겁까?!"

어린 소녀가 어른을 간단히 던져버리는 광경을 본 잭은 입을 쩍 벌렸다.

잭에게는 나중에 설명하자고 생각한 나는 우선 에밀리아에게 다가가서 그녀의 머리를 쓰다듬어줬다. 그러자 그녀는 꼬리를 흔들면서 만면에 미소를 지었다.

"시리우스 님…… 저, 해냈어요!"

"응, 잘했어. 너는 이제 노예가 되기를 기다리는 약한 애가 아냐. 방금 그걸로 너는 그 사실을 증명한 거야."

"시리우스 님 덕분이에요!"

"아니, 전부 네가 노력한 결과야. 나는 조금 도와줬을 뿐이지."

과거의 상처를 하나 더 극복한 에밀리아는 찬란히 빛나는 것처럼 보였다.

마음 같아서는 더 칭찬해주고 싶지만 아직 적은 남아 있었다.

"이제 싸울 수 있지? 단숨에 쓸어버리자."

"예! 저도 도울게요!"

나는 아까 풀어놨던 장비를 회수한 후, 잭의 어깨를 두드렸다. 그러자 잭은 그제야 정신을 차렸다.

"저, 정말 대단함. 저렇게 멋진 던지기는 처음 봤슴다!"

"시리우스 님의 가르침 덕분이에요. 그것보다 잭 씨. 밖에 나가서 싸우죠."

"싸운다고요?! 도망치는 편이 낫지 않을까?"

잭이 그런 반응을 보이는 것도 어찌 보면 당연하다. 우리는 애들이니 보통 이런 상황에서는 도망칠 것이다.

하지만…….

"에밀리아가 간단히 던져버린 저딴 녀석들은 저희의 적이 못돼요. 저희가 길을 만들 테니, 잭 씨는 마을로 도망치세요."

내가 딱 잘라서 말하자, 잭은 아까 내던졌던 검을 주워들며 각오를 다진 표정을 지었다. 에밀리아가 방금 모험가를 던지는 모습을 봤기 때문인 것 같았다.

"혀, 형님이 저에게 나리들을 맡겼습다! 그러니 나리들이 싸운다면…… 저도 싸울검다!"

역시 잭은 의리가 두터운 남자다. 나는 이런 남자를 싫어하지 않는다.

게다가 만나지 얼마 안 된 우리에게 상냥하게 대해줬고, 에밀리아가 인질이 되었을 때도 주저 없이 무기를 버렸다. 잭은 믿을 수 있는 남자라고 생각하기에 가능한 한 지켜주기로 결심했다. 그리고 우리는 방금 에밀리아가 내던진 모험가들을 쫓듯 마차 밖으로 뛰쳐나갔다.

"형님. 누나, 무사한 거야?"

"우리는 무사해. 자, 검 받아."

우리가 밖에 나가자 레우스가 뛰어왔기에, 나는 마을에서 사둔 검을 레우스에게 던져줬다.

"저기, 형님. 아까 튀어나온 녀석들은 호위를 맡은 모험가지? 적이 된 거야?"

에밀리아에게 내던져진 모험가들을 보니, 그들은 좀 떨어진 곳에서 비틀거리며 몸을 일으키고 있었다.

"그래. 우리를 노예로 만들어서 팔려고 한 바보 같은 놈들이지. 곧 이곳으로 몰려올 녀석들뿐만 아니라 저 녀석들도 해치워 버리자."

"누나를 노예로?! 저 녀석들…… 절대 용서 못해!"

성격의 차이 때문인지, 레우스는 에밀리아와 달리 두려움보다 분노가 앞서는 것 같았다.

레우스가 분노를 느끼며 검을 들자, 모험자 두 명도 검을 뽑아 들며 그를 마주 노려보았다.

"빌어……먹을. 뭐가 어떻게 된 거야?"

"조심해. 저 녀석들은 단순한 꼬맹이가 아냐! 다른 녀석들이 올 때까지 기다리자."

하지만 에밀리아에게 내던져진 탓에 경계심을 품은 그들은 한 패거리가 올 때까지 기다릴 심산인 것 같았다. 모험가답게 위기 판단력은 좋은 것 같군.

"도적들과 합류하기 전에 해치워버리지 않겠슴까. 제가 돌격해서……."

"아뇨……. 이미 늦은 것 같아요."

우리가 마차에서 이야기를 나누는 사이에 접근한 것 같았다.

주위를 둘러보니 도적 같은 풍모를 지닌 남자들이 차례차례

모습을 드러내며 우리를 포위했다. 그중에서 리더 격으로 보이는 남자가 한 걸음 앞으로 나서더니 귀찮다는 눈길로 모험가들을 쳐다보았다.

"어이, 어떻게 된 거야? 저 자식들이 아직 무기를 들고 있잖아."

"시끄러워! 꼬맹이라고 방심하다간 당할 거야."

"흥. 자기 실수를 꼬맹이들 탓으로 돌리다니, 한심한걸. 어이, 너. 갔다 와."

"예입."

리더 격이 명령을 내리자, 한 도적이 히죽히죽 웃으면서 걸어왔다.

그리고 그 도적은 레우스의 앞에 서서 그를 노려봤다. 하지만 레우스는 겁먹는 것은 고사하고 차가운 눈길로 그를 마주 노려보았다.

"빨리 무기를 버려. 안 그러면 따끔한 맛을 볼 거다."

"어이…… 너희는 도적이지?"

"보다시피 우리는 도적이야. 우는 애들이 울음을 뚝 그치는 악마의 송곳니가 바로……."

"그럼 내 적이다!"

"무슨 소리를…… 커억?!"

그 순간, 레우스의 주먹이 도적의 안면에 꽂혔다. 그리고 그 도적은 상황을 이해하지도 못한 채 리더 격의 발치까지 굴러가더니, 그대로 기절했다.

레우스의 일격을 본 도적들이 망연자실한 사이, 나는 이미 상황파악을 끝냈다.

눈앞에 있는 모험가들과 레우스가 쓰러뜨린 녀석을 제외하면 적은 우리 앞에 셋, 뒤편에 셋…… 그리고 마지막 한 명은 조금 떨어진 곳에서 활을 들고 있었다.

"레우스는 이대로 돌격해! 에밀리아는 후방에 있는 적을 상대하는 거야!"

""예!""

그리고 나는 발치에 떨어져 있던 돌을 주운 후, 그걸 던지면서 호령했다.

"전투 개시!"

내가 던진 돌이 활을 든 도적에게 명중한 순간, 레우스는 근처에 있는 상대를 향해 단숨에 돌진했다.

"앗?! 빨라……."

"네가 느린 거야!"

레우스는 강파일도류를 배우기 시작한 후, 나와 라이오르와 몇 번이나 대련을 하면서 단련했다. 애라고는 해도 이미 어른에게도 지지 않을 수준의 기술과 힘을 지녔으니, 웬만한 도적은 상대가 되지 못할 것이다.

게다가 할아버지와 생사를 건 실전(實戰)를 반복해왔으니, 사람을 베는 것에 주저 같은 것도 없었다. 애초에 레우스는 가족을 노리는 적을 봐주지 않는다.

단숨에 도적의 코앞까지 접근한 레우스는 단칼에 두 도적의 팔을 베어버린 후, 그대로 리더 격의 품속으로 파고들며 검을 휘두르려 했다.

"이, 이 자식?!"

"받아라아아아앗——!"

리더 격이 경악을 하면서 휘두른 대검과 레우스의 검이 부딪치자, 두 검이 강렬한 소리를 내면서 부러졌다.

"젠장! 나도 아직 멀었네!"

레우스가 들고 있는 검은 싸구려이며 상대의 대검은 칼날이 넓고 꽤 고급스러운 물건이었다.

결과 자체는 충분히 만족할 수 있는 수준이지만, 라이오르의 할아버지라면 분명 상대의 검만 부러뜨렸을 것이다. 그래서 레우스는 진심으로 분통을 터뜨리며 후퇴하고 있었다.

"내가 방심하지 말라고 했잖아! 우리가 그 꼬맹이를 막을 테니까, 너는 저 검은머리 꼬맹이를 노려!"

"저 녀석이 두목이야. 인질로 삼으면 이 녀석도 꼼짝 못할 거야."

"형님은 나서지 마! 젠장, 방해하지 말라고!"

하지만 레우스가 후퇴한 곳에는 두 모험가가 있었다. 그들은 레우스를 포위해서 움직임을 봉쇄했다.

그 사이, 예비용 검을 뽑아든 리더 격이 나에게 다가왔다. 그 모습을 본 잭이 나를 지키기 위해 앞으로 나섰다.

"이, 이 애의 손가락 하나 건드릴 수 없습니다!"

"상인 따위가! 비켜!"

보아하니 잭은 다리를 떨고 있었다. 실력은 명백하게 리더 쪽이 위였기에, 잭의 행동은 무모하기 그지없었다.

하지만 당신의 그 용기와 마음은 정말 기뻐.

"상인이라고 싸울 줄 모른다고 생각하지 마십쇼!"

"그렇다고 이길 리가…… 커억?!"

그러니 잭이 다치기 전에 마무리를 짓기로 했다.

구체적으로 설명하자면 달려드는 리더 격의 발에 '스트링'을 건 후, 힘껏 잡아당겨서 넘어뜨린 것이다.

"……어라?"

검을 치켜든 채 딱딱하게 굳은 잭을 내버려두고 나는 발치를 굴러다니고 있는 리더 격의 검으로 때려서 기절시켰다. 참고로 팔이 잘린 채 고통을 호소하고 있는 도적들의 안면에 '임팩트'를 날려서 기절시켰다.

"우랴아아아아아아앗――!"

그리고 레우스 쪽을 돌아보니, 부러진 검을 버리고 주먹을 말아 쥔 레우스의 어퍼컷이 모험가의 턱에 꽂혔다.

지면에서 두 발이 떨어지게 만들 만큼 강렬한 그 일격은 상대방을 완벽하게 기절시켰으며, 다른 한 명은 이미 지면에 쓰러진 채 꿈쩍도 하지 않았다. 복싱이었다면 지금쯤 공이 울렸을 것이다.

"휴우…… 성가시게 하지 말라고. 형님, 괜찮아? 잭 형은?"

"응. 괜찮아."

"아, 예. 우리는 무사함다!"

"다행이야. 아아…… 역시 더 좋은 검을 가지고 싶어."

강해진 만큼, 그에 걸맞은 검이 아니면 레우스의 힘을 충분히 발휘할 수 없는 것 같았다.

주얼 터틀을 쓰러뜨렸을 때 약속했으니까, 엘리시온에 도착하면 레우스의 실력에 걸맞은 검을 찾아봐야겠다.

"사, 살았어……. 아, 아직 안 끝났습니다! 에밀리아 양은 괜찮겠습까?!"

"아, 에밀리아라면…… 곧 끝날 것 같네."

안도하려던 잭이 허둥대기 시작했다. 내가 뒤편을 쳐다보니…… 에밀리아가 화려하게 춤추듯 싸우는 모습이 눈에 들어왔다.

"이, 이 꼬맹이는 뭐야?!"

"눈에 보이는데…… 젠장! 뭐가 어떻게…… 크윽?!"

"오지 마…… 끄아!"

공격 마법을 사용하면 금방 끝낼 수 있겠지만, 에밀리아는 인간과의 전투 연습을 위해 일부러 나이프로 싸우고 있었다.

단련한 반사신경과 속도, 그리고 마법으로 만들어낸 순풍을 자신 쪽으로 불게 해서 더욱 가속한 에밀리아는 회오리처럼 도적들 사이로 이동하며 그들을 농락했다.

에밀리아의 은발이 빛을 반사하며 눈부신 궤적을 그릴 때마다 도적들의 몸에 상처가 났다.

그리고 수많은 상처가 난 도적이 전의를 잃은 것을 확인한 에밀리아는 멈춰서면서 나이프를 내밀었다.

"무기를 버리고 항복하세요. 안 그러면, 다음에는……."

"비…… 빌어먹을!"

어린애인 에밀리아에게 당한 도적들은 복잡한 심정을 느끼며 무기를 버렸다. 마음은 이해가 되지만, 이게 현실이니 받아들일 수밖에 없으리라.

마지막으로 에밀리아가 마법을 날려서 그들을 완벽하게 기절시켜 무력화시킨 후, 우리 곁으로 돌아왔다.

음…… 주얼 터틀과 싸우고 얻은 교훈을 활용하고 있는 것 같다. 그래서 내가 머리를 쓰다듬어주자, 에밀리아는 꼬리를 마구 흔들어댔다.

"시리우스 님, 끝냈어요!"

"응, 잘했어. 그럼 저 녀석들을 묶어볼까?"

"응! 잭 형, 줄 같은 건 없어?"

"마, 마차에 로프가 있습다……."

생각도 못한 결과가 벌어진 탓에 약간 얼이 나간 듯한 잭을 내버려둔 채, 우리는 흩어져서 도적들을 로프로 묶었다.

습격자들에게 응급처치를 간단하게 해주고 한군데에 모았을 즈음, 잭은 자신이 해야만 할 일이 생각난 것 같았다. 편지를 매단 전령용 새를 풀어서 가르간 상회에 현재 상황의 보고 및 마을 경비대의 출동을 요청했다.

"한나절 정도면 경비대가 올검다. 그런데 나리들은 이 녀석들을 어떻게 할 생각임까?"

"마을 경비대에게 넘길 생각인데요. 왜 그런 걸 묻는 거죠?"

"실은 이 녀석들에게 물어볼 게 있습다. 제가 심문을 해도 되겠습까?"

잭은 뭔가 알아볼 게 있는 것 같았기에 나는 고개를 끄덕이며 그에게 하고 싶은 대로 하라고 허락했다.

"어이, 당신들이 요즘 이 근처에서 활동하던 도적임까?"

"그러면 어쩔 건데?"

"규모, 그리고 아지트가 있는 곳을 전부 실토해줘야 겠다. 당신들 덕분에 우리는 장사를 제대로 못하고 있다고요."

"흥…… 몰라."

"이래도 입 다물 검까?"

잭이 검을 목에 대며 협박했지만, 리더 격은 웃기만 했다.

"하하하! 한 번 해봐. 내가 죽으면 아무것도 못 알아낼 걸? 그리고 상인 따위가 익숙하지도 않은 짓을 하지 말라고. 손이 떨리고 있거든?"

"큭…….."

잭은 정곡을 찔렸는지 검을 집어넣은 후, 이번에는 모험가들을 노려보았다.

"도적과 손을 잡은 걸로 모자라 어린애를 인질로 잡으려고 하다니, 부끄럽지도 않슴까? 그러고도 모험가임까?"

"애들한테 도움이나 받는 상인한테 그런 소리를 듣고 싶진 않아."

"그런 애들에게 묶여서 바닥을 굴러다니는 녀석한테 그딴 소리를 듣고 싶진 않슴다. 당신들, 길드를 적으로 돌리면서까지 대체 뭘 하려는 검까?"

"시끄러워! 전직 모험가가 차린 상회의 상인 따위가 거들먹거리지 말라고!"

"뭐?! 형님을 바보 취급 하는 겁까?!"

"일단 그만 해요."

말다툼이 벌어질 것 같았기에, 나는 억지로 끼어들며 그들을 말렸다.

내가 끼어든 덕분에 마음이 진정된 듯한 잭은 모험가에게서 떨어지더니, 머리를 긁적이며 입을 열었다.

"죄송함다. 나리. 형님이 바보 취급당하니 참을 수가 없었슴다."

"나는 그 마음을 이해할 수 있어!"

"상인이니까 좀 더 냉정하게 대처하죠. 그건 그렇고, 왜 도적에게서 정보를 캐내려고 하는 거죠?"

전문가에게 맡기면 되는 일이니, 상인인 잭이 심문을 할 필요는 없을 것이다.

내가 그렇게 묻자 잭은 약간 머뭇거리면서도 이유를 가르쳐 줬다.

"……실은 요즘 들어 도적들이 상인을 주로 표적으로 삼고 있슴다."

"상인이 돈을 많이 가지고 다니기 때문 아닌가요?"

"그건 그렇지만, 좀 부자연스럽슴다. 호위가 있는데도 노릴 뿐만 아니라, 이번처럼 모험가와 손을 잡고 습격하기도 함다. 형님은 뭔가 다른 이유가 있을 거라고 여기고 있슴다. 그래서 이 녀석들에게서 정보를 얻고 싶은데……."

하지만 심문이 서툰 탓에 아무런 정보도 얻지 못한 것이다.

솔직하게 말해 우리는 엘리시온에 도착하기만 하면 되니, 이 일에 관여할 필요는 없다. 하지만 짐을 내리면서까지 마차에 태워준 것을 답례하고 싶었다.

게다가 이 녀석들은 우리를 노예로 팔겠다고 지껄여댔다. 좀 괴롭혀줄 겸, 협력을 하기로 마음먹었다.

"저기, 잭 씨. 제가 심문을 좀 해도 될까요?"

"예? 나리들이 잡았으니까, 나리 뜻대로 해도 됩니다만……."

"그럼 좀 물러나주세요."

그리고 내가 묶여 있는 이들 앞에 서자, 리더 격인 남자가 나를 노려보았다.

"쳇, 괴물을 기르는 꼬맹이가 나한테 볼일이라도 있는 거냐?"

"괴물……이라."

리더 격인 남자가 열 받는 소리를 하자, 나는 우선 그의 팔을 잡고 마력을 불어넣었다.

"……좋아. 다 됐어."

"장난치는 거냐? 언젠가 후회하게 만들어주마."

"후회하는 건 너야. 그리고 지금 내가 한 건 장난이 아니거든. 방금 그건…… 저주야."

"저주? 이 꼬맹이, 무슨 소리를 하는 거야?"

리더 격은 불쾌하다는 듯이 인상을 썼지만, 나는 개의치 않으면서 방금 마력을 불어넣은 팔을 손톱으로 꼬집었다. 그리고 서서히 힘을 줘서 상처가 날 정도로 세게 꼬집자, 리더 격의 얼굴이 점점 질리기 시작했다.

"뭐, 뭐야……. 뭐가 어떻게 된 거냐고?!"

그 뒤를 이어 도적들이 쓰던 나이프로 꼬집은 부분을 살짝 찔러서 상처를 벌렸다. 당연히 피가 흘러나왔지만, 이 정도는 가벼운 부상에 불과했다. 하지만 리더 격은 믿기지 않는다는 듯이 몸을 부르르 떨기 시작했다.

"어, 어이, 왜 그래? 겨우 그딴 상처로 왜 그렇게 떠는 건데?!"

"아, 아냐! 아프지 않다고! 이렇게 피가 나는데…… 전혀 아프지 않단 말이야!"

"내가 아까 말했잖아. 저주라고 말이야."

재생활성으로 지혈만 한 후, 나는 미소를 지으면서 리더 격의 눈을 쳐다보았다. 그의 눈에 어려 있는 것은 당혹스러움과…… 약간의 공포였다.

믿기지 않는 사태가 벌어졌으니, 내 미소가 무시무시해 보일 것이다.

"나는 취미 삼아 저주를 연구하고 있거든. 그리고 너에게 건 저주는 고통뿐만 아니라 감각조차 없애는 저주야."

"무, 무슨 소리야?"

"그리고 나한테 거짓말을 하거나, 똑바로 대답하지 않는다면, 그 저주는 점점 강해지지. 최종적으로는…… 저주가 온몸으로 퍼져나갈 거야."

"흐, 흥…… 고통이 없어지면 고문을 해봤자 의미가 없겠군…… 하하하."

"내 말을 이해하지 못하는 거야? 감각이 없어진다는 것은 그 무엇을 먹어도 맛을 느끼지 못한다는 거야. 물론 여자를 안아봤자 아무것도 느끼지 못해."

그 말을 들은 순간, 리더 격의 얼굴에서 허세가 사라졌다. 그렇게 되었을 때를 상상하고 있는지, 몸 또한 더욱 떨리고 있었다.

사실 이 저주는 재생활성을 응용한 것이다. 마력으로 과도한 자극을 가해 통각을 일시적으로 마비시킨 것뿐이다. 즉, 마취 같은 것이며 한나절 정도 지나면 원래대로 돌아온다.

하지만 마취를 모르는 이 녀석에게 이 상황은 공포 이외의 그 무엇도 아닐 것이다.

"나, 나리! 그건 좀 너무한 것 같은뎁쇼……."

……하지만 좀 지나쳤는지 잭까지 겁을 먹고 말았다.

하지만 에밀리아가 귓속말로 설명을 해주고 있기에 나는 여전히 미소를 머금은 채 심문을 계속했다.

"온몸에 퍼져나간 저주를 푸는 건 불가능해. 자아, 슬슬 질문을 해도 되겠지?"

"뭐, 뭐든 다 이야기할게요!"

역시 인간의 3대 욕구인 식욕과 성욕이 없어진다고 하자, 그는 순식간에 순종적인 인간이 되었다.

그리고 벌은 공평하게 받아야 된다면서 도적뿐만 아니라 모험가들에게도 같은 처치를 하자, 그 모험가들이 도적과 손을 잡은 이유도 알 수 있었다.

"역시 그랬던 검까. 언젠가 일을 벌일 거라고 생각했지만, 이딴 짓까지 할 줄은 몰랐습니다!"

아무래도 도적이 상인을 주로 노린 이유는 가르간 상회의 발전을 시기한 다른 상회의 지시 때문이었던 것 같았다.

급속도로 발전하는 가르간 상회를 박살내기 위해 이 도적들과 손을 잡고 수송 루트의 정보를 흘린 것이다. 위장 공작 삼아 관계없는 상인까지 공격해서 누구의 짓인지 드러나게 하지 않게 한 것 같았다.

그리고 이 두 사람은 진짜 모험가지만 최근에 의뢰를 달성하지 못해 돈을 충분히 벌지 못한 것 같았다. 바로 그때, 예의 상회에서 이런 제안을 해왔고 거금을 받는 대신 이 일에 협력한 것 같았다.

"어, 어이…… 이제 됐지? 전부 이야기했으니까 이 저주를 풀어줘!"

"풀어줄 수도 있지만, 그 전에 이걸 봐줬으면 해."

나는 도적들의 주목을 모은 후, 땅에 떨어져 있던 돌을 주워서 '부스트'로 강화한 악력으로 으스러뜨렸다. 그리고 손바닥으로 '임팩트'를 쏴서 파편을 잘게 부순 후, 거의 가루가 되어버린 돌을 바람에 흩날리게 하면서 미소 지었다.

"진짜 괴물이라는 건 나 같은 녀석을 말하는 거야. 앞으로 저 두 사람을 괴물이라고 부르거나 모욕하면…… 너희의 머리가 이렇게 될 걸?"

괴물이라는 건 명백하게 차원이 다른 상대에게 하는 말이며, 졌다고 해서 함부로 입에 담아도 되는 말이 아니다. 남매는 노력을 통해 이 만큼이나 강해진 것이다. 그런 그들이 괴물이라 불리는 것을, 나는 절대 용납할 수 없었다.

"알았지?!"

""""""예!""""""

나는 마지막으로 살기를 뿜으며 위압감 넘치는 목소리로 말했다.

어린애가 뿜기에는 지나치게 강한 살기를 정통으로 맞자, 그들은 새파랗게 질린 얼굴을 필사적으로 끄덕여댔다.

그 후, 마비된 팔에 손을 대고 저주를 풀어주는…… 척 했다.

실은 '라이트'로 빛을 뿜었을 뿐이지만, 그들은 안도의 한숨을 내쉬었다. 하지만 안심하기에는 아직 일렀다.

"참고로 이 상태는 한나절 동안 계속될 거야. 그리고 저주는 완전히 사라지지 않으니, 보복 같은 바보짓을 할 엄두도 내지 마. 저주가 다시 발동하더라도 나는 도와주지 않을 거야."

그들은 내 말을 듣고 딱딱하게 굳은 표정을 지었다. 간단히 말해 우리에게 관여하지 않으면 아무런 문제도 없다. 전원 감옥행은 확정되어 있지만, 이렇게 협박해두면 보복당할 걱정은 할 필요가 없을 것이다.

그 후, 도적을 데리러 온 마을 경비대를 기다리는 동안 잭은 몇 번이나 우리에게 고개를 숙여댔다.

"정말 죄송함다! 그리고 나리들 덕분에 저뿐만 아니라 가르간 상회도 살았슴다! 진짜 감사함다!"

"어쩌다 보니 이렇게 된 것 뿐이고, 저희도 마차를 얻어 탔으니까 피장파장이에요."

딱히 고생하지도 않았고, 에밀리아의 트라우마 극복에도 도움이 됐다. 오히려 큰 소득이 있었던 것이다.

"보수를 청구해도 될 텐데 피장파장인 검까. 그야말로 사나이군요. ……완전 반했슴다. 앞으로는 장난이 아니라 진심으로 나리라고 부르겠슴다!"

진심으로 나리라고 부르는 건 또 뭘까. 잘은 모르겠지만 나를 한 명의 사나이로 대해주겠다는 것 같으니까, 앞으로는 존댓말을 쓰지 않아도 될 것 같았다.

"그럼 이제 존댓말을 쓰지 않아도 되지?"

"예! 잘 부탁함다! 그것보다 이제 어떻게 할 검까? 이 녀석들을 끌고 출발해도 곧 해가 질 것 같으니, 경비대와 함께 마을로 돌아가는 편이 좋지 않겠슴까?"

"그럴 것까지는 없을 것 같은데?"

"저는 괜찮지만, 나리들은 괜한 노숙을 시킬 수야……."

"그런 걱정이야말로 할 필요 없어. 노숙은 특기인 편이거든. 게다가 상품도 전달해야 하니까 한시라도 더 빨리 도착하는 편이 좋지 않겠어?"

확실히 노숙은 적게 하는 편이 좋겠지만, 우리는 저택에서 지내던 시절부터 훈련을 겸해 산에서 몇 번이나 노숙을 했었다.

게다가 이 녀석들 때문에 시간을 낭비했으니, 한시라도 더 빨리 도착하는 편이 좋으리라.

"저와 레우스도 노숙에 익숙하니까 시리우스 님의 뜻에 따르죠."

"나리…… 고맙습다. 그럼 출발하겠습다."

시간 낭비를 하기는 했지만 모험가 두 명의 무게가 준 덕분에 마차의 이동 속도가 빨라질 것이다.

잠시 후 도착한 마을 경비대에게 도적과 모험가를 넘겨준 후, 함께 온 가르간 상회 종업원에게 설명을 마친 우리는 방금 결정한 대로 엘리시온을 향해 출발했다.

그 후, 도적과 마물에게 습격을 당하지 않으면서 마차는 순조롭게 나아갔지만 곧 해가 지기 시작했기에 우리는 강 근처에서 야영을 할 준비를 시작했다.

"제가 밖에서 불침번을 서면서 불을 지킬 테니, 나리들은 마차에서 주무십쇼."

"잠깐만. 불침번은 전원이 돌아가면서 서자."

"아뇨. 불침번은 저희끼리 서면 돼요. 그러니 시리우스 님은 쉬세요."

"안 돼. 예상치 못한 사태가 벌어지지 않는 한, 전원이 평등하게 불침번을 서자. 이것도 경험이야."

"그렇게까지 말씀하신다면 어쩔 수 없죠. 하지만 시리우스 님은 잠시만 서시는 거예요."

"……나리는 진짜로 애인가요?"

"우리 형님, 대단하지?"

이런저런 일이 있기는 했지만 불침번 순서를 정한 우리는 저녁 식사 준비를 했다.

기본적으로 이 세계에서 야영을 할 때 먹는 식사는 장기간 보존이 가능한 딱딱한 빵, 혹은 말린 고기나 소금으로 간을 한 수프다. 식량 보존법이 발전하지 않았기 때문이다.

그 외의 방법으로는 현지 조달이 있지만 마물과 싸울 실력, 그리고 독이 들어있는 식재료를 구분할 지식이 필요하기 때문에 그것도 쉽지 않았다. 하지만 우리가 살고 있던 저택은 산과 숲에 뒤덮여 있었기 때문에 그런 것들에 익숙했다.

"그럼 에밀리아는 들풀과 산나물을 채취하고, 레우스는 적당히 사냥해 와."

"알았어요."

"형님, 갔다 올게!"

내가 남매에게 지시를 내린 후 모닥불에 냄비를 얹어서 물을 끓이자, 잭이 빵과 말린 고기를 든 채 멍하니 서 있었다.

"나리 일행의 몫도 준비했는데…… 필요 없는 것 같다."

"응? 아, 미안해. 우리 몫은 준비할 필요가 없다는 걸 미리 말해줄 걸 그랬네."

"그러고 보니 나리들이라면 현지조달이 가능해도 이상할 게 없겠슴다. 그럼 저는 빨리 먹고 먼저 쉬겠슴다."

잭이 그렇게 말하면서 빵을 먹으려 하자 나는 무심코 그에게 말했다.

"따듯한 거라도 좀 먹는 게 어때? 잭 몫도 만들어줄게."

"아, 아뇨! 목숨과 상품을 지켜주신 걸로 모자라 음식까지 얻어먹었다간 이 은혜를 어떻게 다 갚습까!"

"신경 쓰지 않아도 돼. 그리고 지금부터 내가 요리하는 건 우리가 만든 보존식량을 이용한 시제품이야. 그러니까 먹어보고 감상과 의견을 말해줬으면 좋겠어."

"시제품……임까. 나리가 어떤 걸 만들지 궁금하기도 하니까, 먹어보고 싶습다!"

잭이 빵을 집어넣고 내 맞은편에 앉자, 나는 짐이 들어있는 가방에서 갈색 점토 같은 것이 들어있는 용기를 꺼냈다.

저택에 있을 때 만들어둔 그것을 수저로 퍼서 끓는 물에 넣자, 향긋한 냄새가 주위에 퍼져나갔다.

"오, 오오…… 이 맛있는 냄새는 뭡니까?! 방금 넣은 그거 냄새임까?"

"각종 향신료를 섞어서 만든 거야. 방부제로 쓸 수 있는 향신료도 넣어둬서 오래 두고 먹을 수 있어."

전생에 존재하던 된장 같은 거지만 맛은 완전히 다르다. 즉, 이 세계의 재료로 만든 수프 베이스 같은 것이다. 잭은 그런 수프 베이스를 흥미롭다는 듯이 쳐다보고 있었다.

"이게 말임까? 어디어디…… 우왓, 엄청 맵습다!"

"물에 녹이는 걸 전제로 만든 거니까, 그냥 먹으면 당연히 맵지."

참고로 레우스도 예전에 같은 짓을 한 적이 있었다. 정말 많이 닮았는걸.

"시리우스 님. 저, 돌아왔어요."

"형님, 사냥해왔어!"

바로 그때, 남매가 돌아오더니 자신들의 성과를 선보였다.

에밀리아는 냄새 제거에 쓸 수 있는 허브, 그리고 버섯과 먹을 수 있는 들풀을 가지고 왔다.

레우스는 적당한 크기의 새 한 마리를 잡아왔다.

"보로새네요. 이 녀석은 경계심이 많아서 잘 도망가는데, 용케도 잡았슴다."

"몇 번 놓쳤지만, 살며시 다가가서 재빨리 뛰쳐나가서 베어버렸어."

"무슨 소리인지는 잘 모르겠지만, 아무튼 대단하다는 건 알겠슴다!"

레우스는 감각에 따라 움직이기 때문에 세세한 설명은 힘드니 잭의 대응은 옳았다.

아무튼 새를 손질해서 먹을 만큼만 남긴 후, 소금과 냄새 제거용 허브를 넣어서 구웠다. 그리고 손질한 버섯과 들풀을 수프에 넣었고, 마지막으로 건조된 면을 넣어서 완성했다. 이 건조면은 전생의 컵라면을 떠올리며 만든 것으로 보존용 빵보다는 훨씬 맛있다.

이렇게 완성된 요리를 본 잭은 마른 침을 삼키며 아연실색했다.

"완성됐어. 사양하지 말고 먹어."

그리고 잭은 에밀리아가 떠준 수프를 한 모금 마시더니 스위치가 켜진 것처럼 엄청난 속도로 먹어대기 시작했다. 잭의 식기는 포크인지라 면을 먹기 힘들어 보였지만 개의치 않았다.

그리고 새구이도 먹기 시작했는데, 그것도 입에 맞는 것 같았다.

"이야…… 설마 야영을 하면서 이렇게 맛있는 걸 먹을 줄은 몰랐슴다. 웬만한 마을 식당보다 맛있슴다."

"입에 맞은 것 같아 다행이야. 지금 쯤 디 일행도 이걸 먹고 있을 거야."

"그럼 형님도 눈을 반짝이고 있을 겁다. 특히 이 수프 베이스와 건조면은 보존식량의 혁명임다! 가르간 상회에 팔아주지 않겠슴까?"

"만드는 법을 가르쳐달라는 거야? 딱히 문제될 건 없지만, 우선 디에게 먼저 허락을 받아."

"시리우스 님, 반대 아닐까요?"

"맞아, 형님. 디 형이라면 분명 형님한테 허락을 받으라고 말할 거야."

사실 디가 협력을 해준 덕분에 완성한 것이지만 그라면 분명 그렇게 말할 것 같았다.

나는 디가 만들었다고 알려져서 그가 유명해졌으면 하지만 그렇게 되지 않을 것 같았다. 현재 돈에 집착할 필요는 딱히 없지만…… 조건을 붙여서 허락해주도록 할까.

"가르쳐줄 수 있지만, 매상의 일부를 나한테 줘."

"일부…… 말임까?"

"얼마나 팔릴지 모르고, 대량 생산을 하려면 개드와 상담해야만 하잖아? 그때 너희 쪽에서 정해줘."

"자, 잠깐만요! 모처럼 큰돈을 벌 기회인데 너무 대충대충 정하는 거 아닙까?!"

"지금 살아가는데 필요한 돈만 있으면 충분해."

만나고 얼마 되지 않았지만 디와 오랫동안 친분을 쌓아온 개드, 그리고 도적에게서 나를 지키려한 잭은 신뢰할 수 있었다.

게다가 개드는 내가 태어나기 전부터 저택의 소모품을 융통해줬다. 생활비로 쓸 만큼만 벌 수 있다면 충분하다는 생각이 들었다.

"그것보다 부탁할 게 있어. 오늘 우리의 실력을 봤잖아? 그걸 다른 사람에게 알리지 말아줬으면 해."

"아하. 나리들처럼 강한 애들이 있다는 게 알려지면 성가신 녀석들과 얽히거나, 귀족들이 나리들을 자기편으로 끌어들이려고 해서 골치 아픈 일이 일어날 겁다."

잭은 상인답게 내가 뭘 걱정하고 있는지 정확하게 눈치챘다.

"그럼 저는 입 다물고 있겠습다. 은인의 부탁 아닙까. 무슨 일이 있어도 저는 나리를 지지할 겁다!"

"고마워."

"하지만 나리들이라면 숨기려고 해도 결국 눈에 띌 것 같습다."

"그래요. 시리우스 님이 얼마나 대단한 분이신지는 금방 세계에 알려질 거예요."

"내 형님이니까 말이야!"

옆에 있던 남매가 가슴을 펴며 자랑하듯 말하자, 잭도 동의한다는 듯이 고개를 끄덕였다.

"그럼 나리들과 알고 지내게 된 저도 행운아임다. 엘리시온에도 가르간 상회의 지점이 있으니, 앞으로도 많은 이용 부탁드림다."

"응. 여유가 생기면 이런저런 걸 주문하게 될 테니까, 우리야 말로 잘 부탁해."

저택에서 지낼 때는 디를 통해 가르간 상회에서 각종 조미료와 식재료를 거래했는데, 이제 직접 거래할 수 있게 되었다.

이제 엘리시온에 살면서도 예전에 하던 요리는 전부 할 수 있을 것 같았다.

"맡겨만 주십쇼! 진짜로 잘 부탁드림다!"

그리고 우리의 여행은 순조롭게 계속되었다.

도적도 그 다음부터는 나타나지 않았고 고블린 같은 약한 마물에게 몇 번 습격을 당하기는 했지만, 남매들이 간단히 해치웠다.

우리 중 유일한 어른인 잭은 남매의 실력을 볼 때마다 한숨을 내쉬었다.

"나리 일행과 같이 다니니, 제가 얼마나 한심한지 알 것 같슴다."

"잭은 상인이잖아? 우리는 호위라고 생각하면 돼."

그런 식으로 잭을 위로하고 야영을 하면서 며칠이 지나자……

드디어 우리는 목적지에 도착했다.

"나리, 엘리시온이 보임다."

"오오?! 엄청 커!"

"커다란 방벽이군요."

마을을 지키는 거대한 흰색 방벽에 둘러싸인 이 마을이야말로 메리페스트 대륙의 주요도시 중 하나인 엘리시온이다.

이 인근의 기후는 온난하며, 계절의 변화에 따라 기온 변화도 천천히 일어난다. 또한 엘리시온 주변의 흉포한 마물은 빈번하게 퇴치되기에 사람들이 살기 좋은 풍족한 토지다.

그 뒤를 이어 방벽보다 커다란 엘리시온 성이 눈에 띄었다.

저곳에는 이 나라를 다스리는 왕이 살고 있으며, 뛰어난 수완으로 마을의 평화를 유지시키고 있다고 한다. 악정(惡政) 또한 적기 때문에, 사람들은 방벽 안에서 하루하루를 충실하게 살고 있다고 한다.

그런 엘리시온의 가장 큰 특징은 사실 성이 아니다.

이 대륙에 유일하게 존재하는 시설이자, 우리가 입학할 예정인 마법학교가 이곳에 존재하는 것이다.

거액의 입학금과 엄격한 면접시험 때문에 간단히는 입학할 수 없으며, 이 학교의 학생이 되는 것만으로도 꽤나 인정을 받는다고 한다.

그리고 수인에 대한 대접 말인데, 왕이 차별을 하지 말라는 지시를 내렸기에 눈에 띄는 문제는 없는 것 같았다. 하지만 인구 중 절반이 인간족이며, 수인은 전체의 3할 정도라고 한다.

"이곳에는 인간족이 가장 위대하다고 생각하는 귀족이 있으니까, 두 사람은 마을 안을 돌아다닐 때는 귀족을 조심하는 편이 좋을 거다."

"아, 충고 고마워. 그건 그렇고…… 좀처럼 나아가지 않네."

우리는 현재 커다란 방벽 앞에서 줄을 선 채 차례가 될 때까지 기다리고 있었다.

마을에는 이 문을 통해서만 들어갈 수 있으며, 이 문은 엘리시온의 병사가 지키고 있다.

그리고 이곳에서 신분이 수상한지 아닌지 조사하는 심사를 받은 후에야, 드디어 마을 안에 들어갈 수 있는 것이다.

가르간 상회의 상인처럼 자신의 신분을 증명할 수 있는 무언가가 있다면 간단히 통과할 수 있겠지만, 없다면 심문을 당해야 하기에 시간이 걸린다.

잭에게서 이런저런 이야기를 들으며 차례를 기다리고 있었지만 앞에 있는 일행이 심문을 당하고 있는지 30분 가까이 기다려야만 했다.

"때때로 이럴 때가 있습다. 그것보다 아까 말한 것처럼 에밀리아 양과 레우스는 조심을 하는 편이 좋을 겁다."

"알았어요. 그럼 시리우스 님. 저에게 목줄을 채워주세요."

"……왜 그래야 하지?"

꼬리를 흔들며 내 옆에 앉아 있는 에밀리아가 만면에 미소를 짓는 걸 보면, 농담은 아닌 것 같았다.

"저는 시리우스 님의 것이라는 걸 주위 사람들에게 알리기 위해서예요."

"잠깐만. 너는 또 노예가 되고 싶은 거야?"

"시리우스 님의 노예라면 괜찮아요."

"……싫어. 너는 괜찮을지 몰라도 내가 싫어."

"알았어요……."

에밀리아는 그 말을 듣더니 풀이 죽었다.

왠지 내가 뭔가를 잘못한 것 같은 느낌이 들었다.

"으음…… 하지만 나쁘지 않은 생각 같은뎁쇼?"

"어이, 잭까지 무슨 소리를 하는 거야?"

"제가 봐도 에밀리아 양은 귀엽거든요. 귀족이 귀여운 아이를 차지하기 위해 납치한다는 이야기도 있습다. 그러니 다른 누군가의 것이라는 표식을 해두면 그런 걸 방지할 수 있을 겁다."

역시 인간이 모여드는 곳에는 그에 걸맞은 어둠이 생겨나는 것 같았다.

에밀리아가 쉽게 납치당할 것 같지는 않지만, 학교에 입학한 후에도 방심하지 않는 편이 좋으리라.

"이유는 이해하지만, 그래도 목줄을 채우는 건 싫어."

"시리우스 님의 뜻에 따를게요. 하지만 언젠가 채워주실 거라고 믿을게요."

"하아…… 생각해볼게. 레우스, 너도 조심해."

나는 눈을 반짝이고 있는 에밀리아에게서 시선을 뗀 후, 마차 옆에서 근육 트레이닝을 하고 있는 레우스에게 말을 걸었지만…….

"알았어, 형님! 무슨 일 있으면 있는 힘껏 베어버리면 되지?!"

"이해하지 못했다는 건 확실하게 알았어."

베어버린다고 문제가 해결되지 않는다는 걸 레우스에게 설명하는 사이, 드디어 우리 차례가 되었다.

　우리는 신분을 증명할 만한 게 없었지만 잭이 교섭을 해준 덕분에 심사가 간단히 끝났다.

　"증인이 되어줘서 고마워."

　"아닙다, 나리는 도적 문제를 해결해준데다 새로운 상품을 줬지 않습까. 그런데 나리는 이제 어쩔 검까?"

　"학교의 입학시험은 며칠 후에 시작되니까, 우선 여관을 확보해야 되겠어."

　"그럼 제가 자주 묵는 여관에 묵지 않겠습까? 이곳에 올 때마다 이용하는 여관이니까 신뢰할 수 있습다. 그리고 요금도 양심적인데다 음식도 맛있습다."

　"이 마을에는 처음 와봤으니까…… 거기로 할까."

　이미 해가 지고 있었지만, 잭은 가게에 상품을 전달하기도 전에 우리를 여관에 안내해줬다.

　"여기가 '봄바람이 머무는 나무'입다. 그럼 이 여관의 여주인에게 사정을 설명하고 오겠습다."

　여관은 내가 살았던 저택보다 몇 배는 더 크며, 2층으로 된 목조 건축물이었다.

　현관에서 로비 옆을 바라보니 그곳은 식당이었다. 숙박객으로 보이는 사람들이 식사하는 모습이 보였으며, 술집도 겸하고 있는지 술을 마시는 사람들도 보였다.

　1층의 절반은 식당과 경영자의 주거 공간이었으며 남은 공간과 2층이 숙박용 방인 것 같았다.

전생의 영향인지 자연스럽게 머릿속으로 시설을 파악하고 도주경로를 작성하고 있을 때, 잭이 로비 책상에 놓인 종을 흔들었다.

"지금 가요~. 어머, 잭이잖아."

"오래간만입니다, 주인아주머니. 이번에도 신세 좀 지겠습니다."

안쪽에서 나온 사람은 약간 푸근한 인상을 지닌 인간족 여성이었다. 나이는 40대 정도로 보이며, 사람 좋은 미소를 지은 채 우리를 쳐다보고 있었다.

"평소 쓰는 방이면 되지? 어머, 그런데 처음 보는 애들을 데리고 왔네. 네 자식들이야?"

"저는 아직 결혼 안 했습니다. 이 사람들은 저와 같이 온 분들인데, 이 여관을 소개해드리려고 같이 왔습죠."

"어머, 고마워. 그런데 귀여운 손님들은 어떤 방을 원해?"

"그럼 방을 두 개……."

"3인실로 하나 부탁드려요!"

에밀리아도 이제 나이를 먹을 만큼 먹었으니 방을 따로 쓰려고 했지만, 그녀는 앞으로 나서며 그렇게 외쳤다. 그래도 자기가 모시는 주인을 밀쳐내지는 말라고.

"즉, 세 사람이 같은 방을 쓰고 싶다는 거구나. 아가씨는 여자인데 괜찮겠어?"

"예. 이쪽은 동생이고, 주인인 시리우스 님이라면 한 방을 써도 전혀 문제없어요."

"나도 괜찮아!"

"그럼 안쪽에 있는 큰 방을 쓰렴."

방이 정해진 것은 좋지만, 왜 이렇게 석연치 않은 느낌이 들지?

"잭은 평소와 같을 테고, 너희는 며칠 동안 머물거니?"

"으음, 시험을 치고 학교의 기숙사에 들어갈 때까지……."

"언니의 이야기에 따르면 며칠은 걸리는 것 같아요."

"저도 그렇게 들었습다. 주인아주머니, 일단 닷새에 얼마 정도임까?"

"닷새 숙박에 세끼 식사, 그리고 큰 방이니까…… 은화 두 닢이야."

그게 적정한 가격인지는 모르지만, 식사가 포함된다면 충분히 싼 가격이리라. 더 머물러야 한다면 연장하기로 한 후, 내가 은화를 꺼내기도 전에 잭이 계산을 했다.

"자요. 저와 나리들 몫임다."

"어머? 수전노인 너답지 않네. 무슨 일 있었어?"

"실은 이래봬도 엄청 대단한 분이심다. 이곳에 오는 도중에 여러모로 신세를 졌습다."

"혹시 귀족이야?! 죄, 죄송합니다!"

우리를 귀족으로 착각한 주인아주머니는 미소를 얼굴에서 싹 지우며 고개를 숙였다. 이렇게 지나친 반응을 보이는 걸로 볼 때, 귀족의 기분을 상하게 하면 그만큼 골치 아픈 상황이 벌어지는 것 같았다.

"아, 저희는 귀족이 아니라 평민이니까 이럴 필요 없어요."

"그래요, 아주머니. 나리는 귀족이 아니지만, 엄청난 가능성을 지닌 분임다. 가르간 상회의 소중한 고객이 될 분이니, 제가 돌아간 후에도 잘 부탁함다."

"그, 그래? 하아…… 식은땀 났네. 아무튼 손님이라면 성심성의를 다해 모실 테니 안심해."

안도한 주인아주머니는 숙박 장부를 꺼내면서 또 인사를 했다. 어머니 정도는 아니지만 꽤나 정중한 인사였다. 나는 그 모습을 보면서 잭에게 말을 걸었다.

"잭, 숙박비까지 네가 내게 할 수는 없어. 자, 받아. 은화 두 개야."

"주인아주머니, 봤죠? 이 나이에 이렇게 똘똘한 분이라니까요. 아무튼, 숙박비는 제가 내겠슴다."

"하지만……."

"미안하지만 잠시 방해 좀 할게."

우리가 그런 이야기를 나누고 있을 때, 주인아주머니가 미소를 지으면서 끼어들었다.

"잭의 체면을 세워주는 게 어때? 이 애도 상인이니까, 보답을 하지 않으면 납득이 안 되는 걸 거야."

"주인아주머니의 말이 맞슴다. 저는 내일 돌아갈 거니까, 이 정도 답례는 하게 해주십쇼!"

나는 그 말을 듣고 더는 아무 말도 하지 못했다.

보답이라는 말을 들으니 어쩔 수 없었다. 일단 잭의 호의를 받아들이기로 했다.

그건 그렇고 주인아주머니는 중재를 잘 하는 것 같았다. 다양한 사람들과 얽히며 숙박업을 해오는 사람다웠다.

"……알았어. 호의를 감사히 받아들일게."

"감사함다. 그럼 주인아주머니, 뒷일을 잘 부탁함다. 저는 상품을 상회에 전달한 후에 다시 오겠슴다."

"알았어. 다녀와. 그럼, 손님은 여기에 이름을 적어주세요."

짐을 전달하러 가는 잭을 배웅한 후, 우리는 숙박 장부에 이름을 기입했다. 그건 그렇고, 과거에 묵은 숙박객의 이름도 확인할 수 있지만, 비슷한 필적이 많은 건 어째서지?

"시리우스, 에밀리아, 레우스, 구나. 다들 글자를 예쁘게 잘 쓰네. 글자를 쓰지 못하는 사람이 꽤 많아서, 내가 대신 적어줄 때도 많단다."

"그래서 비슷한 필적이 많은 거네요."

"그럼 방으로 안내해줄게. 아, 저녁은 어떻게 할래? 이미 식당이 열려 있으니까, 언제든지 식사가 가능하단다."

식당은 정해진 시간에 문을 열며, 숙박객은 미리 받은 표를 제시하면 한 끼 식사를 제공받을 수 있다고 한다. 양이 부족하면 별도 요금을 내고 먹을 걸 더 사는 방식인 것 같았다.

사전에 신청해두면 샌드위치 같은 것을 방으로 가져다주기도 하는 것 같았다.

"으음. 가능하면 잭과 같이 할까 하는데, 언제 돌아올까요?"

"잭이라면 금방 돌아올 거야. 가게는 이 근처에 있으니까, 상품을 체크하고 전달하기만 하면 되거든. 뭐하면 잭이 돌아오면 너희 방에 가라고 전해줄까?"

"그럼 그렇게 해주세요."

그 후 우리가 안내받은 방은 4인실인지 침대가 네 개나 있었다.

그리고 물의 마법진을 이용한 수세식 화장실이 있으며, 청소도 잘 되어 있어서 위생 면으로도 꽤나 뛰어난 것 같았다.

하지만 유감스럽게도 욕실은 없는 것 같았다.

욕실은 유지비가 상당히 드니 고급 여관이나 귀족의 저택에만 존재하는 것 같았다. 참고로 저택에서 지낼 때는 드럼통 같은 것으로 물을 끓여서 목욕을 했다.

그래서 평소에는 온수와 수건으로 몸을 닦기만 하지만, 목욕이 하고 싶으면 요금이 좀 센 편이기는 해도 근처에 있는 목욕탕 같은 시설을 이용하면 된다고 한다. 사실 이 세계에서는 마을에 공용 목욕탕이 있는 것만으로도 엄청난 일이라고 한다. 역시 메리페스트 대륙 제일의 주요도시다.

주인아주머니가 설명을 마치고 방에서 나간 후, 우리는 짐을 내려놓고 한숨 돌렸다.

여행 중에는 돌아가면서 보초를 서느라 편하게 쉬지 못해서인지, 이렇게 침대가 있는 방에 있으니 마음이 안정되었다.

"잭이 돌아올 때까지 정리를 해볼까. 학교의 입학시험에 대해서는 외우고 있겠지?"

"학교 선생님들에게 면접을 받고, 마법 실기 시험을 치르죠?"

"그래. 실기에서 중요한 것은 무영창으로 마법을 쓸 수 있다는 걸 들키지 않는 거야. 마법명을 외치기 전에 무슨 말이라도 중얼거려."

이 나이에 무영창을 쓸 수 있다는 게 알려지면 여러모로 골치 아프리라.

이미 마법이 어떤 것인지에 대한 고정관념에 사로잡혀 있는 녀석들에게 이미지가 중요하다는 설명을 해봤자 납득할 리가 없다. 갑작스러운 변화에는 시대가 좇아가지 못하며, 그저 우리가 쓸 수 있으면 그것으로 충분했다.

아무튼 실기 시험에서는 무슨 말이라도 중얼거리며 마법을 발동시키면 영창 단축 정도로 여길 것이다.

"나는 검만 휘둘러대서 마법은 잘 못 써."

"괜찮아, 레우스. 마법을 쓸 수 있는지 없는지가 중요한 것 같으니까 초급마법이라도 상관없는 것 같아. 뭐하면 그걸 보여줘."

"그래. 마음껏 써. 어떤 상황에서 하는 건지는 모르겠지만, 학교에 네 실력을 보여주는 거야."

"알았어! 형님이 가르쳐준 마법을 보여주겠어!"

무속성인 나는 쓸 수 없는 마법이라 레우스에게 개념을 가르쳐주니 그는 멋지게 성공시켰다. 레우스는 내 덕분이라고 말하지만, 그것은 레우스의 실력과 노력이 빚어낸 결과물이다.

"저는 면접이 걱정돼요. 레우스의 말투 때문에 떨어지는 건 아닐지……."

"흠, 그건 그렇군. 존댓말은 쓸 수 있지?"

"형님, 걱정하지 마. 에리나 씨에게 기초를 배웠으니까 어떻게든 될 거야."

입학 희망자는 많고, 면접에서 한 사람에게 몇 시간이나 할애하지는 않겠지만, 그래도 레우스의 평소 행동거지 때문에 약간 불안했다.

특히 요즘 들어서는 할아버지에게 나쁜 쪽으로 영향을 받은 건지, 단단해 보이는 걸 찾으면 검으로 벨 수 있을지 없을지 고민하는 버릇이 생겼다. 사람을 베는 일에는 전혀 흥미가 없는 것 같아 다행이지만 말이다.

"시리우스 님은…… 문제없겠죠."

"응. 형님 걱정은 할 필요도 없을 거야."

실기 전에 속성 판정을 한다고 하니, 내가 무속성이라는 게 판명되기라도 하면 문제가 발생할 수도 있지만…… 뭐, 어떻게든 되겠지.

"최악의 경우, 떨어진다면 가르간 상회에 들어갈까. 그리고 노엘과 디에게 물자를 전달하는 수송대가 되는 거야."

"저도 함께 할게요."

"도적이 나타나도 내가 전부 베어버릴게!"

남매는 나와 함께 있고 싶다는 이유로 입학하는 것이기에 내가 떨어진다면 남매는 합격을 하더라도 아무렇지도 않게 학교를 때려치우고 따라오리라.

그런 이야기를 하면서 잠시 쉬고 있을 때, 누군가가 다가오는 기척을 느낀 남매가 귀를 쫑긋 세우면서 주위를 경계했다.

"나리. 저입니다."

그리고 문에 노크를 한 후 들려온 것은 잭의 목소리였다.

근처에 있던 레우스는 문 쪽으로 다가가더니, 기척과 냄새로 주위를 경계했다. 그래. 아무리 아는 사람의 목소리라도 함부로 문을 열면 안 돼.

내가 마음속으로 감탄하고 있을 때, 레우스는 문에 귀를 대면서 작은 목소리로 중얼거렸다.

"……형님은?"

"최곰다!"

나는 무심코 거꾸러질 뻔 했다. 어느새 이런 구호를 만든 건지 따지고 싶었다.

내가 머리를 감싸 쥐고 있을 때, 미소를 머금은 잭이 문을 열고 방안으로 들어왔다.

"기다리게 해서 죄송합니다. 같이 식사하려고 기다려주다니, 저는 감격했습니다!"

"아, 응. 일단 식사를 하러 가자."

"이 여관은 음식이 맛있다고 했죠? 기대되네요."

"그렇습니다. 이곳의 쟈오라 구이는 최고입니다."

"형님 요리보다는 못하겠지만 맛있을 것 같네!"

그리고 우리는 식당에 가서 뒤풀이를 겸한 저녁 식사를 했다.

"그럼 나리들의 학교 입학을 축하하며……."

"잠깐만. 우리는 아직 학교도 보지 못했거든?"

"예? 나리들이 떨어질 리가 없잖습까."

"그래도 다른 걸로 하자. 잭과의 만남을 축하한다, 같은 것도 좋지 않아?"

"아, 좋은 생각임다. 그럼 나리들과 저의 만남을 축하하며……건배!"

시작부터 엉망진창이 되기는 했지만 일단 식사를 시작했다.

이 여관의 명물이라는 쟈오라 구이를 먹어보니 기름지면서도 농후한 맛이 꽤 괜찮았다. 이건 전생에서 먹어본 장어와 맛이 똑같네.

장어 양념을 발라서 구워먹고 싶지만, 아직 부족한 재료가 많아서 만들 수가 없다.

"정말 맛있군요. 추천하실 만해요."

"나도 마음에 들어! 빵이 같이 쑥쑥 들어가네! 정말 맛나!"

"응. 맛있지만…… 쌀과 같이 먹고 싶은걸."

"쌀? 이 고기에 맞는 요리인가요?"

"형님, 새로운 요리야?"

"호오! 자세한 이야기를 해주십쇼."

세 사람이 관심을 보이자 나는 쌀의 형태와 자라는 조건, 그리고 장어 양념에 들어가는 식재료를 설명했다.

그런 이유는 간단했다. 잭은 상인이니 내 설명을 듣고 정보를 수집해줄 가능성이 있다. 그리고 내가 설명해준 조미료를 디가개드를 통해 조달한 적이 몇 번이나 있었다.

"알았슴다. 여유가 생기면 찾아보겠슴다."

"바쁠 텐데 이런 부탁을 해서 미안해. 내일은 돌아갈 거지?"

원래는 이곳에서 이틀 머물며 충분한 휴식을 취한 후 돌아갈 예정이었지만, 이번에는 도적 문제를 처리해야 하기 때문에 내일 돌아간다고 한다.

"도적의 증언을 통해 그 상회에 답례를 톡톡히 해줘야함다. 당한 만큼 갚아줘야 되지 않겠슴까!"

"그래! 얕보이면 그걸로 끝이라고! 잭 형!"

"제가 돌아갈 즈음이면 형님도 돌아왔을 테니, 그 후에 가르간 상회가 온 힘을 모아 그 상황을 박살내버릴 검다!"

잭 또한 의욕이 넘치는 것 같았다. 일단 무사하기는 하지만 실제로 습격을 당한데다, 이딴 짓을 하는 자식들은 박살이 나버려야 한다.

"이번 일로 고생을 톡톡히 하기는 했지만, 나리들과 만나서 정말 좋았슴다."

"그건 내가 할 말이야. 또 이곳에 올 일이 있으면 만나러 와줘."

"옙! 다음번에는 형님과 함께 답례를 하러 오겠슴다!"

온화한 분위기 속에서 식사를 마친 우리는 방에 돌아가서 쉬었다.

다음 날…… 준비를 마치고 돌아가는 잭을 배웅한 우리는 마을을 산책했다.

입학시험이 곧 치러지지만 딱히 준비할 것은 없다. 그래서 마을 전체를 둘러보기 위해 걸어 다니고 있었다. 그리고 주위를 둘러보니, 푸른색을 띤 고급스러운 옷을 입은 어린애와 청년이 자주 보였다.

"역시 일전의 마을보다 사람이 많군요. 그리고 저게 학교의 교복일까요?"

"우리가 입게 될 옷이네. 그런데 형님, 그 가게는 어디에 있는 거야?"

"으음, 이 근처라고 들었는데⋯⋯."

우리가 찾고 있는 가게는 라이오르 할아버지가 쓰는 대검을 만든 대장간이다.

그 할아버지가 괴력으로 휘둘러도 날이 상하지 않는 검을 만든 대장간에서 레우스에게 맞는 검을 만들 생각이다.

그 대장간에 대해서는 약 한 달 전에 알았다.

그날, 나는 에밀리아와 레우스를 데리지 않고 혼자 할아버지를 찾아갔다.

"⋯⋯왔느냐."

"그래⋯⋯."

할아버지는 평소 항상 즐겁게 나와 싸웠지만 오늘은 분위기가 달랐다.

지난번에 왔을 때, 우리는 정해뒀던 것이다.

다음에 만났을 때는 서로가 전력을 다해 싸우자고 말이다.

그래서일까, 할아버지는 목검이 아니라 애용하는 대검을 들고 있었고 나 역시 디가 준 검과 미스릴 나이프를 쥐었다.

그리고 이번에는 '부스트' 이외의 마법을 사용하지 않기로 정해뒀다.

"이번이 마지막일지도 모르겠군. 부탁이니까 나보다 먼저 죽지는 마라."

"그러는 그쪽이야말로 죽지 말라고."

우리 사이에 그 이상의 말은 필요하지 않았다.

아무 말 없이 활짝 트인 장소로 이동한 우리는 전력을 다해……
사투를 벌였다.

나는 상대를 죽일 생각으로 검과 나이프를 휘둘렀고, 할아버지 또한 나를 죽일 생각으로 대검을 휘둘렀다. ……그야말로 사투라 부르기에 걸맞은 싸움을 펼친 것이다.

쓸데없는 생각은 하지 않으며 한마음 한뜻으로 싸움을 펼쳤기에 어떤 싸움을 펼쳤는지 잘 생각나지 않았다.

그저…… 그 싸움에서 내가 이겼다는 것을, 모든 싸움이 끝나고 냉정을 되찾았을 즈음 이해했다.

주위에는 싸움의 여파로 부서진 나무뿐만 아니라 지면 또한 도려내져 있었다. 마치 전쟁이라도 겪은 듯 참상이 벌어져 있었다.

그리고 내 눈앞에는 한쪽 팔을 잃은 채 피투성이가 된 할아버지가 쓰러져 있었고 나 또한 피로 범벅이 된 채 저택으로 돌아갈 수 없을 만큼 지쳐 있었다. 결국 그날은 할아버지의 집에서 묵었다.

할아버지는 죽어도 이상하지 않을 만큼 심하게 다쳤지만 본인의 생존본능과 내 치료 덕분에 목숨을 건졌다. 그리고 재생활성을 이용해 잘린 팔도 붙였으니 재활을 잘 하면 별 무리 없이 쓸수 있으리라.

"하하하! 진짜로 죽는 줄 알았다."

"웃지 마. 할아버지가 죽으면 나도 마음이 편치 않을 거야."

"미안하구나. 그건 그렇고, 전성기 수준까지 체력을 되찾았는데도 그대에게 이기지 못했구나."

할아버지는 왠지 꽤 의기소침해진 것 같았다. 하지만 그러는 것도 당연할 것이다. 체력이 돌아왔더라도 할아버지는 나이를 먹었지만, 나는 어린애라서 계속 성장하는 것이다.

"그럼 이번에야말로 진짜로 은거할 거야?"

"……반대다!"

몇 시간 전만 해도 다 죽어가던 할아버지는 주먹을 말아 쥐면서 무시무시한 미소를 지었다. 어이, 너무 몸에 힘을 주지 말라고. 상처가 다시 벌어져서 피가 나고 있잖아.

"나는 여행을 떠날 거다. 제자를 찾기 위해서가 아니라, 나 자신을 단련하기 위한 여행을 말이다!"

"……진심이야?"

"당연하지. 여행 도중에 죽는다면 그걸로 끝이고, 그대도 학교에 들어가면 이곳에 오지 않을 거지? 그럼 이곳에 있을 이유가 없지 않느냐."

학교가 있는 엘리시온에 살게 되면 이곳에 오기 어려워진다. 그래서 우리는 이게 마지막이라고 생각하며 전력을 다해 싸웠지만…… 이런 결과로 이어질 줄이야.

"여러모로 신경 쓰이지만, 그래도 할아버지의 인생에 내가 참견할 수야 없지."

"그래주면 좋겠구나. 그런데 그대는 앞으로 몇 번 정도 이곳에 올 수 있지?"

"으음…… 한두 번 정도?"

"그럼 그대의 제자를 데리고 와라. 특히 에밀리아를 말이다!"

왜 검을 가르쳐주지도 않은 에밀리아를 데리고 오라는 건가?

이 할아버지, 실은 엄청난 손녀 바보다.

반 년 전…… 레우스가 신세를 지고 있으니 누나로서 인사를 하고 싶다는 에밀리아를 데리고 이 할아버지를 찾아온 적이 있었다.

에밀리아는 거구인 할아버지를 보고 놀랐지만, 처음에는 평범하게 인사를 건넸지만…….

'내 앞에서는 체면을 차릴 필요 없다. 편하게 대해도 돼.'

'예. 그럼…… 할아버지.'

'윽?!'

그 말을 들은 순간, 할아버지는 에밀리아의 포로가 되었다.

'할아버지, 차 드세요. 아직 뜨거우니까 천천히…….'

'나는 무적이니까 괜찮다! 오오…… 가슴을 가득 채운 이 기쁨은 뭐지…….'

딱딱하던 표정이 눈 녹듯 녹아내린 채, 에밀리아가 끓여준 차

를 행복한 표정으로 마시는 할아버지의 모습은 신선하기 그지
없었다.

그런데 마찬가지로 자신을 할아버지라 부르는 레우스에게는
전혀 다른 태도를 취하기에 이유를 물어봤더니……

'그 꼬맹이는 그대의 제자이자, 나에게 검을 배우고 있다. 그
러니 즐겁게…… 아니, 엄격하게 대할 수밖에 없지. 뭐, 그 녀석
도 귀엽지만 에밀리아와는 비교도 안 돼!'

……하고 말했다.

할아버지는 결혼도 하지 않고 검에 모든 것을 바치며 살아왔
기에 손자는 고사하고 자식도 없었다.

그리고 자신의 제자도 아닌 남매와 만나면서 손자가 얼마나
귀여운 존재인지 처음으로 안 것이다.

"데리고 올 생각이지만, 왜 에밀리아를 꼭 데려오라는 건데?"

"그야 만나고 싶기 때문이지. 레우스에게는 오의를 보여줄 생
각이지만…… 그래도 그건 겸사겸사다."

……하다못해 본인들 앞에서는 거꾸로 말해. 안 그러면 레우
스가 울음을 터뜨릴 거라고.

그런 사실을 모르는 레우스는 할아버지가 오의를 보여주기로
했다는 말을 듣더니 눈을 반짝였다.

그런 라이오르와 우리는 저택을 떠나기 며칠 전, 마지막으로
만났다.

이미 여행을 떠날 준비를 마쳤는지 할아버지의 집은 정리가 되
어 있었다. 나와 인사를 나눈 후, 바로 떠날 생각인 것 같았다.

"나의 새로운 목표가 되어준 그대에게는 진심으로 감사하고 있다."

"예전에도 몇 번이나 말했지만, 개의치 마. 나도 강해지기 위한 라이벌이 되어준 할아버지에게 고맙게 생각하고 있어."

그리고 악수를 나눈 후, 할아버지는 조그마한 꾸러미를 나에게 건넸다.

"이건 꼬맹이가 다 성장하고 나면 주려고 생각했던 졸업 증표다. 그대가 보고 충분한 실력이 되었다 싶으면 건네줘라."

그 꾸러미 안에는 검 마크가 새긴 메달과 편지 한 통이 들어 있었다.

"그대는 엘리시온으로 간다고 했지? 거기에는 내 검을 만든 조그마하고 속이 배배 꼬인 망할 할아범이 살고 있지. 이건 그 녀석에게 꼬맹이의 검을 부탁하는 편지다."

라이오르라는 검에 미친 변태에게서 속이 배배 꼬였다는 소리를 듣는 할배라. 대체 어떤 인물이지?

하지만 졸업 증표도 그렇고, 이 편지도 그렇고, 이 할아버지 또한 레우스를 소중히 여기는 것 같았다.

"물론 에밀리아의 무기도 부탁해뒀다. 레우스 것보다 더 좋은 걸 만들어주지 않으면 다음에 베어버리겠다고 적어뒀지."

레우스, 미안. 나는 이제 아무 말도 못하겠어.

"그럼 이만 떠나겠다. 다음에 만났을 때는 그대에게 반드시 이겨주마!"

만면에 미소를 지은 강검(剛劍) 라이오르는 예순이 다 되어 가는데도 불구하고 또 여행을 떠났다.

이런 연유로 소개장을 받기는 했지만, 그 대장간이 어디에 있는지는 자세하게 들어두지 않았다.

할아버지의 말에 따르면 얼간이 같은 간판이 걸려 있다고 하는데, 그런 게 딱히 보이지 않았다.

"할아버지의 말에 따르면 땅딸막한 풍뎅이에 변덕스럽고 잔소리 많은 꼬맹이 할배라고 했지? 그런 사람이 진짜로 있을까?"

악담이 늘어난 것 같지만, 일단 그런 신체적 특징보다 간판을 우선 찾아봐야 한다.

"시리우스 님. 저기 있는 노점의 사람한테 물어보고 올게요."

노점 주인은 사람의 흐름이나 지리에 훤한 편이니 정보를 얻기에 딱 좋았다. 에밀리아도 정보 수집을 어떻게 하는지 이해하기 시작한 것 같았다.

내가 감탄을 하면서 기다리는 사이, 에밀리아는 고기 꼬치구이를 들고 돌아왔다.

"아무래도 저쪽 골목에 묘한 이름의 가게가 있다고 해요."

"수고했어. 그럼 가보자."

에밀리아의 머리를 쓰다듬으며 골목에 들어가 보니, 건물의 그림자 때문에 어둑어둑한 길 안쪽에 '사천멸살금강(死天滅殺金剛) 대장간'이라고 적힌 가게가 있었다. 확실히 얼간이 같은 간판이었다.

"……이게 뭐야?"

그것은 내가 묻고 싶을 지경이었다. 하지만 할아버지가 말한 가게는 틀림없이 여기이리라.

낡은 겉모습을 보고 예상하기는 했지만 안에 들어가 보고 확신했다. 이 가게는 장사가 안 되는 게 분명했다.

간판이 빛바랜지라 망한 가게 같았지만, 안쪽에서 철을 두드리는 소리가 들리는 걸 보면 안에 누군가가 있는 것 같았다.

장사를 할 생각이 눈곱만큼도 없어 보였지만, 무기를 향한 정열은 엄청난 것 같았다. 가게 안에 장식되어 있는 무기는 깨끗하게 닦여 있고, 손질 또한 잘 되어 있었다.

"실례합니다!"

레우스가 고함을 질렀지만…… 대답이 없었다. 그저 철을 두드리는 소리만이 가게 안에 울려 퍼졌다.

"실례합니다! 손님 왔다고!"

또 반응이 없었다. 망치질을 너무 많이 해서 귀가 먼 것일까?

"빨리 나와! 이 술주정뱅이 작명 센스 쓰레기 꼬맹이 자식아!"

"뭐, 이 멍청이가!"

"……악담은 들리나 보네. 그런데 레우스. 왜 욕을 한 거야?"

"할아버지가 이러면 나올 거라고 했어."

어떤 사이인지는 모르겠지만 라이오르와 이 가게의 주인은 악담을 주고받을 만큼 절친한 악우인 걸까?

그리고 분노로 얼굴을 새빨갛게 물들인 채 튀어나온 이는 어린애인 나와 키가 비슷한 할아버지였다.

긴 머리카락과 수염, 그리고 두텁고 튼튼해 보이는 손발로 볼 때 이 사람은 드워프라 불리는 종족이리라. 술과 대장간 일을 좋아하고 뛰어난 무기가 필요하면 그들을 찾아가라는 말이 있을 만큼, 드워프는 광석과 대장간 일에 해박한 종족이다.

"드디어 나왔네. 만나서 반가워요. 저는 시리우스라고……."

"나는 어린애와 귀족은 상대하지 않아. 놀리러 온 거면 빨리 돌아가라고, 이 망할 꼬맹이들아!"

"저기, 놀리러 온 게 아니라, 라이오르의 소개로 온 건데요."

"아앙?"

가게 안쪽으로 들어가려던 드워프는 라이오르라는 말을 듣고 멈춰 섰다.

"이건 소개장이에요. 읽어주시면 제 말이 사실이라는 걸 알 수 있을 거예요."

"흥…… 거짓말이면 내 망치로 패죽일 거다, 이 멍청아!"

드워프 할아버지는 내가 내민 편지를 채가더니 부모 원수라도 보는 듯한 눈빛으로 편지를 읽기 시작했다.

드워프 할아버지는 곧 편지를 다 읽더니 그것을 구겨서 대충 집어던졌다. 그리고 커다란 검 몇 개를 테이블 위에 나란히 놓더니, 레우스를 쳐다보았다.

"왼쪽부터 하나씩 휘둘러봐라. 전부 휘둘러본 후에 가장 손에 맞는 걸 말해봐."

"알았어. 오오…… 엄청난 검이네!"

레우스가 기뻐하며 검을 휘두르는 가운데, 에밀리아는 근처에 놓인 나이프에서 시선을 떼지 못했다.

"시리우스 님, 이거 보세요. 이 나이프, 정말 잘 들 것 같아요."

"아가씨, 이게 얼마나 좋은 건지 알아본 거야?"

"이런 나이프라면 고기 힘줄은 간단히 자를 수 있을 것 같네요. 길이도 딱 적당하고요."

"뭐, 그 나이프가 얼마나 좋은 건지 알아본 녀석에게는 팔아줄 수도 있어. 얼마나 가지고 있지?"

에밀리아가 나를 힐끔 쳐다보자, 나는 좋을 대로 하라는 듯이 고개를 끄덕였다. 에밀리아는 내가 용돈 삼아 준 은화 몇 닢밖에 없을 것이다. 그런 그녀가 저 나이프의 값을 얼마까지 깎을 수 있을지 궁금했다.

"가진 돈이 많지는 않은데…… 은화 세 닢밖에 없어요."

"은화…… 금화라면 몰라도 은화로는 좀 그렇지."

내 안목으로 볼 때, 이 정도 나이프면 금화 몇 닢의 가치는 있을 것이다.

가지고 있는 돈으로는 부족하기에 에밀리아가 심각한 표정으로 고개를 숙이자, 할아버지는 머리를 긁적이면서 전시해둔 나이프를 쥐었다.

"흠…… 뭔가 이유가 있나 보군."

"예. 이걸 봐주지 않겠어요?"

"응? 흐음…… 이거, 나이프가 정말 많이 상했는걸."

에밀리아가 보여준 것은 나이프였다.

평범한 가게에서 산 싸구려 나이프이니 대장장이에게 저런 말을 들을 만도 했다.

"저는 여기 계신 시리우스 님을 모시고 있는데, 이 나이프는 여차할 때 믿을 수가 없어서요. 그래서 이런 멋진 나이프가 있으면 마음이 든든할 것 같아요."

"흥. 그럼 주인인 이 녀석한테 사달라고 하면 되겠네."

"그럴 수는 없어요. 주인님에게 부담을 드려서야 시종이라 할 수 없으니까요."

"크, 크윽…… 아가씨의 의견도 맞는 말이지만, 나도 장사치 거든. 다른 곳을 찾아봐."

"그렇군요. 괜한 말을 해서 죄송해요, 할아버지."

"하, 할아버지?! 으, 윽…… 이 가슴을 가득 채우는 기쁨은 뭐지?"

저 황홀한 표정…… 어디 사는 강검 할아버지와 똑같은 반응이었다.

"으음…… 제가 할아버지라고 부르는 라이오르 님과 비슷한 인상이셔서, 무심코 그렇게 부르고 말았어요. 저기…… 폐가 됐나요?"

"으, 응?! 아, 아냐! 얼마든지 그렇게 불러!"

"예, 할아버지! 그럼 돈을 모아서 다음에……."

"젠장! 공짜로 줄 테니까 가지고 가!"

결과적으로…… 에밀리아는 승리했다.

에밀리아는 공짜로 받을 수는 없다는 듯이, 은화를 억지로 드워프에게 넘겼다.

"감사하지만, 이렇게 좋은 나이프를 공짜로 받을 수는 없어요. 얼마 안 되지만, 이거라도 받아주세요."

"어쩔 수 없지. 아가씨가 정 그렇다면 받아줄게."

"고마워요, 할아버지!"

"우오오오?! 공짜로 가지고 가!"

그 드워프는 또 고집을 부렸지만, 에밀리아의 설득에 넘어간 나머지 은화 세 닢을 받기로 했다.

"헤헷, 이렇게 귀여운 아가씨가 써준다면 내 나이프도 기뻐할 거야."

할아버지는 폼을 잡으면서 말했지만 아무래도 착각한 것 같았다.

저 나이프 말인데…… 주로 요리용으로 쓰일 걸? 아까 보여준 나이프는 요리용으로 쓰는 것이며, 에밀리아가 전투에 쓰는 나이프는 그것보다 좀 더 좋은 나이프라고.

만약 진실을 안다면…… 아니, '할아버지'라는 말 한마디에 전부 해결될 것 같았다.

"덤이다! 이것도, 그리고 이 나이프도 가지고 가!"

"예?! 저기, 이런 것까지 받을 수는……."

뭐, 간단히 말해 에밀리아의 완전 승리였다.

그리고 저 드워프가 에밀리아에게 좋은 무기를 건네주는 사이, 레우스는 모든 검을 전부 휘둘러봤다.

"아저씨! 전부 휘둘러 봤어."

"아앙? 쳇…… 딱 좋았는데 말이야. 그런데, 뭐가 가장 손에 맞았지?"

말투는 좀 그렇지만, 일에 있어서만큼은 철저한 편인 듯하기에 레우스도 딱히 불쾌한 느낌을 받지는 않은 것 같았다.

"으음, 다섯 번째 검과 여섯 번째 검? 그래도 둘 다 약간 아쉬운 느낌이야."

"호오…… 그 인간의 제자답게 이 멍청이도 정신 나간 취향을 지녔군."

"나는 멍청이가 아니라고, 아저씨. 레우스라는 멋진 이름이 있단 말이야!"

"흥, 나는 그란트다. 이 멍청아."

"나는 레우스야. 그리고 나는 형님의 제자지, 할아버지의 제자가 아냐!"

"아무튼 그 인간과 닮았다는 소리라고, 이 멍청아."

"그러니까 나는 레우스라니깐!"

바보와 편협한 인간은 말이 안 통하는 것 같았기에 내가 중재를 하기로 했다.

즉, 방금 검을 휘둘러보라고 한 것은 개인의 버릇을 파악하기 위해서이리라.

"그리고 레우스가 고른 건 라이오르와 비슷한 검인 거군요?"

"그래! 검에는 사람에 따른 상성이 존재해. 가볍고 날카로운 것과 무겁고 파괴력이 있는 것 등, 차이가 있다고. 이 멍청이야."

"형님은 바보가 아냐!"

"저건 단순한 입버릇이니까 입 다물어. 그런데 레우스는 어떤 느낌이죠?"

"단순히 무겁고 튼튼한 검이군. 중심도 칼자루 쪽에 가까워. 짜증 날 정도로 그 인간과 비슷해. 그 인간, 저 아가씨와 이 꼬맹이를 꽤나 마음에 들어 한 것 같군."

레우스는 평범한 검은 가볍다고 했고, 강파일도류는 검의 무게뿐만 아니라 기술로 베는 유파다. 역시 검은 이 그란트에게 맡기면 딱 좋을 것 같았다.

"그럼 본론에 들어가죠. 레우스에게 맞는 검을 만들어주시겠습니까? 지금은 수중에 있는 돈이 이것밖에 안 되지만, 모자란 금액은 나중에 꼭 드리겠습니다."

나는 품속에서 금화를 꺼내며 고개를 숙였다.

분명 이 정도 금액으로는 부족할 게 뻔한 데다, 에밀리아가 부탁하면 바로 승낙해줄 것이다. 하지만 레우스는 내 제자다. 제자를 위해 성의를 보이지 않는 자가 스승이라고 할 수는 없다.

"형님……."

"흥…… 좋아. 만들어주지!"

"아저씨, 정말이야?! 그럼 무겁고 튼튼한 걸로 부탁해!"

"그렇게 대충 설명하면 어떻게 해. 으음…… 라이오르의 검처럼 멋진 무기까지는 바라지 않을게요. 레우스가 검이 부러질 걸 걱정하지 않고 전력으로 휘두를 수 있는 무기가 필요해요."

"아앙? 그런 어중간한 주문하지 말라고! 이 멍청이야!"

그란트는 내 말이 마음에 들지 않는지 나를 향해 근처에 있던 망치를 들면서 말했다.

"나는 어중간한 무기는 만들지 않아! 그 자식의 검보다 멋지고,

네가 생애를 함께 할 수 있는 검을 만들어주마! 이 멍청이야!"

"오오! 아저씨, 멋지네!"

"당연하지! 그 대신 꼬맹이도 강해지면 그 할아버지를 날려버리라고."

"당연하지! 그 할아버지는 내가 날려버릴 거야!"

바보와 편협한 인간은 죽이 척척 맞는 것 같았다. 이걸로 레우스의 문제도 해결됐다.

다음 문제는…… 돈이군.

의뢰를 한 이상, 그에 걸맞은 보수를 지불하는 게 당연했다. 그래서 내가 할부로 해야겠다는 생각을 하고 있을 때, 그란트가 문득 뭔가가 생각이 난 듯 손뼉을 쳤다.

"맞아. 너와 상담하고 싶은 일이 있는데, 내 말 좀 들어주지 않겠느냐?"

"예. 하지만 저는 검에 대해서는 아는 게 별로 없는데……."

"그 자식의 편지를 보니, 너는 남들이 상상도 못하는 짓을 한다면서? 그러니 지혜를 빌려줘."

상담 내용을 들어보니, 요즘 그란트는 새로운 검을 만들어서 마음이 개운해지지 않아 영감이 샘솟을 만한 자극이 필요하다고 한다.

"흠…… 제 무기는 좀 특이한 편인데, 한 번 볼래요?"

일단 디에게 받은 기묘할 정도로 가벼운 검과 피아에게서 받은 미스릴 나이프를 그란트에게 건네줬다. 그리고 그란트의 흥미를 끈 것은 바로 검이었다.

"이 나이프는 미스릴로 된 것 외에는 딱히 특징이 없군. 하지만 이 검은 묘해. 이 광석으로 만든 검이 이렇게 가벼울 리가 없다고."

"보기만 해도 재질이 뭔지 알아볼 수 있나요?"

"당연하지. 이건 그라비라이트로 불리는 광석으로 만든 건데, 원래 그라비라이트는 튼튼하기는 해도 엄청 무거워. 철에 비해 다섯 배는 무거운데, 이 검은 무게가 전혀 느껴지지 않아."

"……그럼 칼날에 새겨진 문자와 관련이 있는 걸까요?"

"그렇겠지. 나는 마법에 관해서는 잘 모르지만 말이야."

"고마워요. 그 정도면 충분해요."

그란트에게 자극을 주지는 못했지만 여러 가지 사실이 판명되었다. 이 검에는 비밀이 숨겨져 있는 것 같으니 조사해볼 가치는 있었다.

"그것 말고 다른 건 없는 거냐? 이 멍청이야."

"글쎄요. 그럼 이런 건 어떨까요?"

나는 전생에 존재했던 검에 대해 이야기했다.

칼은 하나의 강철로 만드는 게 아니라, 심철(芯鐵)이라고 불리는 부드러운 철이 중심이 되고, 바깥부분을 피철(皮鐵)이라고 불리는 단단한 철로 감싼다.

부드러운 심철이 충격을 흡수하기 때문에 부러지지 않으며 단단한 피철이 휘어지는 것을 방지한다. 그렇게 해서 부러지지 않고, 휘지도 않으며, 무언가를 베는 검이 바로 도(刀)다.

유감스럽게도 내가 알고 있는 것은 그게 다이며, 만드는 방식은 알지 못했다. 하지만 아이디어로서는 충분하지 않을까 싶어 이야기해봤는데…….

"……이, 이 멍청이가!"

그란트는 갑자기 벌떡 일어나더니 망치로 바닥을 내려쳤다. 혹시 화날 만한 소리라도 한 것일까?

"심철과 피철…… 그런 방법이 있었구나! 그게 진짜로 가능하다면 엄청난 무기를 만들 수 있을 거라고, 이 멍청이야!"

아무래도 감격을 했을 뿐인 것 같았다. 바닥에 구멍이 생겼지만, 내가 알 바 아니라고.

"하지만 제가 아는 건 원리뿐이에요. 그 철의 재질까지는 모르죠."

"이 멍청이가! 그걸 찾는 게 내 일이라고! 오오…… 불타오르기 시작했어!"

그란트를 망치를 휘두르며 흥분했다.

좋아. 기분이 좋아 보이니 이 틈에 돈에 대한 이야기를 끝내야겠다.

"그런데, 레우스의 검은 전부 해서 얼마죠? 가능하면 할부로…….."

"앙? 아까 그 금화로 충분해, 이 멍청이야."

"아, 그럴 수는…….."

"너한테 들은 이야기는 그 정도 가치가 있다고. 그리고 꼬맹이가 사양 같은 걸 하지 말라고, 이 멍청이야!"

그란트가 콧김을 뿜으며 망치를 휘둘러댔다. 본인이 납득했다면 괜찮을 것이다.

뭐…… 한동안은 이 마을에서 머물 테니, 돈이 생기면 억지로라도 건네주자.

이렇게 레우스의 검 문제는 해결됐지만, 내 이야기를 듣고 시험해보고 싶은 게 생겼는지 검이 완성되는 데는 시간이 걸릴 것 같다고 한다.

"나중에 들러."

"예. 그럼 다른 일들이 정리되고 나면 다시 들리겠습니다."

"아저씨, 고마워!"

"나도 고마우니 피장파장이다, 이 멍청이야."

"이 나이프는 소중히 쓸게요. 고마워요, 할아버지."

"멍청이가?! 역시 돈은 됐어!"

"손녀 바보짓도 적당히 해!"

왜 내가 돈을 주고도 이렇게 걱정을 해야 하는 건지 모르겠다. 나는 금화를 돌려주려는 그란트를 보고 무심코 딴죽을 날렸다.

그리고 입학식 당일이 되자…… 우리는 엘리시온의 학교로 향했다.

"우와…… 거대하군요."

"형님, 학교는 정말 넓네! 우리가 살았던 저택의 몇 배는 될 것 같아."

두 사람이 말하는 대로 학교는 광대했으며, 다양한 설비뿐만 아니라 성으로 착각할 만큼 거대한 건물도 있었다. 마을 밖에서는 성과 방벽 때문에 보이지 않았지만 안에 들어가 보니 이렇게 넓을 줄이야.

그리고 오늘부터 이곳에서 며칠에 걸쳐 입학시험을 치른 후, 합격한 이는 이 학교에 다닐 수 있다.

"자아, 이제 그만 시험 장소로……."

"시리우스 님, 저쪽에 사람들이 모여 있어요."

교문 너머에 사람들이 모여 있어서 다가가 보니, 입학시험장이라고 적힌 간판이 눈에 들어왔다. 접수처라고 적힌 책상도 놓여 있는 것을 보면 틀림없어 보였다.

주위에 있는 사람들을 둘러보니, 예상대로 귀족으로 보이는 아이들이 많고 수인은 적어 보였다.

그리고 잭이 말했던 것처럼 일부 귀족이 수인을 쳐다보는 눈은 차가웠다. 그리고 수인은 수인대로 모여 있었기에, 입학하기도 전부터 이미 파벌 같은 것이 존재하는 것 같았다.

은랑족 특유의 은발이 눈에 띄기 때문인지, 미묘하게 주위 사람들의 주목을 끌며 접수처에 가보니 온화한 인상을 한 청년이 우리에게 말을 걸었다.

"입학시험을 치러 온 거야?"

"예. 저희 셋이 시험을 치를 거예요."

"그렇구나. 그런데 입학금은 가지고 왔어? 그것도 모르면서 찾아오는 애도 있거든."

"예. 금화 열다섯 닢 맞죠?"

"그래. 그럼 세 사람이니까 총 마흔다섯 닢이군. 그리고 금화를 받고 이걸 건네주게 되어 있어."

그렇게 말하면서 그 청년은 비취색 보석이 박힌 펜던트를 보여주었다. 뒷면에는 번호가 적혀 있었다.

"이게 시험증인데, 뒷면에 적힌 숫자가 시험 대상자의 번호니까 외워둬. 참고로 이걸 가지고 학교 부지 밖으로 나간 이를 공격하는 마법진이 새겨져 있으니까 조심해."

"예. 그럼 금화를 드릴게요."

몇 년에 걸쳐 모은 돈이 순식간에 사라졌다.

특히 내 몫은 어머니와 노엘, 디가 고생해서 모은 돈이다. 그 가치에 걸맞은 학교생활을 보내고 싶었다.

청년은 금화를 세어본 후, 인원수만큼의 펜던트와 종이 한 장을 건네줬다.

이 종이는 학교 안내 팸플릿 같았다. 우리는 펜던트를 목에 걸고 다른 이들에게 방해가 되지 않을 장소로 이동해서 종이를 읽어봤다.

시험은 약간 떨어진 곳에 있는 별관에서 치러지며, 입학희망자는 종이에 필요사항을 기입하는 것도 시험의 일환인 것 같았다.

이름과 신분, 그리고 적성속성 같은 것을 적는데 이 시점에서 글자를 읽고 쓸 수 있는지와 일반교양을 지녔는지 판단하는 듯했다. 당연히 동료들끼리 상담하는 것은 금지되어 있으며, 문자를 쓸 수 없으면 불합격이다. 즉, 필기시험 같은 것이다.

종이를 제출한 후, 다섯 명씩 별실로 불려가 일곱 명의 선생님 앞에서 면접 및 실기를 동시에 치른다고 한다.

일곱 명 중 네 명에게 인정을 받으면 합격이며, 여부는 그 자리에서 밝혀진다. 그리고 멋지게 합격한 이는 학교에 입학하게 된다.

참고로 불합격자는 펜던트를 반환할 때 약간의 금화를 돌려받을 수 있는 것 같았다. 이 세계 치고는 양심적이며, 그 만큼 이 학교는 여유가 있다는 증거이리라.

건네받은 종이를 남매와 함께 읽고 있을 때, 레우스가 종이를 손가락으로 가리켰다.

"형님. 여기 그려진 사람은 누구일까?"

"흠, 로드벨……. 이 학교의 교장 같네."

학교장을 간략하게 소개하고 있었다. 읽어보니 로드벨은 400살이 넘은 엘프 남성이었다.

엘프는 희귀하기 때문에 표적이 되기 십상인데도 불구하고 이렇게 당당하게 공표되는 걸 보면, 상당한 실력자이자 유명인사이리라.

"그러고 보니 시리우스 님은 엘프와 만난 적이 있죠?"

"그래. 지금쯤 어쩌고 있으려나……."

나의 첩…… 아니, 애인 선언을 했던 피아는 고향의 숲에서 10년 동안 나올 수 없다.

그 후로 아직 3년 정도밖에 흐르지 않았다. ……그녀를 만나려면 한참 더 걸릴 것이다.

"그럼 시험을 치르러 가볼까. 내 번호는…… 156번이네."

"저는 155번이에요."

"나는 154번이야."

번호가 연속이지만…… 면접은 다섯 명씩 한다고 하니까 같이 받을 가능성은 적겠지.

"나는 너희와 따로 받을 것 같네. 괜한 소리 같지만, 자신의 실력을 믿고 평소처럼 하면 돼. 최선을 다하라고."

""예!""

그리고 우리는 입학시험에 임했다.

──로드벨──

……올해도 입학시험 시기가 되었군요.

학교 창문을 통해 밖을 쳐다보니, 긴장한 표정의 수험자들이 잔뜩 몰려 있는 광경이 눈에 들어와요.

자아, 오늘부터 며칠 동안 입학시험이 치러지는군요. 접수 담당자의 이야기에 따르면 오늘 모인 수험자는 163명이라는군요.

보통 최종적으로 선발되는 인원은 삼백 명이 넘지만, 역시 첫날에 가장 많은 이들이 몰리니 바쁠 것 같군요.

"학교장님. 시간이 되었습니다."

"예. 그럼 가죠."

지금부터 신입생의 면접과 실기 시험이 시작됩니다.

별실로 다섯 명씩 불러, 사전에 작성한 종이에 허위 사실이 없는지 확인하는 질의응답을 한 후, 실기시험을 통해 각자의 능력을 확인하죠.

저도 시험관으로서 참가합니다만, 너무 유명해진 저를 보고 긴장한 수험자가 자기 실력을 제대로 발휘하지 못하는 일이 과거에 몇 번이나 있었어요. 그래서 저는 교장인 로드벨이 아니라 일개 교사인 빌 선생님으로 변장하고 면접실에 가죠.

"늦었잖아! 평민 교사 주제에 귀족인 나를 기다리게 만들지 말란 말이다!"

"죄송합니다."

방에 들어가자마자, 교사 중 한 명인 그레고리 선생님이 화를 냈어요. 시간에 딱 맞춰 왔지만, 말다툼을 하기도 귀찮아서 그냥 사과를 했어요.

그는 귀족이라는 신분을 절대적으로 여기며, 수인을 극단적으로 싫어하는 문제 교사이기도 합니다. 하지만 실력은 뛰어난데다 귀족이기 때문에 기용할 수밖에 없었죠. 학교장이라는 직책도 쉬운 일이 아니라니까요.

순순히 면접관 자리에 앉은 후, 다른 선생님들의 안색을 살폈습니다. 하지만 제 정체는 제자인 마그나 이외에는 눈치채지 못한 것 같군요.

머리카락과 목소리, 그리고 마도구 귀걸이로 귀를 숨긴 저의 완벽한 변장을 꿰뚫어 본 사람은 아직 없죠. 그런 사람이 언젠가는 나타날까요?

"그럼 면접을 시작해볼까요. 1번부터 5번까지 들어오세요."

그런 생각을 하는 사이 면접이 시작되었고, 다섯 명의 아이들이 준비된 의자에 앉았죠. 자아…… 올해는 어떤 젊은이들이 시험을 치러 왔을까요?

"속성은 흙입니다. 공격마법은 서툴지만 흙인형을 만드는 건 자신 있습니다."

"나는 불마법이 장기다. 이미 교사 수준을 뛰어넘었지."

"적성은 바람이지만, 모든 속성을 다룰 수 있는 이 몸을 입학시킨다면 이 학교는 더욱 유명해질 거다. 언젠가 내 이름은 이 학교만이 아니라 엘리시온 전체에 알려질 테지."

"으음…… 물이 특기예요. 공격마법은 서툰 편이고…… 불마법은 전혀 쓰지 못해요."

면접과 실기가 계속되었으며, 20명 정도 남은 시점에서 합격률은 6할 정도인 것 같군요.

수험생 중 대부분은 귀족이며 하나같이 거만하군요. 당당하게 뇌물을 건네려고 하는 자를 봤을 때는 정말 어이가 없었어요.

눈으로 직접 수험생을 보며, 유망한 젊은이를 발굴하는 이 면접을 매년 고대해왔지만…… 요즘 들어서는 질이 떨어지는 게 확연하게 느껴져서 힘들 지경이에요.

주위 사람들에게 떠받들어지며 자라서, 마법을 좀 쓸 줄 알면 잘난 척만 해대는 귀족들과 같은 종족들끼리 뭉치기만 할 뿐 다른 종족과 교류를 하지 않는 수인들.

특히 귀족들은 심각해요. 학교에서는 신분 차이가 존재하지 않는다고 공표했지만, 가문의 이름을 언급하며 남을 협박하고 평민과 수인을 핍박하는 일이 늘고 있죠.

"음, 그래야 긍지 높은 귀족이지. 너는 내 밑으로 들어와라."

그리고 그레고리 선생님은 신분이 높고 부모의 재산이 많은 학생 귀족들을 자신의 밑에 두려고 해요. 자신에게 이용가치가 있는 학생만을 모으려고 하는 거겠죠.

요즘 들어 묘하게 활동적이니, 슬슬 그를 감시할 필요가 있을 것 같군요.

"휴우……."

"빌 선생님, 왜 그러시죠?"

"아…… 드디어 끝이 나려는 것 같다는 생각이 들어서요."

"피곤하다면 돌아가라. 내가 선택한 이들에게만 불합격을 주기는……. 두고 보자!"

하아…… 이 학교를 창립했을 때는 강하더라도 자만하지 않고, 열의에 찬 젊은이들이 잔뜩 있었는데 말이죠. 그레고리에서 한마디 해줄 기력도 없는 저를 본 마그나가 허둥지둥 시험을 계속 진행했습니다.

"그, 그럼 시험을 계속 진행할까요. 150번부터 155번, 들어오세요."

자극이 적고, 저의 이론을 잘 받아들여주지 않는 현실을 느끼며, 슬슬 은퇴를 생각해야 할 시기일지도 모른다고 생각한 순간…….

"레우스 실버리온입니다. 적성은 불이며, 마법보다 검이 특기예요."

"에밀리아 실버리온이에요. 적성은 바람이죠."

두 사람의 목소리가 울려 퍼진 순간, 면접실의 공기가 변했습니다.

자료에 따르면 두 사람은 남매이며, 이 대륙에서는 희귀한 은 랑족인 것 같군요. 하지만 신경 쓰이는 점은 종족이 아니에요.

남매는 모험가가 입는 활동성이 좋은 옷을 입고 있지만, 그들의 자세와 동작은 세련되었으며 평민이라고 적힌 자료를 보지 않았다면 귀족으로 착각했을지도 몰라요.

그리고 무엇보다…… 남매에게서는 긴장한 기색이 전혀 느껴지지 않아요.

귀족의 자만과는 명백하게 달라요. 자신감으로 가득 찬 멋진 태도…… 이거 꽤나 재미있는 일이 일어날 것 같군요.

"흥. 수인 따위가 잘난 척 해대기는……."

"그레고리 선생님, 말조심하세요. 저런 어린애들에게 시비 거는 게 긍지 높은 귀족이 할 짓 인가요?"

"크윽…… 흥!"

그레고리에게 무심코 한마디 해줄 만큼, 나는 눈앞에 있는 남매가 마음에 들었어요.

자기소개를 마친 후, 마도구로 적성속성을 확인했어요. 때때로 자신이 밝힌 속성과 실제가 다른 사람이 있기 때문이죠.

붉은 색으로 빛나는 마도구의 수정을 보니, 레우스 군은 자신이 밝혔던 것처럼 불속성인 것 같군요.

그런데 마법보다 검이 더 특기라고 했는데 그렇게 보이지 않을 만큼 수정에서 뿜어져 나오는 빛이 강해요. 수정에서 뿜어져 나오는 빛이 강할수록 마력양이 많은 것이라서, 레우스 군은 검보다 마법을 주로 쓰는 편이 좋겠다고 무심코 말할 뻔 했죠.

그리고 또한 에밀리아 양도 녹색으로 빛나는 수정을 보니 바람속성을 지닌 것 같아요. 하지만 수정에서 뿜어져 나오는 빛이 엄청나군요. 오늘 본 수험생 중에서 가장 강렬한 빛이에요.

"그럼 실기 시험을 시작할게요. 우선 150번부터……."

그리고 실기 시험이 시작됐습니다만, 남매를 제외한 다른 세 사람은 그야말로 평범했어요. 평민이지만 노력하며 해온 단련이 느껴졌기에, 그레고리를 제외한 선생님들의 뜻에 따라 그들은 합격했죠.

"그럼 154번, 레우스 실버리온. 마법을 보여주겠어요?"

드디어 남매의 차례가 됐군요.

이 방의 일부는 밖과 이어져 있으며, 그곳에는 흙마법으로 만든 표적이 놓여 있어요. 실기 시험은 그 표적에 자신의 특기 마법을 날리는 것인데, 이 남매는 좀 기대가 되는 군요.

하지만 레우스 군은 주위를 둘러보더니, 손을 들면서 입을 열었어요.

"죄송한데 저기 표적을 꼭 공격해야 하나요?"

"당연하지. 아인은 그런 것도 이해 못할 만큼 지능지수가 낮은 거냐?"

"그레고리 선생님은 입 다물고 계세요. 레우스 군. 뭔가 원하는 게 있나요?"

"예. 제 마법은 근처에 있는 상대에게 날리는 마법이니, 저 표적을 공격하면 보이지 않을 것 같아서요."

"아, 그런 거군요. 그럼 마그나 선생님. 부탁해요."

마그나는 제 말을 듣고 고개를 끄덕이더니, 마법으로 흙을 조작해서 새로운 표적을 만들어냈어요. 흙속성으로 경지에 이른 자랑스러운 제자인 마그나에게 이 정도는 식은 죽 먹기죠.

"이러면 되겠죠. 그럼, 레우스 군."

"감사합니다. 그럼 내 주먹이여, 불길을 둘러라……. '플레임 너클'."

레우스 군이 마법명을 중얼거린 순간, 그의 오른손에서 불길이 피어오르며 손이 타들어가기 시작했어요. 불길은 화상을 입고도 남을 정도이지만 레우스 군은 전혀 고통을 호소하지 않는군요.

에밀리아 양 이외의 아이들이 망연자실하게 쳐다보는 가운데, 레우스 군은 표적을 향해 불길을 두른 주먹을 휘둘렀어요.

"박살내주마!"

주먹이 닿은 순간, 폭발이 일어났고 폭풍이 가라앉은 후에는 표적이 흔적도 없이 사라졌습니다.

처음 보는 마법이지만 저렇게 짧은 영창으로 중급에 필적하는 위력을 내다니…… 정말 대단하군요!

게다가 불꽃을 손에 두른다는 독창적인 발상력도 대단해요! 보통은 그런 생각을 안 할 테니까요.

"……흥! 위력은 좋은 것 같지만, 자기 자신을 상처 입히는 마법 따위는 거론할 가치도 없지. 어이가 없어서 말이 안 나오는 군."

"딱히 뜨겁지 않은데요?"

레우스 군이 보여준 오른손에는 화상을 입은 듯한 흔적이 전혀 없었습니다.

검을 휘두르느라 생긴 듯한 굳은살은 있지만, 그 점을 제외하면 비교적 깨끗한 손이군요.

"멋진 마법이었어요. 저는 당연히 합격을 줘야 한다고 생각합니다만, 다른 분들은 어떻게 생각하시죠?"

다른 선생님들을 쳐다보니, 그레고리 이외는 만족스럽다는 듯이 고개를 끄덕이고 있었습니다.

"그럼 레우스 군은 합격입니다. 그런데 방금 그 마법 말입니다만……."

"흥, 접근하지 않으면 쓸모없는 아인의 마법 따위 한심하기 그지없군! 다음 사람, 빨리 해!"

큭…… 그 마법에 대해 듣고 싶었는데, 쓸데없는 짓을 하는 군요. 방금 그 마법이 얼마나 이질적이고 대단한 건지 이해하지 못한 걸까요?

하지만 자기 차례를 기다리는 사람이 있는 건 사실이죠. 게다가 입학이 확정됐으니 나중에 또 만날 수 있을 겁니다. 그러니 일단 물러서도록 하죠.

"155번, 에밀리아 실버리온. 앞으로 나오세요."

"예."

소리를 내지 않고 자리에서 우아하게 일어난 에밀리아 양은 은발을 휘날리며 표적을 향해 손을 뻗었습니다.

자아…… 당신은 뭘 보여줄 거죠?

"바람이여 찢어발겨라……. '에어 슬래시'."

호오…… 저 나이에 중급마법을 쓸 수 있다는 것도 대단하지만, 놀라운 점은 발동 속도군요.

마력의 집속과 영창 속도도 대단해요. 대체 어떤 수련을 해온 걸까요?

"……아무 일도 일어나지 않는군."

하지만…… 에밀리아 양의 마법은 한줄기 바람을 만들어냈을 뿐이며, 그레고리의 말대로 그 어떤 변화도 발생하지 않았습니다.

이상하군요. 마력의 흐름으로 볼 때 분명 마법이 발동한 것 같은데 말이죠.

"흥, 자기 주제도 모르고 중급마법을 사용하니까 이런 추태를 보이는 거다. 자신의 실력을 좀 더……."

"아뇨. 마법은 제대로 발동했습니다. 바람이여…… '에어 샷'."

예상은 하고 있었지만 초급마법은 거의 무영창의 영역에 도달했군요. 놀라워하는 우리 앞에서 그녀가 날린 바람 구슬은 표적에 닿는 순간 사라졌습니다.

보통 '에어 샷'이라면 이정도 표적을 파괴할 수 있지만, 영창 속도를 중시한 탓에 위력이 약해진 걸까요?

우리가 고개를 갸웃거리고 있을 때…….

""""앗?!""""

표적에 수많은 금이 생기더니, 그 표적은 잘게 부서졌습니다.

즉, 처음에 날린 '에어 슬래시'는 제대로 발동했으며 파편의 상태로 볼 때 최소한 동시에 세 방은 날린 것 같군요.

면접실에 있는 이들 전원이 그 사실을 이해했을 즈음, 에밀리아 양은 인사를 건네며 입을 열었다.

"이상으로 제 마법 시연은 끝났습니다."

"……수고했어요. 자리에 앉아서 기다려주세요. 그럼 여러분……."

에밀리아 양의 실력은 누구 한 명…… 그레고리조차 군소리를 못할 수준이었으며, 이렇게 그녀의 합격은 확정됐어요.

영창 속도뿐만 아니라 충격을 받고도 무너지지 않을 만큼 예리한 바람 칼날을 날릴 수 있을 정도로 뛰어난 마법 제어력…… 이거 엄청난 응시자가 나타난 것 같군요.

이제 제 머릿속에는 은퇴라는 생각은 눈곱만큼도 남아있지 않아요. 이렇게 재미있어 보이는 인재를 두고 은퇴할 수야 없죠.

다행스럽게도 남매는 수인이라 그레고리도 흥미가 없는 것 같으니 마그나의 곁에 두고 관찰을 해야겠군요.

"그럼 전원 합격입니다. 다음 다섯 사람은 면접실에……."

"잠깐만 기다려주세요. 에밀리아 양과 레우스 군에게 물어볼게 있으니 잠시 남아주겠습니까?"

저는 다음 응시자가 들어오기 전에 두 사람에게 물어볼 게 있어서 그렇게 말했어요. 옆에 있는 그레고리가 인상을 썼지만,

저는 불가사의한 표정을 지으며 고개를 돌리는 남매를 향해 미소를 지었습니다.

"여러분의 마법은 정말 대단했어요. 그런데 그 마법은 누구한테 배운 건가요? 아니면 혼자서 수련한 건가요?"

"저희의 주인인 시리우스 님에게서 배웠어요."

"주인을 뒀다면, 여러분은 시종인가요?"

"예. 저와 동생의 목숨을 구해주고, 지금까지 길러주신 멋진 분이세요."

"저는 형님…… 시리우스 님 덕분에 강해질 수 있었습니다."

그 시리우스라는 자를 진정으로 존경하고 있는지 남매는 한 치의 망설임도 없이 대답했어요.

남매가 방을 나간 후, 다음 다섯 명이 들어오기 전에 저는 다른 선생님에게 물어봤어요.

"여러분, 시리우스라는 이름을 들어본 적 있습니까?"

"저는 처음 듣습니다. 아까 그 바람의 날카로움으로 볼 때, 예의 그 폭풍일 가능성도 있겠군요."

"저 정도의 마법을 가르칠 수 있는 자라면 이름이 알려지고도 남았을 텐데 말입니다."

"아인의 주인 따위는 아무래도 상관없다. 다음 응시자는 아직도 안 들어온 건가?"

역시 아는 사람이 없군요. 혹시 변경에서 은거하고 있는 자일까요?

혹은 숨어있는 게 아니라, 요즘 들어 두각을 나타내기 시작한 걸지도……? 그렇다면 아직 젊은 사람일지도 모르겠군요. 남매가 입학하고 나면 물어볼 게 늘어났는걸요.

"윽?! 빌 선생님. 다음 명부를 보시죠."

"명부? 다음 다섯 명…… 아니?!"

제가 생각에 잠겨있을 때, 마그나가 뭔가를 눈치챈 것처럼 그렇게 말했습니다. 그 말에 따라 명부를 본 순간……. 저는 무심코 눈을 치켜떴어요.

다음 응시자인 156번…… 시리우스 티처.

이건 우연일까요?

하지만 번호가 연속되는 걸 보면 저 남매와 관계있는 사람일 가능성이 높군요.

나이는…… 열 살. 아직 어린애인 이 아이가 아까 그 남매를 가르친 걸까요? 같은 이름을 자일 가능성이 클 것 같군요.

뭐, 만나보면 알 수 있겠죠. 저는 남매가 말한 그 주인이 맞았으면 좋겠어요.

레우스 군의 불꽃 주먹과 에밀리아 양의 세련된 바람마법……. 이런 남매를 기른 사람이 그라면…… 정말 재미있는 일이 벌어질 것 같군요.

어떻게 남매를 가르쳤으며, 또한 본인은 어느 정도의 재능을 지녔을까요?

제 마음은 어느새 어린애처럼 뛰고 있었습니다.

"156번, 시리우스 티처입니다."

저는 자기소개를 끝낸 후 깍듯한 자세로 자리에 앉은 시리우스 군을 관찰했어요.

그는 인간족 소년이며 겉모습만 보면 평범한 흑발 남자애예요.

하지만…… 그의 시선은 범상치 않았죠.

겉보기에는 긴장한 것처럼 보이지만 뭔가를 살피듯 방안을 둘러본 후, 저를 보더니 고개를 갸웃거리기 시작했어요.

왠지 제가 관찰을 당하고 있는 듯한 기분이 드는 군요.

그리고 자연스러워 보이지만 빈틈이 전혀 보이지 않아요. 제가 불시에 마법을 날리더라도 시리우스 군이라면 간단히 피하고 반격을 할 것 같은…… 그런 느낌이 드는 군요.

그의 분위기는 다른 아이들과는 명백하게 달라요.

"157번, 알스트로 엘메로이다. 나는 명예로운 엘메로이 가문의 차기 당주다!"

……저는 그 말을 듣고 현실로 돌아왔어요.

저렇게 큰 목소리로 선언하지 않아도 알스트로 군에 관해서는 다들 알고 있어요.

엘메로이 가문은 엘리시온에 존재하는 상류 귀족 가문 중 하나이며, 성가신 사교 파티에서 몇 번이나 만났죠. 저는 알스트로 군을 갓난아기 때부터 알고 있어요.

우수한 능력을 지녔기에 가족들에게 많은 기대를 받고 있으며 주위에서 떠받들어지며 자란 탓인지, 한동안 못 본 사이에 거만한 아이로 자란 것 같군요.

다른 세 사람은 알스트로 군과 비슷한 또래이며, 주인과 생애를 함께할 시종이라는 걸 떠들썩하게 밝혔어요.

"그럼 적성속성의 판정을 시작하겠습니다. 우선 시리우스 군, 부탁해요."

자료에 따르면 시리우스 군의 적성속성은 무속성인 것 같아요.

그게 학교에 알려지면, 그는 핍박을 받게 될 것이고 그야말로 바늘방석에 앉은 것처럼 하루하루를 살아야겠죠.

그렇다면 그는 왜 이 학교에 온 걸까요? 그 사실을 모를 리가 없으며, 어쩌면 마도구가 오작동을 한 것일지도 몰라요. 다른 선생님도 그렇게 생각하는지, 무속성이라 적혀 있는데도 아무 말도 하지 않았죠.

저희가 지켜보는 가운데, 시리우스 군이 마도구를 향해 손을 뻗은 순간······.

"멈춰라! 평민 주제에 알스트로 님보다 먼저 마도구를 만지는 걸 허락할 수는 없다!"

알스트로 군의 옆에 있던 시종이 끼어들었어요.

그리고 시리우스 군을 억지로 밀어제쳤기에 저는 주의를 주고 말았죠.

"······당신들, 지글 뭘 하는 거죠?"

"귀족인 알스트로 님께서 평민 다음에 뭔가를 한다는 건 있을 수 없는 일이다."

"죄송하지만, 이 부지 안에서는 귀족도 평민도 존재하지 않습니다."

"뭐, 괜찮지 않나. 알스트로여. 내가 먼저 만지는 걸 허락해주지. 귀족에게 있어 당연한 권리다."

그러니까 그런 건 존재하지 않는다고 몇 번이나 말했잖아요……. 정말 이 남자는 귀족의 긍지를 착각하고 있는 것 같군요.

"저는 괜찮으니, 먼저 하시죠."

"흥, 기특한 녀석이구나."

이제 누가 더 어른인지 감이 오지 않는 군요.

시리우스 군이 양보를 한 덕분에 알스트로 군이 마도구에 손을 대자, 수정은 적색과 녹색 빛을 뿜으며 반짝였어요.

"하하하. 평민이여, 놀랐느냐? 이게 선택받은 귀족의 능력이다!"

"""대단하십니까, 알스트로 님!"""

"흐음…… 이게 '더블'이구나."

참고로 '더블'이란 두 개의 적성속성을 가진 매우 희귀한 자를 부르는 명칭입니다.

시리우스 군이 무심코 그렇게 말하자 알스트로 군과 그의 시종들은 의기양양했지만, 저는 이미 알고 있기에 딱히 놀라지 않았어요. 몇 년 전에 그 사실이 판명되자, 알스트로 군의 부모님이 엘리시온 전체에 그 사실을 공표했기 때문에 이미 질리도록 알고 있죠.

시리우스 군이 놀랍다기보다 신기하다는 듯한 표정을 짓고 있는 가운데, 알스트로 군의 시종들이 차례차례 마도구를 만졌어요.

완전히 제멋대로지만 실력은 충분하니 합격은 틀림없겠군요. 저는 그렇게 생각하며 그들에게 완전히 흥미를 잃었어요.

하아…… 실수했군요. 시리우스 군은 따로 시험을 받게 했어야 해요.

"그럼 시리우스 군, 부탁해요."

드디어 시리우스 군의 차례가 되었군요.

마도구에 손을 대자, 수정에서는…… 흰색 빛이 뿜어져 나왔어요. 자료에 적혀 있는 대로…… 그는 무속성이었죠.

"하, 하하하! 뭐야, 이런 곳에 무능이 있었던 거야?"

"어이가 없군요. 무능이 용케도 학교에 들어갈 생각을 했네요."

"우리와 어깨를 나란히 하는 것조차 주제넘은 짓이라고!"

예상대로 모욕적인 비웃음이 방 안을 가득 채웠어요. 저 이외의 선생들도 아무 말도 하지 않았으며 그레고리는 시리우스 군을 손가락질하면서 화를 냈어요.

"무능 따위는 우리 학교에 필요 없다! 마법을 볼 필요도 없어! 빨리 돌아가라!"

"선생님이 저렇게 말씀하시잖아. 빨리 돌아가라고!"

"무능은 꺼져!"

"닥치세요."

너무 불쾌한 상황이었기에, 그들을 말리려고 한 말에 살기를 담고 말았어요.

그런 제 살기를 맞은 알스트로 군 일행은 미소를 지운 채 온몸을 부들부들 떨었고, 그레고리 선생님은 딱딱한 미소를 지은 채 꼼짝도 하지 못했죠.

……사고를 쳤군요.

하지만 더는 두고 볼 수 없었으니 어쩔 수 없죠.

제자인 마그나까지 제 살기에 겁먹었지만 시리우스 군은 달랐어요.

'더블'을 봤을 때 더 신기해하더니, 저와 시선이 마주치자 온화한 표정을 지으며 고개를 살짝 숙였죠. 역시 그는 범상치 않은 사람 같군요.

"이곳은 알스트로 군의 집이 아닙니다. 그리고 때와 장소도 구별하지 못하며 남을 비웃는 자가 상류 귀족입니까? 그렇다면 정말 그릇이 작은 귀족이군요. 귀족된 자, 타인을 비웃을 짬이 있다면 자기연마에 힘을 쏟아야 하지 않을까 싶군요. 이곳은 그런 장소입니다."

그레고리와 알스트로 군이 저를 노려보았지만 팔이 여전히 떨리고 있군요. 아마 저를 해고할 생각을 하고 있겠지만 할 수 있으면 어디 해보시죠.

"당신들 네 사람의 실력은 이미 알겠으니 합격한 걸로 해드리죠. 이제 시리우스 군만 실기 시험을 치르면 되니, 당신들은 이 방에서 나가도 됩니다."

"흐, 흥! 무능과 한방에 있는 것만으로도 불쾌하군. 가자!"

""""아, 예!""""

알스트로 군이 시종들을 데리고 방에서 나가자, 옆에 앉아있던 그레고리 선생님도 자리에서 일어났어요.

"무능의 마법을 보는 건 시간낭비이니 나도 잠시 자리를 비우지. 공정한 판단을 내리길 기대하지."

그레고리 선생님은 잘난 척 하듯 걸으면서 알스트로 군의 뒤를 쫓듯 방을 나섰습니다. 아마 알스트로 군을 자신의 밑에 들어오라고 권유하러 갔겠죠. 상급 귀족이자 더블속성을 가진 자이니 그레고리 선생님의 이상에 딱 맞으니까요.

시험관이 한 명 줄기는 했지만, 이제 방해할 자가 없으니 이야기가 원활하게 진행될 것 같군요. 다들 그렇게 생각했는지, 자신의 책무를 내팽개친 그에게 아무도 한 마디 하지 않았어요.

그런 사소한 것보다 눈앞에 있는 재미있어 보이는 소년이 어이없다며 입학을 포기하지나 않을지 걱정이군요.

"죄송합니다. 못난 모습을 보였군요."

"이 정도는 예상했으니 괜찮습니다. 그리고 다른 선생님께서는 자리를 지키고 계시니까요."

시리우스 군은 전혀 개의치 않으며 미소를 지었다.

허탈한 미소가 아니라 자연스러운 미소군요. 정말 누가 어른인지 모르겠는걸요.

고개를 돌려보니 다른 선생님들이 제 살기 때문에 위축되어 있으니 제가 시험을 진행하는 편이 좋을 것 같군요.

"그럼 시험을 계속 하겠습니다. 시리우스 군의 마법을 보여주시겠습니까?"

"예."

그는 분명 무속성이었어요.

하지만 그것에 정신이 팔려 늦게 눈치챘지만, 방금 수정에서 뿜어져 나온 빛은 에밀리아 양조차 능가할 수준이었어요.

단순한 무속성이 아니에요……. 그렇게 생각하며 쳐다보고 있을 때, 그는 천천히 손을 앞으로 내밀더니……

"그럼 기본적인 것을 하나 보여드리죠. 빛이여…… '라이트'."

빨라?!

게다가 대체 어느새 마력을 모은 거죠?

마치 숨을 쉬는 것처럼 마법을 발동시킨 시리우스 군의 손에는 빛으로 된 자그마한 구슬이 존재했어요. 게다가 거의 연구되지 않은 '라이트'를 무영창에 가까운 수준으로 발동시켰죠.

"그리고…… 가라."

빛의 구슬은 그의 손바닥을 떠나더니 저희를 향해 천천히 날아왔어요. 그리고 놀랍게도 도중에 여섯 개로 분열되더니 마치 의지를 지닌 것처럼 저희 앞에서 정지했죠.

손가락으로 만져보니 누구나 사용할 수 있는 '라이트'가 틀림없어요.

하지만 무시무시할 정도로 정밀하며 마력이 압축되어 있군요.

"이상입니다."

그리고 시리우스 군이 손뼉을 치자, '라이트'는 일제히 사라졌어요.

자신이 무속성이라는 게 판명되고 절망한 자는 봤지만, 그에게서는 그런 기색이 전혀 느껴지지 않아요. 무속성 마법을 완벽하게 사용하고 있군요.

아아…… 큰일이군요. 나쁜 버릇이 또 나왔어요. 더…….

"더…… 보여주지 않겠습니까?"

"빌 선생님? 방금 그걸로 충분한 것 같습니다만……."

"……예. 충격이여…… '임팩트'."

제 말을 듣고 고개를 끄덕인 시리우스 군은 표적을 향해 손바닥을 들더니 초급 무속성 마법을 펼쳤어요. 발사된 충격은 표적을 간단히 부쉈기에 위력만이라면 중급에 가까운 일격이군요.

원래 '임팩트'는 표적을 흔드는 정도의 위력밖에 없습니다만, 설마 분쇄해버릴 줄은 몰랐어요.

"이상입니다."

이렇게 실기가 끝나자, 시리우스 군은 조용히 자리에 앉아서 저희의 대답을 기다리기 시작했어요.

무속성 마법을 향한 인식을 뒤집을 듯한 광경을 본 선생님들은 당혹스러워하는 것 같지만, 제 마음은 이미 정해졌어요.

만약 반대하는 이가 있다면 제 정체를 밝혀서라도 입학시키겠어요.

"여러분은 어떻게 생각하죠? 저는 합격이라고 생각합니다만……."

"빌 선생님께서 그렇게 생각하신다면야……."

"그, 그래요. 초, 초급으로는 보이지 않는 마법이었죠."

약간 주저하면서도 다들 시리우스 군을 합격시키는 데 동의해줬어요. 시리우스 군은 그 말을 듣더니 고맙다는 말을 하고 고개를 숙였죠.

이걸로 면접은 끝났으니, 남은 것은 그를 퇴실시킨 후 다음 응시자 다섯 명을 불러야 합니다만……

"죄송하지만 사적인 질문을 해도 될까요?"

"……예."

"시리우스 군 바로 앞에 면접을 치른 에밀리아 양과 레우스 군 말인데, 당신이 그 두 사람을 단련시켰나요?"

"그렇기는 하지만, 그 남매의 실력은 본인들의 끊임없는 노력과 재능으로 만들어진 것이에요. 저는 그저 요령을 가르쳐줬을 뿐이죠."

"요령……인가요."

그것만으로 그 두 사람이 시리우스 군을 신뢰할 것 같지는 않지만, 지금은 이 정도로 납득하기로 하죠. 입학이 확정되고 나면 얼마든지 확인할 수 있을 테니까요.

"그럼 마지막 질문입니다만, 시리우스 군은 누군가에게 가르침을 받았나요?"

"마법의 기초는 어느 여성에게 배웠습니다만, 다른 건 독학입니다. 자기 자신을 단련하는 게 취미거든요."

마법은 독학으로 배웠으며 취미…… 저와 같군요.

다른 선생님들은 시리우스의 대답을 듣더니 서로를 쳐다보며 아연실색했습니다.

"감사합니다. 그럼 입학식 때 다시 보죠."

"실례하겠습니다."

시리우스 군이 차분하게 이 방을 나가는 사이, 저는 미소를 필사적으로 참았어요.

아아…… 정말 유쾌하군요.

확실히 그는 많은 수수께끼를 가지고 있지만, 저는 시리우스 군처럼 재미있는 아이를 기다리고 있었어요.

이제부터 정말 기대되는 군요.

───시리우스───

휴우…… 무속성 때문에 문제가 발생하기는 했지만, 어찌어찌 합격은 한 것 같군.

귀족에게 비웃음을 사기는 했지만 그 정도는 이미 예상을 했던 일이다. 오히려 그 자리에 나만 있어서 다행이라는 생각마저 들었다. 만약 남매가 그 자리에 있었다면, 그 방은 알스트로 일행의 피로 더럽혀지고 말았을지도 모른다.

실기에서는 강력하기 그지없는 '매그넘'을 쓸 수 없기에 성능을 조절한 '라이트'와 '임팩트'를 썼다. 그리고 어떤 선생님이 그런 나를 마음에 들어 한 덕분에 합격할 수 있었다.

그건 그렇고…… 그 빌이라고 불린 선생님은 대체 정체가 뭐지?

언뜻 보기에는 상쾌한 느낌의 잘 생긴 청년 같지만 엄청난 살기를 뿜는 걸 보면 나한테 뒤지지 않을 만큼 수수께끼가 많은 인물이었다. 그리고 처음 만났을 때, 어딘가에서 본 적이 있는 듯한 느낌이 든 것은 대체 왜일까?

"시리우스 님!"

"형님!"

방을 나서자, 남매가 나를 향해 뛰어왔다. 꼬리는 쫑긋 세운 두 사람은 긴장한 듯한 표정을 짓고 있었지만 내가 미소를 지으며 고개를 끄덕이자 그들도 만면에 미소를 지으며 꼬리를 흔들었다.

나도 방에 들어가기 직전에 남매가 합격했다는 이야기를 들었다. 즉, 우리는 무사히 이 학교에 입학한 것이다.

"시리우스 님이라면 해내실 거라고 생각했어요."

"만세! 이제 형님과 함께 있을 수 있겠네!"

레우스가 남의 눈을 신경 쓰지 않으며 기뻐하자, 주위에 있는 이들이 차가운 눈길로 쳐다보았다. 일단 머리를 쓰다듬어줘서 그를 진정시킨 후, 나는 목에 걸고 있던 펜던트를 벗었다.

"자아, 이걸 돌려주고 여관으로 돌아가자. 다음에 모이는 건 사흘 후였지?"

"예. 자료에 따르면 사흘 후에 이곳에 모여서 학생들이 사는 기숙사를 개방하고 반 배정을 발표한다고 해요."

"기숙사라. 그러고 보니 2인실이라는 이야기를 잭 형한테서 들었어."

이 학교에 다니지도 않았는데 잘 알고 있다는 생각이 들었지만, 상인은 정보를 모으는 게 일이니 알고 있어도 이상할 게 없었다.

우리는 펜던트를 반환하고 나서 봄바람이 머무는 나무 여관으로 돌아갔다.

"합격?! 너희들, 꽤 하잖아. 오늘은 특별히 맛있는 음식을 대접해줄게."

여관에 돌아가 주인아주머니에게 합격했다는 사실을 알려주자, 그녀는 자기 일인 양 우리를 축하해줬다.

그리고 학교 기숙사의 반배정이 발표되는 날까지 우리는 마을을 산책하며 엘리시온의 구조를 외웠다. 적어도 5년은 살아야 하는 마을이니 지형을 파악해두면 좋을 것이라고 생각했다.

그 외에도 시장에서 새로운 향신료와 식재료를 발견했기에 지금까지는 만들어보지 못한 전생의 요리를 재현해보기도 했다. 에밀리아는 돈을 벌기 위해 여관 일을 도우다 주인아주머니의 마음에 들어서 여관 종업원으로 취직하라는 말을 듣는 등…… 이런저런 일이 있었다.

그리고 학교의 기숙사가 개방되는 날, 우리는 주인아주머니를 향해 고개를 숙였다.

"짧은 기간 동안 신세 많이 졌습니다."

"아, 나야말로 도움 많이 받았어. 저기, 에밀리아. 학교를 졸업하면 우리 여관에서 일하지 않을래?"

"죄송하지만 제가 있을 곳은 시리우스 님의 곁이에요."

"아쉽네. 뭐, 너희가 들어가는 기숙사도 이 마을에 있잖아. 때때로 밥이라도 먹으러 와줘."

"또 쟈오라 구이를 먹으러 올게요."

봄바람이 머무는 나무를 나선 우리는 다음 주거지인 학교의 기숙사로 향했다.

자아…… 기숙사에서는 두 명이 한 방을 쓴다고 하던데, 대체 어떤 사람이 내 룸메이트가 될까? 바보 같은 녀석만 아니면 좋겠는데 말이야.

지난번에 왔을 때보다 학교에 있는 사람의 숫자는 적었지만, 그래도 꽤 많았다.

불합격자를 고려하더라도, 입학시험은 며칠에 걸쳐 치러졌고 그동안 합격한 이들이 전부 모였다고 생각하면 이렇게 인원이 많은 것도 당연했다.

"여기에 있는 사람들이 우리와 마찬가지로 이 학교의 학생이 되는 거구나. 깨끗한 옷을 입은 어른도 보이는데, 저 사람들도 학생인 걸까?"

"저 사람들은 이번에 입학하는 귀족의 부모야. 얽히면 골치 아플 테니까 다가가지 마."

신입생으로 보이는 아이들을 세어보니 얼추 이백 명은 넘는 것 같았다. 보호자와 함께 온 귀족도 다수 보이며, 귀족들의 복장에도 차이가 존재한다는 걸 한눈에 알 수 있었다.

"자아, 반배정은 어디 가서 확인하면 되지?"

"시리우스 님. 저쪽에서 종이를 나눠주기에 받아왔어요."

나는 일처리 능력이 좋은 에밀리아의 머리를 쓰다듬어주면서 그녀가 건네주는 종이를 받았다.

고개를 돌려보니, 좀 떨어진 곳의 간판 앞에 사람들이 몰려 있었다. 아무래도 저기에 반배정표가 붙어 있는 것 같았다. 하지만 저기에 몰려 있는 이들은 전부 평민 같은 행색을 한 신입생인데…….

"에밀리아. 이 종이는 귀족용 아냐?"

"그런 것 같아요. 하지만 제가 접수처 앞에 서서 인사를 했을 뿐, 달라고는 한마디도 하지 않았어요."

……뭐, 좋아.

상대가 멋대로 착각해서 준 것이니까, 나는 개의치 않고 그 반배정표를 확인했다.

"형님과 같은 방이면 좋겠네."

"저는…… 아, 여기 있네요."

학교의 기숙사는 남녀가 따로 지어져 있으며, 네 가지 속성의 이름을 따와서 건물명을 지은 것 같았다.

참고로 본인의 적성속성과 기숙사의 속성명은 관련이 없는 것 같았다.

레우스는 남자 기숙사, 불의 38번 방이었다.

에밀리아는 여자 기숙사, 물의 25번 방이었다.

그리고 나는…….

"어…… 형님이 없잖아?"

셋이서 구석구석까지 확인해봤지만, 내 이름은 없었다.

"빈 방은 있잖아요. 혹시 실수로 빠뜨린 걸까요?"

"그럼 내 방에 있는 녀석을 쫓아낼 테니까, 형님이 내 방에 와."

"어이, 농담이라도 그런 소리는 하지 마. 아무튼 물어보자."

나는 남매와 함께 에밀리아에게 종이를 준 접수처로 향했다.

접수처에는 선생이 아니라 직원으로 보이는 남자가 지친 표정으로 앉아 있었다. 귀족을 상대하느라 지친 것 같다고 내가 생각하고 있을 때, 에밀리아는 이 사람은 아까 자신에게 종이를 준 사람이 아니라고 말했다. 일단 그에게 물어보자.

"저기, 반 배정 관련으로 물어볼 게 있어요."

"아, 예! ……어라, 귀족이 아니잖아. 그런데 무슨 일이야?"

"반 배정표에 제 이름이 없는데요. 어떻게 된 건지 알 수 있을까요?"

"제대로 확인해본 거야? 어쩔 수 없지……. 너는 몇 번이야?"

"156번이에요."

내가 번호를 말해주자, 그는 책상 안에서 종이를 꺼내 쳐다보았다. 내가 들고 있는 지도 같은 반배정표가 아니라 리스트화된 종이였다.

남자의 눈은 가장 위에서부터 차례대로 훑더니, 갑자기 귀찮다는 것처럼 한숨을 내쉬었다.

"네가 시리우스라는 애지?"

"예. 시리우스 티처예요."

"알았어. 안내해줄 테니까 따라와."

그 남자는 근처에 있는 사람에게 말을 몇 마디 한 후, 고개를 갸웃거리는 우리를 데리고 어딘가로 이동했다.

그리고 우리는 여덟 개의 기숙사 사이로 이동한 후, 산길 같은

길을 따라 언덕을 올라갔다. 잡초가 무성하게 자랐고, 평소 사람들이 다니지 않는 듯한 길을 따라 몇 분 동안 나아가자, 나무를 잘라 만든 듯 널찍한 공간 한가운데가 보였다. 그곳에는 우리가 살던 저택과 비슷한 크기의 목조 건물이 있었다.

"여기가 네 기숙사야."

"예? 여, 여기가……요?"

"여기가 형님의 기숙사야?!"

벽에는 덩굴이 잔뜩 붙어 있었고 나무가 썩어서 곳곳에 구멍이 나 있었다. 지붕은 건재하니, 어찌어찌 비는 피할 수 있을 것 같았다.

앞뜰에는 조그마한 밭과 우물이 있는 것 같지만 완전히 잡초에 뒤덮여 있었다.

"이딴 건 기숙사가 아냐!"

아마 관리용 오두막이었겠지만, 지금은 완벽한 폐가다.

"나한테 그런 소리를 하지 말라고. 자, 이 종이에 적혀 있잖아?"

레우스가 폐가를 가리키며 고함을 지르자, 그 남자는 품속에 넣어둔 종이를 꺼내서 우리에게 보여줬다.

'무능은 전통 있는 기숙사에 들어갈 자격이 없다. 그러니 과거에 관리용 오두막으로 쓰였던 영광스러운 주거를 대여한다.'

그렇게 적힌 종이 밑에는 그레고리라는 사인과 귀족 가문의 가명으로 보이는 도장이 찍혀 있었다.

"맙소사…… 이건 횡포예요!"

"뭐, 귀족의 명령에는 따를 수밖에 없으니까 포기할 수밖에 없을 걸? 그리고 무능을 학교에서 받아준 것만 해도 엄청난 일이고, 이곳이 딱 어울린다고 생각……."

""………….""

"히익?!"

나는 반사적으로 남매의 목덜미를 잡았다. 그러지 않았다면 바로 저 남자에게 달려들 것 같았기 때문이다.

남매가 뿜는 살기를 느끼고 겁먹은 남자는 도망치려 했지만 내가 그 전에 불러 세웠다.

"알았어요. 그런데 물어볼 게 있어요. 이 건물을 청소하거나 살기 좋게 고치는 건 괜찮은 건가요?"

"그, 그런 것까지는 몰라! 나는 안내하라는 말을 들었을 뿐이라고!"

"그럼 지금 바로 확인해주세요. 가능하면 빌 선생님에게요."

"아, 알았어!"

시키는 대로 하지 않았다간 남매가 달려들 거라고 생각한 듯한 그 남자는 전력으로 내달렸다.

"형님, 왜 말리는 거야! 저 녀석은 형님을 바보 취급 했다고!"

"저 남자는 시키는 대로 했을 뿐이야. 저 사람을 때려봤자 아무것도 변하지 않아."

"그래도…… 이건 너무했어요."

"괜찮아. 그리고 나를 대신해서 화를 내줘서 고마워."

남매는 분노를 참으려는 듯이 이를 악물었다. 자신의 일이 아닌데도 이렇게 화를 내다니…… 이러면 안 되겠지만 고마웠다.

남매를 달래기 위해 머리를 쓰다듬어주고 나서 우리는 건물을 조사하기 시작했다.

무사한 문을 통해 안으로 들어가 보니 내부에는 먼지가 잔뜩 쌓여 있어서, 이러면 밖에서 텐트를 치고 사는 편이 나을 것 같았다.

"방은 총 다섯 개네. 꽤 넓은걸."

"저희가 살았던 저택에서 2층을 없앤 것 같은 느낌이네요."

대략적으로 설명하자면 다이닝 키친 같은 큰 방, 그리고 침실을 포함한 개인실이 네 개 있었다.

"저기, 형님. 진짜로 여기서 살 생각이야?"

"그래. 겉보기에는 폐가 같지만, 기둥은 아직 튼튼하니까, 외장을 손보고 청소만 하면 충분히 살만 할 것 같아."

무엇보다 다른 학생들을 신경 쓸 필요가 없다.

저택에서 살던 시절, 나는 전생의 지식을 이용해 다양한 마법 실험과 요리 연구를 했다. 그러다 위험한 물건을 다루기도 했는데, 그런 일은 저택이 마을에서 떨어진 곳이기에 가능했다고 할 수 있다. 하지만 다른 학생이 있는 학교의 기숙사에 살게 된다면 그럴 수도 없을 것이며, 인적이 드문 곳에 따로 거점을 만들기도 귀찮았다.

여기라면 학교에서 다소 떨어져 있고, 다른 학생도 좀처럼 다가오지 않는 장소이니 딱 좋았다. 내가 마음 편히 이런저런 것들을 해볼 수 있는 곳이다.

내가 그렇게 설명을 하자, 남매는 납득한 듯 고개를 끄덕이며 열의를 보였다.

"매사라는 건 생각하기 나름이라는 거야. 자아, 우선 청소부터 할까?"

"그런데 먼지가 엄청 많거든? 빗자루로 청소해선 한도 끝도 없을 것 같아."

"우선 전체적으로 먼지를 날려버리는 편이 좋겠지. 에밀리아, 부탁해."

"맡겨만 주세요!"

우리는 건물의 내부를 조사하면서 모든 문과 창문을 열어뒀다. 그리고 에밀리아는 바람속성 초급마법인 '윈드'를 현관에서 건물 안을 향해 날렸다.

이 마법은 바람을 일으키기만 하지만, 마력을 불어넣어서 강력하게 뿜으면 먼지를 싹 날려버리기에 적당했다.

이제 쓰지 않을 거라고 생각하고 몇 년 동안 방치해둔 건물이라서, 안에는 선반이나 커다란 가재도구가 있지만 소품들은 거의 없었기에 바람을 세게 뿜어도 문제는 없을 것이다.

마법을 펼치자, 건물 안에서 날뛰고 있는 바람이 먼지를 피워 올리면서 창문과 구멍을 통해 튀어나왔다. 방대한 먼지 때문에 바람의 색깔이 변했고, 먼지가 완전히 사라졌을 즈음 마법을 멈췄다.

"에밀리아는 나와 함께 내부를 청소하자. 레우스는 밖에서 잡초를 자르며 외관을 정리해."

"예! 청소할 맛이 나겠네요!"

"대충 해도 되는 거지? 맡겨만 줘!"

"혹시 수상한 거나 신경 쓰이는 물건을 발견하면 나한테 보고해."

에밀리아는 어머니에게 시종 교육을 받은 덕분에 청소를 잘했고, 레우스는 디에게 정원사 기술을 배웠다. 그러니 대략적으로 지시를 내려둬도 충분하리라.

내부의 먼지는 얼추 치웠지만, 아직도 내부에는 오랫동안 쌓여 있었던 먼지가 끈질기게 남아 있어서 천으로 코와 입을 가린 채 청소를 시작했다.

우리에게 있어 중요한 공간인 조리실은 에밀리아에게 맡긴 후, 일단 쓸 만한 물건과 다시 이용 가능할 만한 물건을 방 하나에 모았다. 그리고 불필요한 것들은 밖으로 꺼내 나중에 처분하기로 했다.

몸을 철저하게 단련한데다 '부스트'를 사용하면 가재도구 정도는 손쉽게 나를 수 있었다. 다리가 썩은 테이블을 안아들고 밖에 나가보니, 레우스가 검으로 잡초를 힘차게 자르고 있었다.

"우랴아아아아아압──!"

레우스는 빠르게 작업을 하고 있었다. 이미 건물 주변에 있던 대부분의 잡초를 잘랐다.

마치 제초기라도 되는 것처럼 검을 휘두르며 뛰어다니고 있으니 당연한 걸지도 모른다.

"잘 부탁해."

"응! 이것도 검 훈련이니까 맡겨만 줘!"

나는 레우스의 대답을 들으며 다시 건물 안으로 들어갔다.

그 후 한동안 작업을 계속한 우리는 마을 쪽에서 점심시간을 알리는 종소리가 들려오자, 일단 작업을 멈췄다.

그 즈음, 에밀리아가 청소를 해준 덕분에 조리실을 쓸 수 있게 되었지만 아직 건물 안은 식사를 할 만한 상황이 아니었기에 에밀리아가 조리실에서 만든 음식을 밖에서 먹고 있었다.

"이런 것밖에 못 만들어서 죄송해요."

"내가 쓰라고 했잖아. 그러니 에밀리아는 개의치 마."

저택에서 지내던 시절에는 나나 디아가 주로 요리를 했으니, 에밀리아는 오래간만에 주방에 선 김에 실력을 발휘하고 싶었으리라.

게다가 우리가 먹고 있는 음식은 여행 도중에 몇 번이나 먹었던 보존식량이다. 마을이 근처에 있는데 일부러 이것을 먹는 건 남은 보존식량을 다 쓰기 위해서다.

"으음……. 그래도 에밀리아가 신경 써서 만들어줘서 그런지 맛있네. 다음에 또 만들어줄래?"

"예! 그때는 더 맛있게 만들게요."

만면에 미소를 지은 에밀리아의 머리를 쓰다듬어주고 있을 때, 가장 먼저 식사를 끝낸 레우스가 학교로 이어지는 길을 쳐다보았다.

"형님. 누가 이쪽으로 오고 있어."

"흠…… 한 명인 것 같네. 적은 아닌 것 같아."

나도 기척을 느꼈기 때문에 '서치'를 사용해보니, 그것은 예전에 감지한 적이 있는 반응이었다.

그리고 학교로 이어지는 오르막길을 천천히 올라온 이는…….

"안녕하세요. 맛있는 향기가 나는 군요."

"어? 면접 때 만난 선생님이네?"

"예, 그래요. 빌 선생님이라고 불러 주세요."

면접 때, 나에게 가장 흥미를 가졌던 바로 그 빌 선생님이다.

면접 당시에 엄청난 살기를 뿜었던 그는 입가에 상큼한 미소를 머금은 채 우리에게 다가오더니 우선 고개를 숙이며 인사를 건넸다.

"혹시 선생님이 여기에 온 건 이 건물 때문인가요?"

"맞아! 형님이……."

"예, 그렇습니다. 이번에는 정말 죄송합니다."

레우스가 말을 잇기 전에 빌 선생님이 고개를 숙였다. 그러자 레우스는 말을 잇지 못했다.

"아까 접수처를 담당하는 이에게서 이야기를 들었습니다. 아무래도 그레고리가 멋대로 일을 벌인 것 같군요."

"즉, 빌 선생님이나 다른 선생님과는 상관없이, 그레고리 선생님이 독단으로 이런 일을 벌인 건가요?"

"예. 변명에 지나지 않지만, 그 남자가 비밀리에 벌인 일입니다. 이 일은 저희가 미처 확인하지 못했네요. 즉시 없었던 일로 한 후, 시리우스 군을 학교의 기숙사로…….”

“아, 저는 여기라도 괜찮아요.”

빌 선생님은 내가 그렇게 말할 거라고는 꿈에도 생각 못했는지 어안이 벙벙한 표정을 지었지만, 곧 진지한 표정을 지으며 입을 열었다.

“하지만 이곳은 학교에서 꽤 떨어져 있고 환경적으로 좋지 않습니다만…….”

“거리는 크게 문제되지 않아요. 이 건물도 청소와 수리만 하면 충분히 쓸 만할 것 같으니까요. 게다가 개인적으로 하고 싶은 일도 있으니 차라리 잘됐어요.”

“청소와 수리라고 해도 그렇게 간단하지는…….”

바로 그때, 빌 선생님은 우리가 청소한 건물을 보더니 어안이 벙벙한 표정을 지으며 그대로 딱딱하게 굳었다.

건물은 여전히 폐가나 다름없지만, 잡초가 잔뜩 자라던 주변이 깨끗하게 정리되어 있었기 때문이다.

“여러분은 이곳에 온지 얼마 안 되었죠? 그런데 이렇게 단시간에…….”

“입학식 날이 되려면 아직 며칠 있으니까 그동안 이곳을 고칠까 해요. 그래서 부탁드리고 싶은 게 있는데…….”

“제가 할 수 있는 거라면 뭐든 도와드리죠.”

“감사합니다. 실은 이 건물을 수리하는 것과 주위의 나무를 벌채하는 걸 허락받고 싶어요.”

독단으로 이런 장소에 나를 처넣은 녀석이 있는 것이다. 이곳의 환경을 정비하려고 했다가 학교 소유물을 함부로 뜯어고치지 말라며 한 소리를 할 것 같았다.

나무를 벌채해서 건축자재로 쓰고 싶다고 설명하자, 빌 선생님은 바로 고개를 끄덕였다.

"알았습니다. 제가 학교장님께 직접 말씀드리죠. 틀림없이 허가가 내려질 테니 지금 바로 시작해도 됩니다."

"정말인가요? 감사합니다."

"원래는 학교 측에서 책임을 져야 할 문제이니 감사할 필요 없습니다. 제가 책임질 테니 시리우스 군은 이곳을 마음대로 쓰세요."

정말 믿음직한 말이다. 남매도 기뻐하면서 벌떡 일어서더니 빌 선생님을 향해 고개를 숙였다.

"시리우스 님을 위해 힘써주신다니, 정말 감사합니다."

"고마워요!"

"또 필요한 건 없나요? 목공용 연장 정도라면 빌려드릴 수 있습니다."

나는 그 말을 듣고 망치와 못 같은 도구를 빌리기로 했다. 이곳은 학교 시설이니 당연한 거라고도 할 수 있겠지만 말이다.

빌 선생님이 내 요청을 듣고 돌아가려던 순간, 레우스가 그에게 말을 걸었다.

"빌 선생님. 왜 그레고리…… 선생님은 형님을 못 잡아먹어서 안달인 거죠?"

"……이 학교의 어두운 면과 관련이 있는 이야기입니다만, 피해자인 여러분에게는 가르쳐주도록 하죠. 그는 귀족으로서의 긍지가 그 무엇보다 중요하며, 평민은 귀족보다 못한 존재여야만 한다고 생각하고 있어요."

신분이 최우선이기에 신분이 미천한 자가 대들거나 기어오르려는 것은 싫어한다고 한다. 그리고 나 같은 무속성은 바닥 중의 바닥이라고 생각하기 때문에 나를 마음에 들어 하지 않는 것이다.

또한 극단적으로 수인을 싫어하니 조심하라고 빌 선생님은 남매에게 충고를 해줬다.

"골치 아프게도 그는 엘리시온에서 손꼽히는 귀족이니 함부로 해고할 수가 없어요. 그러니 무슨 일이 있으면 바로 보고해 주세요."

빌 선생님도 그 때문에 난처해하는 것 같았다. 점점 더 심한 짓을 해대는 것 같으니, 얽히지 않는 편이 좋을 것 같았다.

"알았습니다. 그레고리 선생님은 앞으로 주의하죠."

"다른 거만한 귀족도 조심하세요. 그리고 시리우스 군이 이 건물에 이름을 붙여주지 않겠습니까?"

"원래 이름이 있을 것 같은데요?"

"이 건물은 과거에 이 근처에서 마법 실험을 하던 이들의 휴게소였기에 애초부터 이름이 없었어요."

우리가 이 건물을 수리하니 이름 또한 우리가 짓는 편이 어떻겠느냐는 말이다.

"확실히 이름이 없으면 불편하겠죠. 그렇다면…… 다이아장

㈜은 어떨까요?"

"호오…… 이름에 유래가 있습니까?"

"다이아란 투명하고 매우 가치가 높은 보석이라고 들었어요. 저도 그런 존재가 되고 싶다고나 할까요."

"……나쁘지 않군요. 그럼 여러 수속을 밟아두겠습니다."

뒤돌아서서 걸음을 옮기려던 빌 선생님은 마지막으로 우리를 향해 고개를 돌리더니…….

"시리우스 군은 그 다이아는 비교도 되지 않을 만큼 엄청난 가치를 지니고 있다고 생각해요. 그럼 이만……."

그는 또 상쾌한 미소를 지으면서 돌아갔다.

아무래도 그는 우리가 진짜로 마음에 든 것 같았다.

어린애인 우리에게도 주저 없이 고개를 숙이는 걸 보면, 저 사람은 얼간이 귀족들과는 달리 상식적인 사람인 것 같았다.

우리를 함정에 빠뜨릴 이유도 없을 테니, 아마 즐기고 있는 것이리라.

상쾌한 미소를 통해 필사적으로 웃음을 감추는 듯한 느낌이 들었다.

그리고…… 빌 선생님을 가까이에서 보고 확신을 가질 수 있었다.

빌 선생님에게 감지되는 느낌이…… 피아와 흡사했다. 엘프 특유의 냄새나 분위기라고나 할까…… 아무튼 그는 엘프 같았다.

엘프이며, 면접 때 느꼈던 강자 특유의 살기로 볼 때…….

"학교장, 로드벨……."

"응. 학교장한테 부탁해준다니까 이제 안심해도 돼, 형님!"

"시리우스 님을 이해해주는 분이 있어서 저는 정말 기뻐요!"

남매는 눈치채지 못한 것 같지만…… 일부러 변장까지 한 그의 정체는 밝히지 않기로 했다.

나를 높이 평가해주는 사람이 있다는 게 기쁜지 남매는 콧노래를 부르면서 작업을 계속했다.

해가 지기 시작하고 하늘이 불그스름해졌을 즈음, 오늘 작업을 일단 끝내기로 했다.

청소는 얼추 끝냈지만 가재도구는 갖춰지지 않았다. 특히 침대의 뼈대는 있지만 이불이 없었다.

"어쩔 수 없지. 좀 거북하기는 하지만, 오늘은 여관에 가서 자야겠어."

마을에 가서 사야 할 것도 있고, 겸사겸사 여관에 가서 남는 이불을 얻어야겠다.

그리고 건물…… 다이아장의 벽 곳곳에 난 구멍은 내일부터 수리해야겠다.

자재는 근처 숲에서 확보했고, 지금은 레우스가 검으로 적당한 크기로 잘라서 안뜰에 놔뒀다. 수분을 지닌 나무는 건축자재로 적합하지 않으니, 내일쯤 열 마법진을 그려서 건조시켜야겠다.

내일부터 할 일을 생각하며 여관을 향해 걷고 있을 때, 앞장서서 걷던 레우스가 만면에 미소를 지으며 나를 고개를 돌렸다.

"건물을 수리하는 건 고생이기는 해도, 왠지 즐겁네!"

"후후. 그래. 우리의 집을 짓는 것 같잖아."

에밀리아도 레우스의 말에 동의하듯 웃는 걸 보면, 역시 이 남매는 나와 함께 다이아장에서 살 생각 같았다.

내 시종이기도 하니 당연한 걸지도 모르지만…… 그건 좀 곤란했다.

"에밀리아. 레우스. 여관에 가서 식사를 한 후, 너희는 학교 기숙사로 돌아가."

""예?!""

믿기지 않는 말을 들은 듯 놀라고 있지만, 현재 남매에게는 기숙사에 자신들의 방이 있다.

그런데 나 때문에 다이아장에서 살게 되면 동년배에 가까운 지인이나 친구를 만들 수 없으리라. 이곳은 폐쇄적인 공간이었던 저택이 아니라 바깥 세계이니, 많은 이들과 접하며 사람들에 대해 알고 사회에 익숙해져야만 한다.

만약 입학금을 마련하지 못해 남매가 마을에서 살게 되었다면 이야기가 달라지겠지만, 학교 안과 기숙사에는 수많은 귀족과 사람들의 눈이 있으니 그렇게 위험하지는 않으리라.

"나와 달리 너희는 있을 곳이 있잖아?"

"그, 그건 그렇지만, 저희가 있을 곳은 시리우스 님의 옆이에요."

"그래. 나도 형님 옆에 있고 싶어."

너무 곁에 둔 폐해군. 하지만 지금은 마음을 굳게 먹고 밀어낼 수밖에 없다.

"잘 들어. 너희는 이 학교에 입학했고, 방을 배정받았어. 그러니까 거기서 살아야만 해."

"하지만…… 형님이 없잖아."

"나는 너희 곁에 있어. 뭐, 내가 할아버지한테 갔을 때나 마찬가지라고 생각해."

"저는…… 시리우스 님을 시중들고 싶어요."

"그 마음은 정말 고맙게 생각해. 하지만 나는 너희가 나 이외의 많은 사람들과 교류해줬으면 해. 기숙사에 가면 룸메이트가 있을 테고, 그들과 이야기하며 친해졌으면 좋겠어."

"……그 사람이 나쁜 녀석이면 어떻게 해?"

"그때는 인정사정 봐주지 말고 날려버려. 이제 너희는 선악을 구분할 수 있고, 나쁜 녀석에게 지지 않을 만큼 강하잖아."

남매는 내 말을 들으면서 울먹거렸지만, 결국 에밀리아는 천천히 고개를 끄덕였다.

그래. 누나로서 동생에게 모범을 보여주라고.

"멋대로 사라지지는 않으실 거죠?"

"먼 곳에 갈 때는 이야기할게."

"폐가 되지 않는 선에서 곁에 있는 건 괜찮죠?"

"물론이야. 그리고 그럴 때는 훈련을 할 거니까 곁에 있어주지 않으면 곤란해."

"……알았어요. 저희는 학생 기숙사로 가겠어요."

"누나?"

"응석을 더 부려서 시리우스 님을 난처하게 해드릴 수는 없죠. 게다가 이것 또한 저희에게 필요한 일일 테니까요. 그렇다

면 저는 시리우스 님의 기대에 부응하겠어요."

에밀리아는 내 의도를 이해한 것 같았으며, 그런 누나의 모습을 본 레우스 또한 고개를 끄덕였다.

"……알았어. 나도 힘낼게!"

"응. 기대하겠어!"

항상 내 뒤를 졸졸 따라다니며, 언제나 나를 우선하던 남매가 조금이지만 앞으로 나아가게 되었다.

솔직히 말해 나도 좀 쓸쓸하지만…… 축복해줘야겠지.

그리고 나는 그런 제자들의 머리를 상냥하게 쓰다듬어줬다.

《친구》

그리고 며칠 후…….

나를 비롯한 신입생은 학교에서 가장 큰 강당에서 열린 입학식에 참가했다.

『여러분이 학교에서 무엇을 배울 것인가? 그것은 사람에 따라 다르겠죠. 하지만 제가 개인적으로 여러분이 가장 배웠으면 하는 것은 올바른 방향으로 사용하는 마음입니다.』

강당의 단상에서는 엘프 특유의 신비적인 분위기와 긴 귀를 지닌 엘프 청년 로드벨이 신입생에게 인사를 하고 있었다. 참고로 넓은 강당 구석구석까지 그의 목소리가 전해지는 것은 그가 자신의 목소리를 바람에 실어서 날리는 바람마법 '에코'를 사용하고 있기 때문이다.

겉보기에는 스무 살 정도로 보이는 청년이지만, 실은 400살이 넘는다고 한다. 장수 종족이라 불리는 엘프 중에서는 중년이라고 할 수 있는 나이인 것 같았다.

로드벨이란 자는 대체 어떤 인물인가?

그는 이 학교의 수장인 학교장이자, 세간에서는 '매직 마스터'라 불리며, 이 메리페스트 대륙에서는 모르는 사람이 없는 최강의 마법사다.

원래라면 하나뿐일 적성속성을 세 개나 지녔을 뿐만 아니라, 바람을 일으키고, 홍수를 발생시키며, 지진으로 지형을 바꿀 수 있을 정도로 엄청난 마법과 방대한 마력량을 지녔다. 게다가 유일하게 적성속성이 아닌 불속성의 마법 또한 상급까지 익혔다고 한다.

그런 로드벨을 동경해서 이 학교에 입학하는 자가 많으며, 이 자리에 모인 대부분의 신입생들은 단상을 향해 경의에 찬 시선을 보내고 있었다.

『여러분이 이곳에서 배우는 마법과 기술은 다양한 방면에서 도움이 되겠지만, 거꾸로 말하자면 간단히 상대를 협박하거나 죽일 수도 있습니다. 그 점을 항상 명심하십시오.』

수많은 이의 시선을 받으며 말을 잇는 로드벨의 모습, 그리고 위엄을 자아내기 위해 뿜고 있는 마력을 보고 나는 확신을 가졌다.

"이래서야 못 알아볼 만 하네. 완벽한 변장이었어."

목소리뿐만 아니라 특징적인 긴 귀도 완전히 숨겼으니, 그 누구도 빌 선생님이 로드벨이라는 사실을 눈치채지 못한 것이다.

그건 그렇고, 이렇게 빨리 학교장의 관심을 받게 될 거라고는 생각도 못했다. 뭐 우리를 관찰하며 즐기고 있을 뿐, 적어도 적은 아니다. 그러니 대충 어울려주면 될 것이다.

"하암……."

"에밀리아, 하품을 귀엽게 하네. 밤이라도 샌 거야?"

"아?! 저, 저기…… 예. 실은 룸메이트와 이야기를 하다가……."

에밀리아가 부끄러워하면서 한 말을 들어보니, 룸메이트와 잘 지내는 것 같았다.

사실 에밀리아의 룸메이트는 입학식 전날까지 기숙사에 오지 않았기에, 어제 처음 만났다고 한다.

상대는 인간족이며 수인에게 편견이 없는 상냥한 애 같았다.

"이름은 리스인데, 아름다운 푸른색 머리카락을 지닌 여자애예요."

"벌써 친구가 생겼구나. 좋겠네."

"예. 제 친구예요."

기뻐하는 에밀리아를 보아하니, 기숙사 생활에 순조롭게 적응하고 있는 것 같았다. 음…… 이것만으로도 학교에 입학시키기를 잘한 것 같다.

그리고 반대쪽에 있는 레우스를 쳐다보니, 여우 귀와 꼬리를 지닌 소년이 그의 어깨를 두드리고 있었다.

"형님, 졸면 안 돼요."

"응? 아, 미안해."

여우꼬리족이라고 불리는 종족의 소년은 로우라고 하는데, 본인의 말에 따르면 레우스의 부하가 되었다고 한다.

참고로 그는 레우스의 룸메이트인데, 자신의 방에 온 레우스를 보자마자 싸움을 걸었다고 한다. 그리고 레우스의 주먹 한방에 나가떨어진 로우는 그대로 그에게 반해 레우스에게 부하로 삼아달라고 부탁했다고 한다.

나는 처음 그 말을 듣고 아연실색했다.

'안녕하세요. 저는 레우스 씨의 부하가 된 로우라고 해요. 잘 부탁드립니다, 형님!'

'형님을 형님이라고 불러도 되는 건 나뿐이야! 그리고 내 부하면 형님의 부하이기도 하다고.'

'죄, 죄송합니다! 잘 부탁해요, 두목!'

……학교에 입학하자마자 나도 모르는 사이에 부하가 생겼다.

하지만 로우는 분위기 파악을 매우 잘하며 레우스에게 주의를 들었기 때문인지는 몰라도 꼭 필요할 때 이외에는 우리에게 다가오지 않았다. 부하라는 말에 딱 걸맞은 남자이며 본인도 딱히 불만은 없는 것 같았기에, 나도 별말 하지 않기로 했다.

그리고 내가 살게 된 다이아장은 최근 며칠 동안 수리 공사가 거의 끝났다. 남은 건축자재로 선반이나 가재도구를 만들었고 마을에 가서 필요한 물건을 예산에 맞춰 샀다. 덕분에 지금은 멋진 주거지가 되었다.

빈 방 몇 개는 앞으로 어떻게 쓸지 생각해볼 예정이다.

『제가 할 말은 이게 다입니다. 그럼 학교의 교육 과정을 대략적으로 설명하죠. 우선 1학년은…….』

학교장의 말을 정리하자면, 이 학교의 교육 과정은 5년으로 이뤄진다고 한다.

처음 2년은 학년별로 다 같이 공부하며 3학년부터는 각자가 희망하는 전문분야를 배우게 된다.

학교에는 네 가지 속성의 마법을 중심으로 한 다양한 분야가 존재하며 레우스는 검술, 에밀리아는 바람마법, 그리고 나는 마도구를 만드는 마법기술자과에 들어갈 생각이다.

『그럼 각 분야의 선생님께서 신입생에게 한마디씩 해주시죠.

우선 흙속성의 달인인 마그나 선생님부터 부탁합니다.』

그 후, 각 분야의 달인인 선생님들이 차례차례 소개되었다. 그리고 적색과 황색 선이 그어진 망토를 걸친 남자가 단상에 올라선 순간, 강당의 분위기가 변했다.

『불과 흙을 전문으로 하는 그레고리다. 나는 두 가지 적성속성을 지닌 더블이며, 긍지 높은 귀족이다. 수인과 평민의 위에 선 귀족들이여. 강해지고 싶다면 내 밑으로 와라. 내 가명을 걸고 강하게 만들어주마.』

대부분의 신입생은 그 말을 듣고 동요했지만 일부 귀족은 박수를 보냈다.

그건 그렇고 저 남자는 대체 무슨 생각인 걸까? 저딴 소리를 저렇게 당당하게 하니 오히려 감탄스러울 지경이었다. 보아하니 학교장도 어이없다는 표정으로 한숨을 내쉬고 있었다. 진짜로 다루기 힘든 귀족으로 보였다.

"……형님을 괴롭힌 걸 절대 잊지 않을 거야."

"진정해. 저래 봬도 상위 귀족이라고. 함부로 건드려선 안 돼."

나는 단상을 노려보는 레우스를 달래면서 그레고리를 쳐다보았다. 그는 과신에 가까울 정도로 자신감에 찬 눈빛을 띠고 있었다. 아무래도 이미 돌이킬 수 없는 지경에 이른 것 같았다.

『그럼 이것으로 입학식은 끝났습니다. 밖에 있는 반배정표를 확인한 후, 교실로 가주십시오.』

이렇게 미묘한 분위기가 휩싸인 채 입학식은 끝났다.

강당을 나와 보니, 커다란 간판에 신입생 반 배정표가 붙어 있었다.

각 교실의 집합시간이 되려면 아직 시간이 있었다. 그래서 그런지 반을 확인하자마자 바로 향하는 자, 주위에 있던 지인과 담소를 나누는 자, 그리고 근처에 있는 선생님에게 질문을 하는 자도 있었다.

나는 반배정표를 확인하러 간 레우스를 기다리며 그 광경을 지켜보고 있었다.

"시리우스 님과 같은 반이 되었으면 좋겠어요······."

현재 이곳에 모여 있는 신입생과 내 옆에 있는 에밀리아는 학교지정 교복을 입고 있었다.

이 교복은 실기 및 특별 행사 때를 제외하고는 꼭 착용하도록 의무화되어 있었다.

착용감이 좋고 딱히 방어력은 없는 듯 평범한 옷처럼 보이지만, 마력을 주입하면 중급마법조차 견뎌낼 수 있을 만큼 튼튼해지는 고성능 방어구이기도 했다.

마을 안에서도 착용하는 것이 허락되어 있지만 마을 밖에 가지고 나가면 벌을 받는다고 한다.

"······시리우스 님, 왜 그러세요? 혹시 신경 쓰이는 일이라도 있으세요?"

"아······ 시종복도 괜찮았지만, 교복도 잘 어울리는 것 같아서 말이야. 에밀리아, 잘 어울려."

"정말인가요?! 정말 기뻐요!"

에밀리아는 긴 은발을 휘날리며 그 자리에서 빙글 돌더니, 만면에 미소를 지었다.

음, 제자 콩깍지를 빼고 보더라도 귀여운걸.

이 학교에는 수많은 여학생이 있지만, 에밀리아가 그 누구보다 귀엽다고 나는 생각했다.

아름다운 용모에 빛을 반사하며 빛나고 있는 은발, 그리고 나이에 비해 발육이 뛰어난 가슴이 주위의 주목을 자연스럽게 모으고 있었다. 실제로 지나가던 남자애가 몇 번이나 에밀리아를 쳐다보았고, 여자애들 또한 눈부신 은발에서 눈을 떼지 못했다.

"그러고 보니 리스라는 애는 어디 있어? 근처에 있다면 소개를 좀 해줬으면 하는데 말이야."

"그게…… 오늘 아침에 본가 쪽에서 연락이 온 바람에 오늘은 학교에 오지 못했어요."

"입학식에 참가하지 못할 정도면 큰 문제인 거 아냐?"

"저도 잘은 모르지만 본인이 괜찮다며 웃었고, 학교 측의 허락도 받았다고 했어요."

에밀리아의 친구와 인사를 나누고 싶었는데 어쩔 수 없다. 그건 그렇고…….

"학교 측의 허락……. 그런 걸 받았다는 걸 보면 그 애는 귀족……."

"아, 여기 있었군요."

귀에 익은 목소리를 듣고 돌아보니 로드벨이 빌 선생님으로 변장해 등 뒤에 서 있었다.

빌 선생님과는 내가 살게 된 건물에 다이아장이라는 이름을 정한 다음 날, 내가 한 요청에 대해 보고해주러 왔을 때 이후로 처음 만나는 것이다. 그는 여전히 상쾌한 미소를 짓고 있었다.

"안녕하세요, 빌 선생님. 일전에는 정말 고마웠어요."

"아뇨. 저는 딱히 한 게 없어요. 여러모로 바빠서 만나러 가지 못했는데, 다이아장은 그 후에 어떻게 되었죠?"

"벽 공사가 끝나서 사람이 살기에 문제가 없어요. 빌려주신 도구는 나중에 돌려드리겠습니다."

"그렇군요. 하지만 그 폐가가 벌써 사람이 살 수 있을 만큼 수리가 된 건가요. 정말 당신은 재미있…… 어험, 기대가 되는 학생이군요."

이 세계에서는 건축기술 또한 중요한 밥벌이 수단이며, 장인은 자신의 제자에게만 기술을 전수한다. 하지만 평민이자 어린애인 내가 다이아장을 수리했다고 말하자 빌 선생님은 흥미를 가진 것 같았다. 참고로 내가 집을 수리할 수 있었던 것은 전생에 분쟁지대에서 부흥작업으로서 집을 지은 적이 있기 때문이다. 지나치게 전문적인 것은 무리지만 간단한 통나무집 정도라면 어떻게든 된다.

"이제 와서 이런 말을 하는 것도 그렇지만, 학교 기숙사와 달리 다이아장은 경비가 제대로 되지 않아요. 그 점을 양해해주시겠습니까?"

"여러모로 손을 써둘 생각이고, 도둑맞으면 곤란한 물건에는 대책을 세워둘 거니 괜찮아요."

"괜한 걱정을 한 것 같군요. 하지만 너무 지나친 짓은 하지 마세요."

옆에서 보면 학생과 선생이 사이좋게 담소를 나누는 것처럼 보이겠지만, 그 내용은 꽤나 음험했다.

즉, 바보 같은 녀석들이 다이아장을 습격할 경우, 인정사정 봐주지 말고 격퇴해도 된다는 것이다. 그럼 오늘 바로 함정을 쳐야겠다. 상대방을 죽이지 않는 함정은 여러모로 골치 아프지만, 계획적으로 뭔가를 설치하는 건 꽤 좋아한다.

"무슨 일 있으면 저 뿐만 아니라 마그나 선생님에게도 알려주세요. 그럼 이만 실례하죠."

빌 선생님이 그렇게 말하면서 사라진 후, 사람들이 몰려 있는 쪽에서 레우스의 큰 목소리가 들려왔다.

"형님~! 누나~! 우리는 같은 반이야~!"

레우스의 말에 따르면 우리의 반은 '카라리스'라고 불리며, 담임선생님은 마그나 선생님이라고 한다.

우리 셋 모두가 같은 반이 될 확률은 낮다고는 할 수 없다. 하지만 무슨 일이 있으면 마그나 선생님에게 알리라고 아까 빌 선생님이 말한 걸 보면, 아마 학교장이 손을 쓴 게 틀림없으리라.

우리 또한 같은 반인 편이 여러모로 좋으니, 이 호의는 감사히 받아들이기로 했다.

나와 같은 반이 되어서 기뻐하는 남매들과 함께 교실로 향했다.

신입생은 위인의 이름이 붙은 반에 배정된다.

우리의 반인 카라리스와 아이온, 벨가레트…… 등, 반은 여러 개가 존재하며, 한 반의 학생 숫자는 약 서른 명 정도다.

교실 안은 부채꼴 형태이며 안쪽으로 갈수록 단차가 커지는 형태다. 전생의 대학에서 흔히 볼 수 있는 구조다. 우리가 교실 앞에 도착해보니, 이미 대부분의 학생들이 교실에 들어갔는지 복도까지 시끄러운 소리가 흘러나오고 있었다.

그리고 우리가 교실에 들어간 순간, 소음이 멎으면서 학생들의 시선이 우리에게 집중되었다.

"흐음…… 꽤 넓네. 누나, 우리는 어디에 앉으면 될까?"

"자리는 따로 정해지지 않는다고 들었어. 시리우스 님, 저 자리가 비어 있어요."

에밀리아가 가리킨 안쪽에서 세 번째 줄의 자리로 향하면서 주위 사람들이 나누는 대화를 들었다. 아무래도 우리는 꽤 화제가 되고 있는 것 같았다.

본 적이 없는 마법을 사용한다는 둥, 엄청난 마력량을 지녔다는 둥, 이런 말들이 들려오는 가운데 무속성이나 무색이라는 말도 들렸다.

아마 당시 면접 현장에 있었던 이들이 퍼뜨렸으리라. 내 생각에는 그 얼간이 귀족과 그레고리가 수상했다.

하지만 언젠가는 들킬 일이기에 개의치 않으면서 자리에 앉자 내 오른편에 레우스, 그리고 왼편에 에밀리아가 앉았다. 이 좌우 배치는 남매가 결정한 절대적인 위치 선정이라고 한다.

잠시 후, 비어있던 자리가 대부분 채워지자 나는 다시 주위를 둘러보았다. 인간족과 수인의 비율, 그리고 남녀 비율은 거의 반반인 것 같았다. 귀족으로 보이는 학생이 거의 보이지 않는 걸 보면 평민 위주로 학생들을 모은 반이리라.

그렇게 생각하며 주위를 보니, 갑자기 우리 앞에 세 명의 남학생이 나타났다.

우리가 고개를 갸웃거리는 가운데, 그 세 사람 중 가운데에 서 있는 남자가 에밀리아를 향해 우아하게 고개를 숙였다.

"은발 아가씨, 괜찮다면 이름을 알려주지 않겠어?"

"뭐야? 너, 우리 누나한테 무슨 볼일이라도 있어?"

"닥쳐라, 수인! 마크 님께서 이야기를 하고 계시지 않느냐!"

"뭐?!"

질문을 받은 에밀리아보다 먼저 레우스가 입을 열자, 뒤편에서 시립하고 있던 시종 같은 남자가 입을 열었다. 왜 당사자도 아닌 녀석들이 말다툼을 벌이는 거지, 하고 생각하며 한숨을 내쉬고 있을 때, 붉은 머리카락을 지닌 남자도 나와 마찬가지로 한숨을 내쉬었다.

"레우스. 너를 찾아온 것도 아니니까 입 좀 다물고 있어."

"너희도 진정해. 내 시종이라면 기품과 예절을 잊지 마."

외모와 분위기를 보고 예상은 했지만, 역시 이 남자는 귀족인 것 같았다.

활활 타오르는 듯한 붉은색 단발머리와 단정한 외모, 그리고 자세에서도 느껴지는 기품으로 볼 때, 장래에는 왕자님이라고 불릴 듯한 남자였다.

그런 왕자님은 시종의 무례를 사과하더니 다시 에밀리아에게 말을 걸었다.

"내 시종이 무례를 범했어. 다시 묻겠는데, 네 이름을 가르쳐 주지 않겠어?"

에밀리아는 그 말을 듣더니 내 안색을 살폈다. 그러자 나는 좋을 대로 하라는 듯이 고개를 끄덕였다.

"제 이름은 에밀리아라고 해요. 그리고…… 당신의 이름을 물어도 될까요?"

"이 녀석! 마크 님이 누구인지도 모르는 게냐?!"

"너희는 좀 물러나 있어. 내 이름은 마크 호르티아. 긍지 높은 호르티아 가문의 차남이야."

마크라는 이름의 남자는 우아하게 예를 표했다.

시종은 좀 그렇지만, 이 남자는 지금까지 내가 만난 귀족 중에서 가장 예의가 바른 것 같았다. 지금까지 만났던 귀족이 하나같이 잘난 척만 해댔기에 정말 신기하게 느껴졌다.

"이름을 알려줘서 고마워요. 그런데 저한테 무슨 볼일이죠?"

"한마디로 말하자면 권유를 하러 왔어. 에밀리아 양의 몸놀림과 태도를 보고, 자네가 우수한 시종이 되겠다는 생각이 들었거든. 사람들의 시선을 모으는 은발과 기품…… 정말 멋지다고 생각해. 괜찮다면 내 시종이 되어주지 않겠어?"

"사양할게요."

"수인 따위가 마크 님에게서 직접 하신 권유를…… 뭐?"

"그러니 사양한다고요."

에밀리아는 딱 잘라서 대답했다.

거절당할 거라고는 생각도 못한 듯 두 시종은 혀를 차며 입을 열었다.

"마크 님. 이 수인은 귀족인 저희에게 맞서고 있습니다."

"주제를 알려주죠."

"그러니까 너희는 입 좀 다물고 있어. 괜찮다면 사양하는 이유를 물어봐도 될까?"

"저는 이미 생애를 바쳐 모실 주인님이 있기 때문이에요. 그게 사양하는 이유죠."

"이미 주인이 있다고? 혹시…… 옆에 있는 남자 말이야?"

"예. 이분이야말로 제 주인이신 시리우스 님이에요."

그리고 일부러 자리에서 일어난 에밀리아는 내 왼쪽 뒤편에 섰다.

자랑스러워하는 듯한 목소리로 말하는 에밀리아를 본 마크는 체념 섞인 한숨을 내쉬더니, 나를 쳐다보며 입을 열었다.

"자네가 에밀리아 양의 주인이구나. 실례지만 이름을 물어봐도 될까?"

"저 말인가요? 시리우스 티처예요."

"티처…… 처음 듣는 이름이야. 엘리시온 밖에서 온 귀족이야?"

"아뇨. 저는 귀족이 아니라 평민이에요. 그녀는 저를 따르는 마음에 시종이 되어줬죠."

"평민 주제에 시종을 둬?! 어이없는 녀석이군! 빨리 마크 님께 네 시종을 헌상해라!"

"잠깐만. 이 녀석, 혹시 소문이 자자한 그 무색 아냐?"

무색이라는 말을 듣고 주위에 있던 이들이 술렁거렸다.

내가 화제가 되고 있는 무속성인지 묻고 싶어도 초면이기에 주위 학생들은 묻지 않았다. 그러니 방금 그 질문은 이 자리에 있는 학생들 전원이 던진 질문이나 다름없었다.

그 사실을 증명하듯, 교실 안에 있는 이들 전원의 시선과 귀가 우리 쪽으로 집중되었다.

"어떤 소문이 돌고 있는지는 모르겠지만, 저는 무속성입니다. 그게 어쨌다는 거죠?"

"마크 님은 이미 중급마법인 '플레임 랜스'까지 습득하셨다. 마법도 제대로 못 쓰는 무능 따위가 왜 이런 곳에 있는 거지?"

"아마 거금을 뇌물로 바치고 들어온 거겠지. 아니, 그럴 돈을 없을 것 같은데 말이야."

내 옆에서 살기가 뿜어져 나왔지만, 저 두 사람은 눈치채지 못했다. 나는 남매가 저들에게 달려들지 못하도록 그들의 머리를 누르면서 눈앞에 있는 시종들을 경멸 섞인 눈으로 쳐다보았다.

"마크 님이라면 몰라도 시종인 당신들에게 그런 말을 들을 이유는 없을 텐데?"

"뭐라고?! 우리는 시종이지만 엘리시온에 사는 귀족이기도 하단 말이다."

"'플레임 랜스'를 쓸 수 없다고 이 학교에 입학할 수 없는 것도 아닐 텐데? 게다가 그 마법을 쓸 수 있는 건 마크 님이지 너희가 아냐."

"시종이 주인의 위대함을 자랑하는 게 뭐가 잘못된 거지? 우리는 마크 님의 절대적인 시종이란 말이다!"

"그 절대적인 시종이 주인의 명령을 듣지 않는 거야? 아까 마크 님이 입 다물고 있으라고 했잖아?"

내가 그렇게 말하자, 두 사람은 아무 말 없이 입을 다물며 나를 노려보았다.

"그쯤 해. 그가 말한 것처럼 너희는 내 시종이기 이전에 귀족이 어떤 존재인지를 이해하지 못한 것 같구나."

"하지만 마크 님! 이런 미천한 것한테 이런 소리를 듣고 입을 다물고 있을 수는 없습니다!"

"내가 봐도 잘못한 건 너희다. 아버님의 명령이라고는 해도 내 시종이 되었다면, 더는 추태를 보이지 마라."

주인이 이렇게까지 말하자, 두 사람은 투덜거리면서 물러섰다.

자신의 시종인데도 불구하고 공명정대한 판단 하에 꾸짖다니, 예절을 갖추기만 한 게 아니라 제대로 된 인격의 소유자인 것 같았다. 이번에는 명백하게 저 두 사람에게 문제가 있기는 했지만 말이다.

"정말 미안해, 시리우스 군. 변명은 아니지만, 저 두 사람이 내 시종이 된 것은 최근 일이야."

"저도 신경 쓰지 않지만, 제 시종은 인내심이 없으니 조심해 주세요."

대화 도중에도 계속 머리를 쓰다듬어줬더니, 남매는 이미 분노를 잊고 기뻐하듯 꼬리를 흔들어대고 있었다. 이런 표정을 짓고 있는 남매가 몇 초 전만 해도 살기를 뿜고 있었다고는 그 누구도 생각하지 못하리라.

"선생님이 오실 때가 다 된 것 같으니 이만 실례할게."

"에밀리아는 포기하는 건가요?"

"이미 진심으로 모시는 주인이 있는 시종을 억지로 손에 넣으려 하는 것은 내 긍지가 용서하지 않지. 언젠가 유명해져서, 자네 이상으로 그녀를 매료시킬 수 있게 되면 그때 다시 권유해보겠어."

교복을 휘날리며 약간 떨어진 곳에 있는 자리로 돌아가는 그의 모습은 그야말로 왕자님이었다.

한편, 두 시종은 돌아가면서 나를 노려보았지만 예의를 모르는 자 따위는 전혀 무섭지 않았다. 나중에 주인에게서 설교나 들으라고.

"저는 시리우스 님 이외의 누군가에게 매료될 리가 없어요……."

"나도 평생 형님을 따를 거야……."

그리고…… 머리를 너무 쓰다듬어준 탓에 이 남매는 아예 정신 줄을 놓기 시작했다.

남들에게 보여줄 만한 표정이 아니었기에 머리를 가볍게 두드려서 정신을 차리게 만들었을 즈음, 교실의 문이 열리더니 담임인 마그나 선생님이 교탁 앞에 섰다.

"다 온 것 같군요. 제가 이 카라리스 반의 담임인 마그나입니다. 잘 부탁해요."

마그나 선생님은 교복과 같은 소재로 된 로브와 노란색 선이 그어진 망토를 걸친 40대 남성이었다. 학교장만큼은 아니지만 달인 특유의 분위기를 지니고 있었기에, 그 사실을 감지한 학생들은 자연스레 입을 다물었다.

"저에 관해서는 나중에 다시 이야기하기로 하고, 우선 이제부터 오랫동안 함께 지내게 될 클래스메이트들을 아는 편이 좋겠죠. 가장 앞 쪽에 있는 고양이 수인 학생부터 간략하게 자기소개를 해주세요."

그리고 한 명씩 차례대로 자기소개를 하게 되었다. 자기 차례가 된 학생은 자신의 종족과 학교에 온 이유를 비롯해 다양한 이야기를 했다.

그리고 우리 차례가 되자, 우선 레우스가 자기소개를 했다.

"레우스라고 해요. 종족은 은랑족이며, 옆에 있는 형님……시리우스 님의 시종이죠. 특기는 검이며, 속성은 불입니다. 잘 부탁드려요."

이상한 소리를 하지는 않을지 걱정했지만, 다른 학생들의 자기소개를 참고하며 무난하게 끝마쳤다. 박수 소리가 들려오는 것을 보면 어느 정도 환영받는 것 같았다.

다음은 내 차례군…….

"시리우스입니다. 인간족이며, 여러분이 아시는 대로 저는 무속성입니다. 2년 후의 전공에서는 마법진을 연구해서 마도구를 만들 생각입니다."

마지막에 고개를 숙였지만, 클래스메이트들은 어떤 반응을 보여야 할지 고민하고 있는 듯한 눈치였다.

그런 미묘한 분위기 속에서 에밀리아의 차례가 되었다. 에밀리아가 어머니에게 배운 대로 깍듯이 예를 표하자 학생들은 마치 매료된 것처럼 그녀에게서 눈을 떼지 못했다.

어머니는 숙련된 시종은 인사만으로 사람들을 제압한다고 했는데, 에밀리아는 그 말을 완벽하게 재현하고 있었다. 에밀리아라면 걱정할 필요는 없을 것 같았다.

"은랑족인 에밀리아라고 합니다. 바람속성이며 동생인 레우스와 함께 시리우스 님을 모시고 있어요. 시리우스 님께는 몸도 마음도 다 바쳤으니, 여러분의 양해를 부탁드립니다."

에밀리아는 우아하게 미소를 지으며 폭탄을 투하했다.

주위가 소란스러운 가운데, 나는 시선으로 에밀리아에게 이게 무슨 짓인지 물었다. 그러자 그녀는 만족스러워하듯 고개를 끄덕였다. 왜 에밀리아는 이런 자리에서 저런 발언을 한 걸까?

아마…… 무속성인 나를 향한 시선을 자신 쪽으로 돌리려는 것이리라. 정말 헌신적인 충성심이다. 나는 멋진 시종을 둔 것 같았다.

"후후…… 이걸로 제가 시리우스 님의 것이라는 걸 공언했어요."

……응. 그럴 줄 알았어.

뭐, 에밀리아가 저렇게 말해뒀으니 쓸데없는 녀석들이 그녀에게 관심을 보이지는 않을 것이다. ……아마도 말이다.

참고로 에밀리아보다 더한 폭탄 발언은 없었으며 클래스메이트 전원의 자기소개는 무난하게 끝났다.

그 후 휴식 시간이 되어서 마그나 선생님이 교실을 나가자마

자 우리 주위로 몇몇 학생들이 몰려들었다.

"에밀리아의 은발은 정말 아름답네. 피부도 예뻐. 여자로서 정말 부러워."

"아까 몸도 마음도 다 바쳤다는 게 무슨 소리야?! 노예인 거야?"

"검이 특기라면 나중에 나와 승부하자."

"저기, 너는 진짜로 무색이야?"

"적성이 없으면 고생이 많지? 용케도 이 학교에 들어왔네."

이 반은 평민이 대다수라 그런지 호기심이 많은 학생이 상당한 것 같았다.

질문에 하나하나 답하다 알게 된 사실인데, 아무래도 나는 무속성인데도 피를 토할 정도로 수련을 해서 이 학교에 입학한 노력가로 여겨지고 있는 것 같았다.

뭐, 피를 토할 정도로 훈련을 하기는 했으니 틀린 말은 아니지만 말이다.

첫날이라 수업은 하지 않았으며, 마그나 선생님이 입학식에서 가르쳐주지 않은 학교의 교육 과정과 시설을 설명하고 나서 오늘 일정이 끝났다.

선생님이 교실에서 나갈 때쯤에는 저녁이 되었다는 사실을 알리는 종이 울릴 시간대였으며, 이제부터 학생들은 자유 시간을 가진다. 학생들은 저녁으로 뭘 먹을지 이야기하면서 식당으로 향하거나 교실에 남아서 잡담을 나누기도 했다.

참고로 아침과 점심은 학교 식당에서 먹는 게 일반적이지만, 저녁 식사는 식당만이 아니라 학생 기숙사에 돌아가서 직접 해 먹거나 마을에 나가서 먹어도 된다고 한다.

"시리우스 님, 오늘은 뭘 하실 거죠?"

"글쎄. 오늘도 다이아장을 수리할 거야."

방과 조리실은 이미 청소를 끝냈지만, 빈방을 욕실로 개조하는 것을 비롯해 아직 할 일이 많았다. 그래서 바로 집에 돌아갈까 하고 생각하고 있을 때, 에밀리아가 송구하다는 표정을 지으며 고개를 숙였다.

"시리우스 님. 죄송하지만 방에 잠시 돌아가서 리스가 돌아왔는지 확인한 후에 다이아장으로 향해도 될까요?"

"그렇게 해. 그럼 나는 레우스와 먼저 가서 느긋하게 작업하고 있을게."

"형님! 미안해!"

그리고 레우스 또한 고개를 숙였다. 그와 동시에 교실 입구 쪽에서 레우스를 부르는 목소리가 들렸기에 고개를 돌려보니, 수인들이 목검을 든 채 손을 흔들고 있었다.

상황을 보아하니, 레우스는 대련 신청을 받은 것 같았다. 잘됐는걸.

"나와 승부를 하고 싶다기에 무심코 고개를 끄덕이고 말았어. 거절하고……."

"잠깐만. 내가 예전에 다른 학생과의 교류를 소중히 여기라고 했지? 나는 신경 쓰지 말고 갔다 와."

"형님…… 알았어! 전부 한방에 쓰러뜨리고 금방 갈게!"

"서두를 필요 없어. 상대의 실력을 파악한 후, 적당히 힘조절을 하도록 해."

"알았어!"

진짜로 알기는 한 건지 걱정이 되었지만, 딱히 귀족은 없는 것 같으니 괜찮으리라.

레우스와 수인들과 담소를 나누면서 교실을 나갈 즈음, 에밀리아도 기숙사를 향하기 위해 교실을 나섰다.

나도 돌아가기 위해 자리에서 일어났을 때, 마크가 나에게 말을 걸었다.

시종이 곁에 있지 않는 걸 보면 나와 같은 상황인 것 같았다.

"시리우스 군도 돌아가는 거야?"

"예. 그러려고요."

"하하하. 나는 귀족이지만 이 학교 안에서는 모두가 다 평등하잖아? 아까는 말하지 못했지만, 나한테 존댓말을 쓸 필요는 없어."

"……알았어. 그런데 마크 님. 그 시종들은 어디 간 거야?"

"님도 붙일 필요 없어. 그 두 사람은 급한 볼일이 있다면서 먼저 돌아갔어. 좀 수상해 보였으니까, 나중에 추궁할 생각이야."

"마크도 고생이 많네. 무례하게 들릴지도 모르지만, 왜 그 두 사람을 시종으로 삼은 거야?"

절대적인 시종이라고 말하기는 했지만, 말과 행동이 전혀 맞지 않았다. 잘난 척만 할 뿐, 전혀 시종답지 않은 두 사람을 왜 데리고 다니는 걸까?

"그 두 사람은 내 시종이지만, 호르티아 가문의 분가 소속이라서 귀족이야. 뭐, 신분은 꽤 낮은 편이지만 말이야."

그의 설명에 따르면, 두 사람은 마크의 마음에 들어서 가문의 지위를 높이라는 명령을 부모에게 받은 것 같았다. 마크도 처음에는 사양했지만, 분가 사람을 함부로 대할 수는 없기에 한동안 시종으로서 곁에 두기로 한 것 같았다.

그리고 마크 또한 호르티아 가문의 귀족으로서 두 사람의 비틀린 사상을 교정해보려 했지만, 뜻대로 되지 않는 것 같았다.

"……내가 물어보고 이런 소리를 하는 것도 좀 그렇지만, 이런 이야기를 나한테 해도 되는 거야?"

"괜찮아. 귀족답지 않은 행동은 예전에도 몇 번이나 했지만, 오늘은 정도가 지나쳤어. 그렇게 품성 없는 자에게는 자비를 베풀 필요가 없어. 그러니 그 두 사람한테 무슨 짓을 당한다면 나한테 바로 보고해줘. 그럼 내가 알아서 처리할게."

"알았어. 그렇게 할게."

작별 인사를 하고 사라지는 마크를 배웅한 후, 이번에야말로 나는 다이아장으로 향했다.

서두를 이유도 없고 남매가 올 때까지 시간이 걸릴 것 같았기에, 나는 다이아장까지 느긋하게 걸어갔다.

다이아장에서 지내게 되고 혼자 있는 시간이 늘었지만…… 그 것은 남매에게 있어서도 좋은 경향이기에 기뻐할 일이다.

약간의 쓸쓸함을 느끼며 걸음을 옮기던 내가 학교 기숙사를 빠져나가 산길에 접어들었을 즈음, 기척을 느끼고 멈춰서보니…….

"……무슨 일이지?"

"무능 주제에 감은 좋은걸."

길가의 나무 뒤편에서 마크의 시종인 두 남자가 모습을 드러냈다.

나를 노려보는 걸로 볼 때, 우호적인 목적으로 온 것 같지는 않았다.

"노골적으로 기척을 드러내면 누구나 다 눈치챌걸? 그런데, 무슨 일이지? 설마 저기서 놀고 있었던 건 아닐 거 아냐."

"당연하지! 너의 그 무례한 태도는 눈감아줄 테니, 지금 바로 그 아인에게 마크의 시종이 되라고 명령해!"

"싫어. 그녀가 딱 잘라 거절했으니, 나는 그 뜻을 존중할 거야."

"네가 존중하든 말든 상관없어. 내 제안을 거절하면 쓴맛을 보게 될 걸?"

그 말이 들린 순간, 나무 사이에서 목검을 쥔 남학생 두 명이 나타났다.

처음 보는 얼굴이니 다른 반의 학생인 걸까?

하지만 얼굴에 죄책감이 전혀 어려 있지 않은 걸 보면, 이 두 사람과 비슷한 족속인 것 같았다.

뭐, 숫자가 늘어나든 말든 상관없다. 그것보다…….

"왜 이렇게까지 하지? 이런다고 마크가 좋아할 것 같아?"

"시끄러워. 그 녀석의 기분을 맞춰줘야만 한다고!"

"그 녀석이 타인에게 이렇게 흥미를 가지는 건 드문 일이거든. 입으로는 그렇게 말했지만, 그 아인을 끌고 가면 좋아할 거라고."

마크의 마음에 들려고 필사적인 것 같았다. 그 노력을 다른 방향으로 돌린다면 결과는 달라졌을 텐데…… 정말 불쌍한 녀석들이다.

"아인이라도 얼굴은 꽤 반반하니까 말이야. 그 녀석도 결국 사내인 거지."

"나는 아무리 미인이라도 아인은 사양이야."

"그렇구나……."

잭이 말했던 수인을 싫어하는 귀족이라는 건 이런 녀석들을 말하는 거구나.

이제 더는 입을 섞기도 싫었다. 나를 협박하러 온 게 명백해 보이는데다, 따를 마음도 들지 않았다.

나는 아무 말 없이 준비운동을 시작했다.

"빨리 그 아인을 불러서 명령…… 어이, 너 지금 뭐하는 거야?"

"준비운동이야."

애초에 협박을 할 거면 입부터 놀리지 말고 우선 행동불능으로 만들어서 절대적 우위를 잡은 후에 해야 했다. 인원수가 많다고 이겼다고 생각하고 있는데다, 준비운동을 하는 나를 멍하니 쳐다보는 걸 보면, 이 녀석들은 전투 경험이 없는 것 같았다.

"어이. 설마 혼자서 우리 전부와 싸울 생각인 거냐?"

"역시 무능이군. 머릿속도 무능인 것 같아."

귀족을 적으로 돌리면 나중에 귀찮을 것 같아서 가능하면 얽히고 싶지 않았지만, 마크도 이 녀석들한테서 정나미가 떨어진 것 같으니 해치워도 큰 문제는 없으리라.

게다가 귀여운 에밀리아를, 수인을 모욕하는 표현인 아인이라고 불렀다. 용서할 수 없다.

나는 저속한 미소를 짓는 그 녀석들을 쳐다보면서 덤비라는 듯이 손을 가볍게 흔들었다.

"바로 그 설마야. 얼마든지 덤벼봐."

"쳇, 이 무능이!"

나를 얕보는 건지 목검을 든 두 남자만 먼저 덤볐다.

먼저 접근한 자가 목검을 휘둘렀지만, 나는 몸을 비틀면서 그 공격을 피한 후, 상대의 명치를 향해 주먹을 날렸다.

"앗?! 젠장!"

명치에 한 방 맞은 남자가 쓰러지기도 전에, 나는 다음 동작을 취했다.

나는 방금 제압한 남자가 떨어뜨린 목검을 다른 한 명을 향해 던졌다.

수련은 꽤 했는지 그 남자는 반사적으로 목검을 쳐냈지만, 그 틈에 나는 최단거리로 접근해 그의 등 뒤로 이동했다.

상대가 보기에는 내가 사라진 것처럼 보이리라.

"윽?! 어디에……."

"여기야."

나는 그대로 상대의 목을 팔로 감아서 꼼짝도 못하게 했다.

완전히 똑같지는 않지만 초크 슬리퍼라고 설명하면 이해가 될 것이다. 이게 먹히면 상대는 좀처럼 도망갈 수 없을 뿐만 아니라, 두 다리를 몸통에 붙인 상태에서 걸리면 탈출은 불가능하다고 해도 과언이 아니다.

하지만 이번에는 상대를 다치게 할 생각이 없어 목만 졸랐지만 내가 서서히 힘을 주는 것을 느낀 그는 버둥거리기 시작했다. 나는 그런 그의 귀에 대고 말했다.

"그만할까?"

대답을 하고 싶어도 목을 잡힌 탓에 말을 할 수 없기에, 그는 희미하게 고개를 끄덕였다. 그 사이, 남은 시종들은 비겁하다고 떠들어대기만 할 뿐 공격을 하지 않았다. 아무래도 내가 인질을 잡았다고 착각한 것 같았다.

하지만 내가 비겁하다니…… 그 말을 그대로 돌려주고 싶었다.

"그만해주기를 바란다면 내 손을 두드려. 하지만……."

내가 말을 끝까지 하기도 전에 그는 내 손을 두드렸다. 의기양양하게 덤빈 것치고는 근성이 없었다. 하지만 약속은 약속이기에 놔주자, 그는 뒤돌아보면서 바로 목검을 휘둘렀지만…….

"바보가…… 커억?!"

나는 뒤돌아보는 그의 발을 걸어차서 넘어뜨렸다. 움직임이 단조로워서 파악하기 간단했다.

그리고 나는 지면에 떨어진 목검을 주운 후, 쓰러진 남자의 안면을 향해…… 찌르기를 날렸다.

"히익?!"

물론 진짜로 찌르지는 않았다.

검에 찔린 것은 상대의 안면 바로 옆 지면이었다. 얼굴 피부를 살짝 찢은 목검이 지면에 깊숙이 박혔으니, 상대도 내가 진심이라는 사실을 눈치챘을 것이다.

"……다음에는 안 봐줄 거다."

"예…… 예…….."

내가 상대의 눈을 쳐다보면서 살기를 뿜자 남자는 공포에 질린 채 그대로 꿈쩍도 못했다. 좀 지나칠지도 모르지만, 이런 바보에게는 공포가 가장 잘 먹힐 것이다. 한동안은 나와 얽힐 생각도 못할 것이다.

"어, 어이…… 뭐가 어떻게 되고 있는 거야?"

"무능에게 우리가 지다니……!"

순식간에 두 사람이 전투불능 상태가 되자, 시종 둘의 얼굴에서 여유가 사라졌다.

"내가 저 녀석을 막을 테니까, 네 마법으로 해치워. 지는 것보다는 그게 훨씬 나아!"

"알았어!"

적의 눈앞에서 작전을 이야기해대는 모습을 보고 어이없어하고 있을 때, 한 녀석이 나에게 다가와 주먹을 휘둘렀다. 나는 얼굴을 향해 날아오는 그 주먹을 피한 후에 빈틈투성이인 복부를 두들겨 패려다, 이 녀석들이 어떤 마법을 쓸지 궁금해졌기에 공격을 계속 피하기만 했다.

"어이! 아까까지의 위세는 다 어디 간 거야?!"

격투술을 배웠는지 움직임은 나쁘지 않지만 할아버지나 레우스에 비하면 난잡하기 그지없었다. 여유를 가지고 공격을 피하고 있을 때, 뒤편에 있던 남자의 영창이 드디어 끝난 것 같았다.

"……불꽃 화살을 날려라…… '플레임 애로'."

그 남자가 날린 마법은 초급과 중급의 중간에 위치하는 불의 마법이었다.

화살 모양을 한 조그마한 불꽃 덩어리를 날리는 마법인데, 살상력은 그렇게 높지 않았다. 하지만 정통으로 맞으면 화상과 충격으로 심하게 다치기 때문에 사람에게 함부로 써도 되는 마법이 아니었다.

나를 공격하던 남자는 마법이 발사되기 직전에 옆으로 몸을 날려 피하려 했지만, 나는 그 전에 그의 멱살을 잡고 '플레임 애로'를 향해 집어던졌다.

"앗?!"

"안 돼……."

이미 발사된 마법을 중단할 수는 없기에, 그 남자와 '플레임 애로'는 공중에서 격돌했다. 그 후, 낮은 폭음을 내면서 튕겨난 남자는 지면에 내동댕이쳐졌다.

크게 다쳐도 이상하지 않을 상황이지만, 우리가 입고 있는 학교 교복은 마법에 강한 내성을 지니고 있기에 '플레임 애로'를 맞아봤자 가벼운 화상과 타박상 정도만 입을 것이다.

"젠장! 나는 염원한다. 불의 화신이신 위대한 힘을……."

초조한 탓에 현재 상황을 이해하지 못한 그는 자신을 지켜줄 자가 없는데도 불구하고 또 마법을 영창하려 했기에, 나는 빈틈투성이인 그에게 다가가 그대로 뺨을 때렸다.

"아얏?! 뭐하는 거냐?!"

"아, 빈틈투성이라서 말이야."

"물러나라, 이 무능아! 내 마법에 맞으면 너 따위는……."

"충격이여…… '임팩트'."

눈앞에서 발사된 충격탄이 그의 볼을 스쳐 뒤편에 있는 나무에 커다란 구멍을 냈다. 파괴음을 듣고 그는 나무에 난 구멍을 돌아보더니 믿기지 않는다는 것처럼 입을 쩍 벌렸다.

"이…… 이게, 뭐야?"

"다음에는 네 배에 날려줄까? 아니면 머리?"

"너, 너…… 이런 짓을 하고 무사할 것 같으냐?"

"먼저 협박을 한 건 너희야. 그리고 이런 상황이 벌어진 걸 너희의 주인인 마크가 알면 뭐라고 할 것 같아?"

마크의 성격으로 볼 때, 이 사실을 알면 분명 화를 낼 것이다.

그 사실을 알고 있는 듯한 그는 벌레라도 씹은 것처럼 인상을 구겼다.

"게다가 이 상황을 어떻게 보고할 건데? 맨손인 무능한테 무기를 든 네 명이 달려들었다가 도리어 당했습니다…… 라고 보고할 거야?"

"크…… 으윽……."

"이 사실이 알려지면 너희 체면은 바닥에 떨어지겠지. 귀족들은 무능에게 진 놈이라며 비웃을 테고, 평민들은 비겁한 짓을 하고도 졌다면서 경멸할걸?"

"제…… 젠장!"

남자는 주먹을 말아 쥐며 달려들었지만 나는 가볍게 그 공격을 피한 후 발을 걷어차서 쓰러뜨렸다.

마지막으로 손가락으로 가리키며 살기를 날려주자, 체념한 그 남자는 주먹으로 지면을 내려쳤다. 완전히 마음이 꺾인 것 같으니 내가 이겼다고 봐도 되리라.

"나와 얽히려고 하지 않는다면 아무 짓도 하지 않을 거고, 이유 없이 너희를 건드리지도 않겠어. 다른 사람들에게 알려지기 전에 빨리 꺼지라고."

기숙사에서 떨어진 곳이라고 해도, 누군가가 이 광경을 봤을 가능성은 충분히 있었다.

그 사실을 이해한 그는 내 살기 때문에 움직이지 못하는 남자를 일으키더니 쓰러져 있는 남자를 한 명씩 부축하며 사라졌다.

나는 도망치는 남자들을 쳐다본 후에 아무 일도 없었다는 듯이 다이아장으로 향했다. 그리고 잠시 후, 등 뒤에서 발소리가 들리더니 에밀리아가 꼬리를 흔들면서 뛰어왔다.

"시리우스 님! 아직 돌아가시지 않았군요."

"아, 클래스메이트와 이야기를 하다 보니 좀 늦어졌어. 에밀리아는 어떻게 됐어?"

"제가 돌아가 보니 리스도 방에 있더라고요. 그래서 입학식 내용을 설명해주고 왔어요."

그렇게 말하면서 내 왼편에 선 에밀리아가 들고 있는 짐 안에는 눈에 익은 옷이 있었다.

"그건 저택에서 입던 메이드복이잖아. 그걸 왜 가지고 온 거야?"

"시리우스 님의 시중을 들 때는 이 옷을 입을까 해요. 시종으로서 시리우스 님을 보필할 때의 정장이니까요."

　즉, 다이아장에서는 이것으로 갈아입고 기숙사로 돌아갈 때는 또 교복으로 갈아입겠다는 건가. 여러모로 귀찮을 것 같지만, 이것 또한 시종의 긍지이리라. 뜻대로 하게 두기로 했다.

"형님~!"

　얼마 지나지 않아 나타난 레우스는 내 왼편에 섰다.

　그리고 레우스는 목검을 치켜들더니 자랑하듯 나에게 보고했다.

"형님, 전부 쓰러뜨렸어! 그래도 적당히 하는 건 쉽지 않네!"

"레우스. 심하게 다친 사람은 없겠지?"

"다들 자기 발로 걸어서 갔으니까 괜찮을 거야. 그런데 형님. 나중에……."

"좋아. 나중에 대련을 하자."

"응! 이번에야말로 한 방이라도 명중시키고 말겠어!"

　저녁노을이 기나긴 그림자를 지면에 드리우는 가운데, 우리는 다이아장을 향해 걸음을 옮겼다.

　이렇게 습격 사건은 남들에게 알려지지 않은 채 끝……나지 않았다.

다음 날 아침, 교실에서 선생님을 기다리고 있을 때였다. 마크가 혼자서 교실에 들어오더니 내 앞에 서서 고개를 숙였다.

귀족이 평민이자 무속성인 남자를 향해 고개를 숙인 탓에 주위가 시끌벅적한 가운데, 나는 그에게 고개를 들라고 말한 후에 이러는 이유를 물었다.

"정말 미안해."

"아니, 그러니까 사과보다는 먼저 상황 설명부터 해줘."

"아, 그 편이 낫겠지. 내 시종이었던 자들에 관한 일이다."

이야기의 전말은 이러하다.

어제 마크는 자신의 곁으로 돌아오지 않는 시종들을 찾다가 그 두 사람이 치료실에 있다는 걸 알게 되었다고 한다. 그리고 치료실에 가보니, 한 명은 화상을 입고 치료 중이었으며 다른 한 명은 분통을 터뜨리며 머리를 쥐어뜯고 있었다. 분명 무슨 일이 일어난 눈치였다.

투덜거리는 두 사람에게 무슨 일이 있었는지 강제로 실토하게 한 후, 마크는 머리를 감싸 쥘 수밖에 없었다.

호르티아 가문의 분가에 소속된 귀족이 평민을 공격한 걸로 모자라, 도리어 당하고 만 것이다.

그 사실에 분노를 느끼는 것을 넘어 아예 그들에 대한 관심이 사라지고 말았다. 마크는 그들을 감싸줄 마음이 들지 않아서 본가에 연락을 취해 그들이 예전에 했던 추태를 포함해 전부 보고했다.

그 결과, 시종 두 명은 이른 아침부터 본가에 불려가서 각자아버지와 함께 처분을 기다리고 있다고 한다. 그래서 마크는 혼자서 등교한 것이다.

"평소에도 거들먹거리며 행동한 탓에 주위의 평판이 나빴지. 이제 가문에서 쫓겨나는 걸 피할 수 없을 거야."

"뭐, 올바른 처분이네. 그 두 명의 성격을 생각해보면 보복을 할 것 같은데, 그건 어떻게 할 거야?"

"내 가명을 걸고 그걸 저지하겠다고 맹세하지. 그 두 사람은 먼 곳에 있는 마을로 보내지게 되었으니, 두 번 다시 이 마을에 돌아오지 못할 거야."

"그럼 안심해도 되겠군."

"정말 미안하다. 그래도 시리우스 군이 다치지 않아서 정말 다행이야. 하지만 시종의 실수는 주인의 실수나 마찬가지지. 적지만 이건 사죄의……."

마크가 고개를 숙이면서 품속에서 은화를 꺼내자 나는 허둥지둥 그를 말렸다.

"아, 그런 건 정말 됐어. 다치지도 않았거든. 그래도 꼭 사죄를 하고 싶다면…… 그래. 빚을 하나 졌다고 생각해줘."

"빚?"

"응. 내가 귀족이 얽힌 곤란한 문제에 휘말린다면, 그때 도와주는 거야."

하지만 진짜로 나한테 잘못이 있다면 도와주지 않아도 된다고 말하자, 마크는 미소를 지으면서 고개를 끄덕였다.

"후후…… 알았어. 그때가 온다면 최선을 다해 도와줄게."

나와 마크는 악수를 하면서, 이번 사건은 진정으로 막을 내렸다.

여담이지만, 나는 입학하고 얼마 지나지 않아 귀족에게 고개를 숙이게 하고 돈을 뜯어낸 남자라는 소문이 퍼졌다.

게다가…….

"""안녕하십니까, 형님! 두목!"""

"응, 안녕!"

"……안녕."

레우스와 대련을 해서 진 수인들이 전부 레우스의 부하가 되었다.

수인은 하나같이 이런 녀석들인 걸까?

그리고 나는 아무것도 하지 않았는데 멋대로 수하가 늘어나는 이 상황부터 어떻게 좀 했으면 좋겠다.

"알았어, 형님. 다음에는 부하가 되지 않을 만큼만 두들겨 팰게."

뭔가 이상하다. 게다가…… 그렇게 하더라도 왠지 부하가 될 것 같은 느낌이 들었다.

장래에 이 학교의 파벌에 나를 대장으로 삼은 다이아 팀……
이 생기는 건 아닌가 걱정이 되었다. 진심으로 말이다.

※ ※ ※ ※ ※

학교에 입학하고 며칠이 지났다.

오전은 이론 수업이다. 마법의 종류에 관해 마그나 선생님이 교탁 앞에 서서 이야기하고 있었다.

무속성인 내가 쓸 수 없는 마법이지만, 상대가 사용했을 때 어떻게 대처할지 생각하는 사이에 수업이 끝났다. 그 후, 우리는 점심을 먹기 위해 식당으로 향했다.

빈 테이블에 앉아 대식가인 레우스가 3인분을 먹어치우는 사이에 나는 불고기 정식 같은 요리를 먹으면서 생각했다.

"형님과 디 형보다는 못하지만, 여기 밥도 맛있네."

"그래. 재료가 다른 걸까?"

"에밀리아의 말대로, 고기를 특별한 걸 쓰는 것 같군."

근육이 적고 부드러운 이 고기는 맛있지만, 육즙이 너무 흘러나와서 맛이 떨어졌다.

"이 고기는 굽는 것보다 찌는 편이 나을 것 같아. 나중에 어떤 고기인지 물어봐야겠어."

"오오! 새로운 요리를 기대해도 돼?"

"정말 기대되네요. 아, 시리우스 님. 저기 있는 사람이 리스…… 어머?"

점심을 다 먹고 쉬고 있을 때, 에밀리아는 룸메이트인 리스를 발견한 것 같았다. 어떤 애인가 싶어 돌아봤지만, 머리카락이 푸른색이라는 것 외에는 아는 게 없었기에 에밀리아에게 누구인지 물어보려고 했는데…….

"왜 그래? 리스라는 애를 발견한 거 아니었어?"

"예. 그런데 엄청 침울해 보였어요. 오늘 아침만 해도 평범하게 웃고 있었는데, 왜 저런 표정을⋯⋯."

"신경 쓰인다면 가서 물어보고 와. 나는 여기서 기다릴게."

"고맙습니다. 그럼 잠시 실례할게요."

한동안 에밀리아의 뒷모습을 쳐다보았지만 식당 밖으로 나간 것 같았기에, 결국 리스라는 애는 보지 못했다.

레우스도 리스라는 애를 보고 싶었는지 식당 입구를 쳐다보면서 한숨을 내쉬었다.

"내 친구는 금방 소개했는데, 누나의 친구는 아직 만나본 적이 없네."

그 녀석은 친구가 아니라 부하잖아. 네가 친구라고 생각하고 있을 뿐이야.

"어쩌면 데리고 올지도 몰라."

그리고 얼마 후 에밀리아가 돌아왔지만 아쉽게도 혼자 왔다.

게다가 리스를 만나러 갈 때만 해도 웃고 있었는데 지금은 꽤나 우울해 보였다.

"시리우스 님⋯⋯."

"왜 그래? 싸우기라도 한 거야?"

"아뇨. 실은 리스의 고민을 듣다보니 저도 모르게⋯⋯ 시리우스 님과 상담해보는 건 어떻겠냐고 이야기하고 말았어요. 주인님의 허락도 받지 않고 멋대로 그런 소리를 해서 정말 죄송합니다."

"상담 정도라면 개의치 않아도 돼. 그 아이의 고민은 이런데서 이야기하기 좀 그런 거야?"

"예. 가능하면 사람이 적은 곳에서 이야기하고 싶은데…… 정말 괜찮겠어요?"

"흠……. 일단 들어보기만 할까. 사람이 없는 장소라면…… 역시 다이아장이 좋겠네. 수업이 끝난 후에 그녀를 다이아장으로 초대하는 건 어떨까?"

내가 사는 다이아장은 남매 이외에는 아무도 오지 않으니, 남들이 들으면 곤란한 이야기를 나누기 좋은 장소였다. 또한 리스와는 만난 적조차 없지만, 에밀리아가 신세를 지고 있는 애다. 가능하면 도와주고 싶었다.

"고맙습니다! 지금 바로 말하고 올게요."

방금까지만 해도 가라앉은 표정을 짓고 있던 에밀리아는 환한 미소를 지으며 리스가 있는 곳으로 향했다. 아직 상담 내용조차 듣지 못했는데, 전부 다 해결된 듯한 표정을 짓고 있었다.

"누나, 정말 잘 됐네. 형님한테 맡기면 해결된 거나 다름없어."

"연애 상담이나 여성 특유의 문제라는 나도 무리라고."

"형님이라면 문제없어!"

대체 뭘 근거로 저런 이야기를 하는 걸까?

만약 내가 여성의 생리에 대해 자세하게 설명한다면 변태로 보일 것이다. 의학 지식은 있으니까 마음만 먹으면…… 아직 그런 이야기로 확정된 것은 아니다.

그 후 레우스와 검을 휘두르는 법을 이야기하고 있을 때, 에밀리아가 만족스러운 표정을 지으며 돌아왔다.

"리스의 반은 아이온이라서, 수업이 끝나는 시간이 저희와 다른 것 같아요. 그래서 도서관에서 만나기로 해뒀어요."

"아, 잘했어. 점심시간도 곧 끝나니까 교실로 돌아갈까."

우리는 리스와 만나기로 약속한 후, 교실로 돌아갔다.

오후는 실기 수업이다.

학교 부지 안에 있는 훈련장에서 학생들이 준비되어 있는 표적을 향해 자유롭게 마법을 날린다. 참고로 학생들이 펼치고 있는 것은 하나같이 초급마법이었다.

우리 같은 특이한 존재는 제외하고, 이 나이에 초급마법을 구사할 수 있는 것은 충분히 대단한 일이라고 한다.

마그나 선생님이 마법으로 만든 흙 표적은 튼튼했고, 초급마법 정도로는 꿈쩍도 하지 않았다. 하지만 마크는 중급마법 '플레임 랜스'로 표적을 파괴해서 남들과 자신의 실력 차이를 과시했다.

원래부터 재능이 있지만, 그는 재능이 있다고 자만하지 않으면 계속 훈련을 해온 것 같았다. 그 사실을 증명하듯 중급마법을 몇 발이나 날렸는데도 마력 고갈의 징후가 나타나지 않고 있었으며, 남들이 보내는 박수에 응답하면서도 아쉬워하고 있었다.

"……이래선 안 돼. 예전과 변함이 없어. 좀 더 날카로울 뿐만 아니라, 하다못해 두 개를 동시에…….""

"마크는 대단하네. 지금까지 상당한 수련을 해온 것 같아."

"아, 나는 아직 멀었어. 그것보다 시리우스 군이야말로 엄청나잖아. 저렇게 위력이 강한 '임팩트'는 본 적이 없어."

마그나 선생님의 지시에 따라 면접 때 선보였던 '임팩트'와 '라이트'를 펼치자, 나를 쳐다보는 학생들의 눈빛이 약간 변했다.

하지만 이 반에서 현재 가장 주목을 받고 있는 이는…….

"내 주먹이여, 불길을 둘러라……. '플레임 너클'."

"바람이여 찢어발겨라……. '에어 슬래시'."

내 제자인 에밀리아와 레우스이다.

남매가 사용한 마법에 의해 표적이 부서질 때마다 클래스메이트들은 환성을 질렀다.

레우스에게는 부하가 된 수인 클래스메이트들이, 그리고 에밀리아에게는 남녀 가리지 않고 클래스메이트들이 몰려들었다.

"……엄청난걸. 시리우스 군도 저런 시종을 둬서 자랑스러울 것 같아."

"응. 나한테는 과분할 정도로 뛰어난 시종들이야."

그리고 남매를 둘러싼 클래스메이트들이 방금 그 마법에 대해 질문했다.

……불길한 예감이 들었다.

"저기, 어떻게 그런 마법을 익힌 거야?"

"영창도 짧은데다, 레우스 군의 마법은 처음 봤어. 누구에게 배운 거야?"

"그야 물론 저희의 주인이신 시리우스 님에게서 배웠어요."

"형님의 제자 정도 되면 이 정도는 식은 죽 먹기야. 내 검술도

실은 형님에게 배운 거라고."

"흐음. 그럼 나도 제자가…… 어?"

나는 클래스메이트들의 추궁을 피하기 위해 그림자에 숨어서 기척을 감췄다.

담임인 마그나 선생님이 이 자리에 있으니 좀 봐줬으면 좋겠다.

게다가 내 훈련은 혹독하기 때문에 웬만한 마음가짐으로는 따라올 수 없다. 남매는 어릴 적부터 해온 데다, 목표를 달성하기 위해 노력해온 결과물인 것이다.

클래스메이트들이 나를 찾는 가운데, 레우스는 한 마디 더 했다.

"아…… 하지만 훈련은 엄청 힘들어. 예를 들자면 아침에는……."

이른 아침에는 달리기를 하고, 식사 후에 잠시 휴식을 취한 후에 또 달린다. 그리고 공부를 한 후에 또 달린다……. 그렇게 저택에서 지내던 시절에 했던 훈련 내용을 이야기하자, 클래스메이트들은 쓴웃음을 지으며 내 제자가 되는 것을 관뒀다.

이게 일반적인 반응이지만 그 정도 훈련을 당연시하게 된 남매는 고개를 갸웃거리기만 했다.

재능도 필요하겠지만, 나는 항상 생각한다.

남매의 실력은 끊임없는 노력에서 비롯되었다…… 라고 말이다.

수업이 전부 끝난 후, 우리는 약속장소인 도서관으로 향했다.

올려다봐야 할 만큼 높은 선반, 그리고 그곳에 꽂힌 책들을 보자 현기증이 날 것만 같았다. 이 세상은 제본기술이 발전하지 않았는데도 용케 이렇게 많은 책을 모았다는 생각이 들었다.

기왕 이 학교에 입학했으니, 이 지식의 산을 그냥 지나칠 수는 없다. 그래서 수업이 끝나고 나면 이곳에서 책을 읽고 나서 돌아갈 때가 있다.

책을 읽으며 시간을 보낼 수 있으니, 리스를 기다리기에 딱 좋은 장소이리라.

책을 고른 후, 빈 테이블에 앉아 남매와 함께 읽고 있을 때였다. 창문 너머의 해를 보고 현재 시간을 확인한 에밀리아가 소리를 내지 않으며 자리에서 일어났다.

"시리우스 님. 그럼 리스를 데리러 갔다 올게요."

"벌써 시간이 그렇게 됐구나. 그럼 부탁해."

도서관을 나서는 에밀리아의 뒷모습을 바라본 후, 다시 책에 빠져들려던 나는 옆에서 책을 읽는 레우스의 표정이 굳었다는 사실을 눈치챘다.

"저기, 형님. 내 '플레임 너클'의 불꽃 말인데, '플레임 랜스'를 이미지하면 먼 곳으로 날릴 수도 있지 않을까?"

"아, 그 점을 눈치챘구나. 내일 실습 때 마크에게 부탁해서 시범을 본 다음에 직접 시험해봐. 시행착오는 중요한 거니까 말이야."

"알았어! 저기, 형님. 이미지가 중요하다는 건 알겠는데, 그럼 형님의 매그넘이라는 마법은 뭘 이미지해서 날리는 거야?"

"……비밀이야."

전생에서 실물을 엄청 다뤄봤기 때문입니다…… 하고 말할 수는 없었다.

레우스는 차분하지 못하고 장난기가 많기는 하지만, 나와 어머니의 교육 덕분에 머리는 나쁘지 않으며 책도 아무렇지 않게 읽을 수 있다.

하지만…… 레우스의 사고방식은 검에 너무 편중되어 있고, 언동 또한 순진하기에 어린애 같아 보인다. 내가 이런 말을 하는 건 좀 그렇지만, 할아버지의 영향을 받은 탓일지도 모르니 다음에 할아버지를 만난다면 한 대 때려줘야겠다는 생각이 들었다.

내가 책에서 신경 쓰이는 부분을 찾아서 메모를 하고 있을 때, 에밀리아가 한 여학생을 데리고 돌아왔다.

"시리우스 님, 기다리게 해서 죄송해요. 이 애가 바로 제 룸메이트이자 동갑내기 친구인 리스예요."

"처, 처음 뵙겠어요. 저는 리스라고 해요."

에밀리아가 설명한 것처럼, 리스는 허리까지 기른 푸른색 머리카락이 잘 어울리는 귀여운 여자애였다.

머리카락을 모아서 뒤편으로 넘긴 약간 곱슬곱슬한 머리카락이 그녀의 귀여움을 잘 살리고 있었다. 눈에 띄는 특징은 없는 소박한 여자애지만, 왠지 보고 있으면 마음이 자연스럽게 차분해지는 인상을 지녔다.

"만나서 반가워. 에밀리아에게 들었겠지만, 내가 바로 시리우스야."

"레우스예요."

"아, 에밀리아에게서는 매우 멋진 분이라는 이야기를 매일같이 듣고 있어요."

"좀 지나친 것 같기는 하네. 성가시다면 언제든지 나에게 보고해줘."

"괜찮아요. 이야기가 재미있어서 즐겁거든요. 아, 혹시 공부 중인가요?"

"아, 괜찮아. 슬슬 끝낼 생각이었거든."

나는 읽던 책을 책장에 꽂으며 그렇게 말했다. 한편, 리스는 내가 보고 있던 책의 제목을 보더니 고개를 갸웃거렸다.

"세계…… 요리 대전집?"

"내 취미야."

"예? 예? 학교에서…… 요리 공부를 하는 거예요?"

"그것보다 에밀리아에게 들었겠지만, 내가 사는 곳인 다이아 장에 갈 생각이야. 그런데 거기는 우리밖에 없는데, 정말 괜찮겠어?"

"나쁜 사람이면 그런 이야기를 하지 않을 테고, 에밀리아가 그렇게 따르는 주인님이 나쁜 사람일 리가 없으니 괜찮아요."

"그럼 나는요?"

"너는 에밀리아의 동생이잖아. 그러니 걱정 안 해. 이름이……레우스 군 맞지?"

"응. 내가 레우스야. 저기 리스 씨는 누나와 동갑이지? 그럼 리스 누나라고 불러도 돼?"

"후후······. 그래. 왠지 동생이 생긴 것 같네."

그녀는 수인이라고 차별하지 않을 뿐만 아니라, 우리가 도리어 걱정이 될 만큼 우리를 신뢰하고 있었다.

즉, 리스는 그 만큼 순수하고 상냥한 여자애인 것이다.

흐음······ 에밀리아가 마음을 허락할 만해.

그리고 우리는 리스를 데리고 다이아장으로 이어지는 산길을 걸었다.

이동하면서 각자의 자기소개를 간략하게 끝냈지만······.

"리스 님은 귀족이셨군요. 아까는 존댓말을 쓰지 않아서 죄송합니다."

"저기······ 저한테는 그냥 반말로 편하게 대해주지 않겠어요? 원래 평민이었고, 실은 몇 달 전에 귀족이 되었거든요. 그러니 편하게 대해주시면 감사하겠어요."

말투는 정중하지만 왠지 모르게 위화감이 느껴진 것은 그래서였던 건가.

"저는 어머님과 함께 이곳에서 한참 떨어진 마을에서 살고 있었어요. 그런데 어머님께서 병으로 돌아가셨을 즈음, 아버님께서 보낸 사람이 저를 찾아왔죠. 그때 저는 어머님이 어느 귀족의 첩이었다는 사실을 처음으로 알았어요. 그리고 저는 어느새 귀족이······."

딱히 그런 심각한 사정까지 들을 생각은 없었지만, 리스가 아무렇지도 않게 이야기를 해줬기에 놀라고 말았다.

"……처음 만난 우리한테 그런 이야기를 해줘도 되는 거야?"

"에밀리아에게는 이미 이야기했으니까요. 그리고…… 두 사람한테는 말해도 괜찮을 것 같아요."

이야기를 듣자하니 원해서 귀족이 된 것은 아닌 듯 했다. 아마 리스는 평범한 여자애로 여겨지고 싶은 것이리라. 그렇다면 그 뜻을 존중하도록 할까.

"그럼 평범하게 대하겠어. 그리고 리스도 우리를 편하게 대해도 돼."

"이 말투는 어머님에게 받은 교육 때문이니 신경 쓰지 않아도 돼요. 분명 어머님은 이렇게 될 걸 알고 계셨을 거예요."

"미안해. 나 때문에 어머님을 떠올리고 만 것 같네."

"이미 마음의 정리는 끝났으니 괜찮아요. 그리고 에밀리아와 레우스 군에 비하면……."

"에밀리아, 이야기한 거야?"

옆에 있던 에밀리아를 쳐다보니, 장난을 들킨 어린애처럼 고개를 숙이고 있었다. 멋대로 이야기해서 내가 화낼 거라고 생각한 걸까?

그런 에밀리아를 보다 못한 리스가 그녀를 감싸듯 앞으로 나서며 나를 막아섰다.

"자, 잠깐만요! 에밀리아는 자신의 과거만 말했어요. 그 외에는 시리우스 군을 칭송하는 말밖에 안 했으니까 꾸짖지 말아주세요!"

이건 주인과 시종의 문제인데도 리스는 에밀리아를 감싸려

했다.

친구를 아끼는 그녀의 상냥함을 보고 나는 무심코 미소를 지었다.

"꾸짖을 리가 없잖아. 에밀리아는 자신이 생각해보고 이야기해도 괜찮다고 생각했기 때문에 행동한 거야. 신뢰할 만한 친구가 생긴 걸 기뻐한다면 몰라도, 꾸짖을 리가 없잖아."

"시리우스 님…… 에헤헤."

풀이 죽은 에밀리아의 머리를 쓰다듬어주자 레우스가 내 소매를 잡아당겼기에, 나는 그도 쓰다듬어줬다.

둘 다 어리광쟁이라고 생각하고 있을 때, 리스는 눈을 가늘게 뜨며 우리를 쳐다보았다.

"후후…… 시리우스 군은 주인님이라기보다 어머니 같네요. 에밀리아가 시리우스 군을 좋아하는 이유를 알 것 같아요."

"나는 아직 열 살인데 말이야……."

하지만…… 내 정신 연령을 고려해보면 이 남매는 귀여운 애나 다름없었다.

한심한 표정을 짓고 있는 남매를 보며, 나와 리스는 미소를 머금었다.

도중에 에밀리아는 혼자서 다이아장으로 먼저 향했고 우리는 천천히 그곳에 도착했다.

"이런 곳에 건물이 있다니……."

며칠 전까지만 해도 무성하게 자라있던 잡초는 깨끗하게 정리

됐고, 폐허 같아 보이던 건물도 나무를 사용해 벽을 새로 만들었을 뿐만 아니라 흰색 도료로 칠해서 새집처럼 만들었다.

앞뜰의 밭도 새롭게 갈았고, 우물도 부활시켰으며, 마법진을 이용해 펌프 같은 마도구도 설치했다.

리스는 완전히 달라진 다이아장을 신기하다는 듯 쳐다보았다.

"지금은 나 혼자 살고 있어. 자아, 사양하지 말고 들어와."

"시, 실례할게요."

"헤헤, 리스 누나가 이 집의 첫 손님이야."

현관문을 열자, 메이드복을 입은 에밀리아가 정중하게 인사를 건네며 우리를 맞이했다.

"다녀오셨습니까, 시리우스 님. 레우스. 그리고 어서 오세요, 리스."

"……에밀리아는 왜 메이드복을 입고 있는 거야?"

"저는 시리우스 님의 시종이니까요. 시리우스 님, 들어오세요. 리스도 신발을 벗고 이 슬리퍼를 신으세요. 다이아장은 신발을 신고 들어오면 안 됩니다."

"그, 그래……?"

"형님이 정한 다이아장의 룰이야. 처음에는 좀 신경 쓰이지만, 익숙해지면 의외로 편해."

"바닥이 덜 더러워지기 때문에 청소하기도 편하죠."

이 세계에서는 기본적으로 집 안에서도 신발을 신는다.

내가 자란 저택은 원래 그랬기 때문에 포기했지만, 이곳은 이제 내 집이나 다름없으니 신발을 신고 안에 들어오지 못하게 한

깃이다.

"어쨌든 다이아장에 어서 와. 우선 홍차라도 한 잔 할래?"

"아, 예……."

리스에게 있어 미지의 세계가 이렇게 막을 올랐다.

다이아장의 거실에는 커다란 책상이 설치되었으며 그 위에는 에밀리아가 끓인 홍차, 그리고 손님인 리스를 위해 준비한 케이크가 놓여 있었다.

"이건 뭔가요? 빵 같아 보이는데, 뭔가 다른 듯한……."

"시리우스 님이 만드신 케이크예요. 포크로 잘라서 맛보세요."

"케이크는 귀족이 경사스러운 자리가 있을 때만 준비한다는……."

"형님이 만드는 건 단순한 과자…… 아니, 끝내주게 맛있는 과자야!"

"과자……!"

리스는 머뭇거리면서 케이크를 한 입 먹었다. 다음 순간, 그녀는 볼에 손을 대더니 행복에 겨운 듯한 표정을 지었다.

"와아…… 정말 달고…… 부드러워요……. 이런 건 처음 먹어 봐요……."

"형님의 케이크를 먹으면 다들 그런 반응을 보인다니깐. 노엘 누나도 항상 이랬잖아."

"이렇게 맛있으니 당연하죠. 저도 더 먹고 싶을 정도예요."

"자주 안 먹으니까 맛있게 느껴지는 것뿐이야."

결국 리스는 케이크를 다 먹을 때까지 현실로 돌아오지 못했다.

마지막 한 입을 먹고 나서야 자신이 방금까지 뭘했는지 눈치챈 그녀는 부끄러워하듯 고개를 숙인 채 홍차를 마셨다.

"죄, 죄송해요. 이렇게 맛있는 걸 먹어놓고 감사 인사도 드리지 않았네요……."

"그 반응만으로 충분하니까 신경 쓰지 마."

"예?! 그, 그래도 정말 맛있었어요! 그리고 홍차도 맛있어요……."

"후후, 한 잔 더 하시겠어요?"

"……예."

리스는 홍차를 한 잔 더 받더니, 가볍게 헛기침을 하면서 진지한 표정을 지었다.

"늦었지만, 그래도 인사를 드릴까 해요. 저를 이렇게 초대해 주셔서 감사해요."

"괜찮아. 그것보다 에밀리아한테 들었는데, 나와 상담할 일이 있다면서?"

"아, 예. 저기…… 저는 4속성의 초급마법을 전부 사용할 수 있게 되고 싶어요."

4속성이란 불, 물, 바람, 흙…… 이 세계의 기본이 되는 네 가지 속성을 가리킨다.

그중 초급마법을 자세하게 설명하자면 아래와 같다.

231

불덩어리를 만들어내서 불씨나 횃불 대용으로 사용하는…… '플레임'.

물을 만들어내서 생활용수나 화재진압 등에 쓰는…… '아쿠아'.

바람을 불게하고, 공기를 순환시켜 선풍기 대용으로 쓸 수 있는…… '윈드'.

흙을 변동시켜 벽이나 구멍을 만들 뿐만 아니라 도로 정비도 가능한…… '어스'.

자신이 지닌 적성속성의 초급마법은 제대로 훈련만 받으면 누구나 사용할 수 있다. 설령 적성속성이 아니더라도 훈련을 받으면 쓸 수 있다.

하지만 이정도 고민이라면 학교 선생님에게 말하면 될 것이다.

게다가…….

"학교에는 초급마법을 전부 쓸 수 있어야 한다는 규율 같은 게 없을 텐데?"

"그건 그렇지만, 저희 반에서는 전부 쓸 수 있어야만 하는 것 같아요. 선생님의 말에 따르면, 그것도 못하는 자는 학교에 있을 필요가 없다고……."

"……리스의 반과 담임은 누구야?"

"반은 아이온이고, 담임은 그레고리 선생님이래요."

"그런데 저는 4속성 중 하나만 쓸 수 없어요. 그래서 실습 때마다 다른 학생들에게 비웃음을 사고 있죠."

아이온의 학생은 거만한 그레고리가 자신의 독단과 편견으로 모은 학생들이라고 한다.

그레고리가 고귀한 귀족만으로 구성됐다고 주장하는 그 반에서 열등생이 된다면 핍박을 당할게 뻔했다.

"제가 비웃음을 사는 것은 괜찮지만, 어머님까지 모욕을 당하는 건 참을 수가 없어요. 겨우 하나를 쓸 수 없을 뿐인데, 왜 그렇게까지……."

리스는 분통을 터뜨리며 주먹을 말아 쥐더니, 눈물을 필사적으로 참았다.

나는 에밀리아가 준 손수건으로 눈물을 닦는 리스를 보며 생각에 잠겼지만, 약간 납득이 되지 않는 점이 있었다.

"흐음…… 리스만 못 할 리가 없는데 말이야. 거만한 귀족들 중에는 연습을 싫어하는 녀석이 많으니까, 너 이외에도 4속성을 전부 다 쓰지는 못하는 녀석이 있을 것 같은데?"

"있기는 한데, 항상 저만 비웃음을 사요."

"그게 무슨 소리야?! 그레고리라는 녀석은 아무 말도 안 하는 거야?!"

"그게 실습 중에 뻔히 보고 있으면서도 아무 말도 하지 않아요. 하지만 수업이 끝난 후에 저한테 말을 걸죠."

나만이 네 편이다…… 하고 달콤한 목소리로 속삭이면서 위로해주는 것 같지만, 그 미소에서 불길한 느낌을 감지한 리스는 그 위로를 받아들이지 못하고 있었다.

우리를 기다리게 한 것도, 그레고리에게 불려갔기 때문이라고 한다.

"듣자하니 딱히 이상한 점은 없는 것 같은데…… 그가 네 몸을 만지지는 않아?"

"어깨에 손을 얹거나, 머리를 쓰다듬어주기는 해요."

그 외에도 몇 가지 질문을 해보니, 그레고리는 어린 소녀를 건드리는 변태적 취미를 소유하진 않은 것 같았다.

게다가…… 나중에 위로를 해주면서, 리스가 비웃음을 사는 걸 두고 보는 이유가 뭘까?

귀족의 자제인 학생의 권력을 두려워한다……는 건 아닐 것이다. 그레고리는 엘리시온에서 손꼽힐 만큼 유명한 로드벨이 해고하지 못할 정도로 높은 상위 귀족이다. 그러니 그럴 가능성은 낮았다.

"……세뇌인가?"

정신적으로 궁지에 몰아넣은 후, 위로를 해주면서 자신만이 리스의 편이라는 생각을 각인시키려는 것일지도 모른다.

신뢰를 얻을 생각이라면 다른 학생들에게 주의를 주면 될 텐데, 수업 중에는 전혀 감싸주지 않는 점도 미심쩍었다.

뭐…… 어디까지나 이것은 가능성 중 하나다.

수업 중에는 어디까지나 학생들의 문제라고 생각하는 것일지도 모르니, 리스가 괜히 착각을 하지 않도록 입을 다물고 있자.

"방금 뭐라고 하셨어요?"

"아, 신경 쓰지 마. 아무튼 초급마법을 익혀서 비웃음을 사지 않게 되고 싶은 거지?"

"예. 저는 아무리 노력해도 불속성의 '플레임'을 쓸 수 없어요……."

"네 적성속성은 뭐야? 그리고 어느 정도 수준의 마법을 쓸 수 있는지도 알고 싶어."

"적성은 물속성이에요. 특기는 치료마법이고 물속성은 중급까지 쓸 수 있어요."

물과 불…… 상반되는 속성은 익히기 어렵다고 들었지만, 초급 정도라면 노력을 통해 얼마든지 쓸 수 있을 것이다.

실습과 수업도 열심히 듣고 있으며, 개인적인 연습도 거르지 않는 것 같은데…….

"역시 실제로 보는 편이 빠르겠어. 밖에서 보여주지 않을래?"

"예. 알았어요."

밖으로 나간 우리는 다이아장의 앞뜰에서 리스의 마법을 관찰했다.

흙속성의 '어스'에 의해 지면에 조그마한 구멍이 생겼고, 바람속성의 '윈드'도 문제없이 발동하더니 머리카락이 휘날릴 정도의 바람을 발생시켰다.

주목할 점은 적성속성이 아닌 마법을 써도 괜찮아 보인다는 것이다. 즉, 리스는 상당한 마력량을 지닌 것이리라.

참고로 바람 적성인 에밀리아가 전력을 다해 '윈드'를 사용하면 다이아장이 분해될 정도의 바람을 단시간 동안 발생시킬 수 있다.

그리고 리스의 적성속성인 '아쿠아'는…… 예상을 넘어섰다.

원래 '아쿠아'로 만들어지는 물 구슬은 갓난아기의 머리 크기지만, 리스는 그것의 세 배는 될 정도의 구슬을 세 개나 동시에 만들어냈다.

"오오?! 이 정도 크기면 내 머리도 쏙 들어갈 것 같아!"

"리스 덕분에 방 안에서 물이 부족할 일은 없어요."

"물속성은 특기예요. 치료 마법도 능숙한 편이니까 다치면 언제든지 말해줘요."

"그럼 마지막으로 '플레임'을 해봐."

"예!"

리스는 '아쿠아'를 풀더니, 문제인 '플레임'을 영창했다.

나는 리스의 영창을 들으며 '서치'를 펼쳐 그녀를 살폈다. 마력은 그녀를 중심으로 문제없이 순환하고 있으며, 마법의 발동에는 전혀 문제가 없어 보였다.

그리고 수도 없이 해봤을 영창은 완벽했고, 리스는 마법을 발동시켰다.

"화신(火神)의 사도를 구현하소서…… '플레임'."

하지만…… 리스의 손에는 조그마한 연기만이 생겨났다.

"또…… 실패했네요. 몇 번을 해도, 몇 번은 해도…… 결과는 똑같아요."

리스는 그렇게 말하면서 무릎을 꿇더니, 도움을 청하듯 나를 올려다보았다. 그리고 남매는 그런 리스를 위로하려는 것처럼 다가가더니, 마찬가지로 나를 올려다보았다.

"시리우스 님……."

"형님……."

어떻게 좀 해달라는 말을 하고 싶은 것이리라.

리스의 친구인 에밀리아는 이해가 되지만, 레우스는 그녀와 만난 지 얼마 되지 않았는데도 진심으로 걱정하고 있었다. 남매가 하나같이 상냥한 아이로 자란 것 같았다.

사실 이미 원인은 판명됐지만, 그 사실을 밝혀도 되는 것인지 판단이 서지 않았다.

차라리 불을 포기하고, 불평이 쏙 들어갈 만큼 강력한 물속성 마법을 쓰는 편이 나을지도 모른다.

"시리우스 님. 어떻게 안 될까요?"

"형님, 두고 보지를 못하겠어."

하아…… 나도 아직 무른걸.

나는 남매의 시선을 받고, 결국 각오를 굳히고 말았다.

리스가 이것을 아는지는 모르지만, '서치'와 눈으로 주위에 사람이 없는 것을 확인한 후, 나는 입을 열었다.

"리스. 너는…… 정령이 보이지?"

'이 힘을 얻기 위해 강제로 나를 손에 넣으려는 녀석들도 있거든. 그래서 숨기는 거야.'

……바람의 정령이 보이는 피아가 했던 말이다.

바람의 정령마법을 쓰는 피아가 마음만 먹으면, 성벽을 파괴할 정도의 폭풍을 일으킬 수 있고, 자연재해 수준의 회오리도 만들 수 있다.

원래라면 다수의 마법사가 힘을 모아야만 펼칠 수 있는 마법을 혼자서 사용할 수 있는 것이다.

그 강대한 힘을 얻기 위해, 욕심에 눈먼 귀족과 왕족의 표적이 되고 만다. 그래서 정령이 보이는 자는 그 사실을 숨긴다.

이 세상의 어둠으로부터 자기 자신을 지키기 위해…….

"윽?! 어떻……게……?"

리스는 내 말을 듣더니 눈을 치켜뜨면서 몸을 부들부들 떨었다.

저 반응…… 리스는 정령이 보이는 자의 운명을 알고 있는 것 같았다.

아무튼 그녀를 진정시키기 위해, 나는 한쪽 무릎을 꿇고 그녀와 눈높이를 맞추며 말했다.

"진정해. 나는…… 아니, 우리는 리스의 비밀을 남한테 말하지 않아. 너희도 그럴 거지?"

"당연하잖아, 형님! 나는 죽어도 말하지 않을 거야!"

"나도 마찬가지야. 그러니까 안심해. ……알았지?"

에밀리아가 그렇게 말하면서 꼭 안아주자, 리스의 눈에서 공포가 사라졌고 몸의 떨림도 멎었다.

"이제…… 괜찮아요. 정령이 보인다는 게 알려지면 제 인생이 끝나니 절대 들키면 안 된다고 어머님께서 몇 번이나 말씀하셔서······."

"미안해. 괜히 겁먹게 한 것 같네."

"아뇨. 저도 반대 입장이었다면 뭐라고 말하면 좋을지 몰랐을 거예요. 그런데 어떻게 제가 정령이 보인다는 걸 안 거죠? 혹시 시리우스 군도 정령이 보이나요?"

"내 적성속성은 무속성이니까, 정령에게 사랑받을 리가 없을 것 같은데 말이야."

"아······ 죄송해요."

리스는 동료가 생겼다고 생각하며 기뻐하다, 내 속성을 떠올리더니 사과했다.

표정이 쉴 새 없이 바뀌는 걸 보아하니, 감정이 겉으로 쉽게 드러나는 순수한 애 같았다.

"리스가 사과할 필요 없어. 그것보다 방금 질문에 대답하자면, 나는 예전에 정령이 보이는 사람과 만난 적이 있어. 그 사람에게 느꼈던 위화감을 리스에게서도 느꼈거든."

"저와 같은 사람과 만난 적이 있나요?!"

"그래. 모험가 여성이었는데, 그녀도 정령이 보인다는 사실을 숨기고 있었어."

"시리우스 님. 그게 리스의 마법과 관련이 있나요?"

"응. 그 사람의 말에 따르면 정령은 질투심이 매우 강하대."

"위대한 존재라 불리는 정령이 질투 같은 걸 한다고요?"

"그래. 유감스럽게도 말이야."

피아의 말에 따르면 바람의 마법을 사용할 때는 열성적이지만, 흙의 마법을 사용할 때는 삐치면서 힘을 빌려주는 것은 고사하고 아예 방해를 한다고 한다.

그리고 불을 끄고 물을 증폭시키려는 점으로 볼 때, 리스에게 보이는 것은 물의 정령이리라.

"리스는 정령이 보이고, 목소리도 들리지? 물과 불을 사용할 때 정령이 어떤 상태인지 떠올려봐."

"으음……. 그러고 보니 물마법을 사용할 때는 기뻐하면서 모여들지만, 불마법을 쓸 때는 왠지 가시 돋친 듯한 태도를 취하는 것 같아요."

"리스는 마법에 집중하고 있어서 모르겠지만, 불속성 때는 격렬한 위화감이 느껴져. 아마 질투심을 느낀 물의 정령이 불을 끄는 거야."

"맙소사…… 정령이 그런 짓을 하다니…….'"

피아는 습성 같은 거라면서 웃고 넘어갔지만, 리스는 믿었던 동료에게 배신당한 기분이리라. 눈에 띄게 침울해하고 있었다.

"으음…… 꼭 불속성 마법을 써야겠다면, 정령에게 방해를 하지 말라고 부탁하는 게 어때?"

피아에게서 들은 이야기에 따르면, 필사적으로 부탁하면 겨우겨우 '어스'를 쓸 수 있다고 한다. 하지만 쓸 때마다 부탁을 해야되어서 매우 피곤하니, 피아는 흙속성을 쓰지 않으려고 하는 것 같았다.

"……해볼게요!"

리스는 바로 시험을 해보려 것인지, 마력을 집중시키면서 정령에게 말을 걸었다.

"부탁이야. 조금만…… 조금이라도 괜찮아. 내가…… 불속성을 쓰는 걸 허락해줘."

그리고 영창을 끝내고 '플레임'을 발동시켜보니…… 리스의 손에 불로 된 조그마한 구슬이 생겨났다.

"해냈어요……. 해냈다고요!"

"조그마하지만 틀림없는 '플레임'이군요. 축하해, 리스!"

"리스 누나, 해냈구나!"

하지만 리스가 기뻐한 순간, 불은 사라졌다.

진짜로 정령은 성깔 있는 존재다.

"아……. 뭐, 어쩔 수 없지."

약간 난처한 표정을 짓기는 했지만, 그렇게 염원하던 불속성 마법을 펼친 리스의 얼굴은 환해졌다.

"이제 리스 누나는 괜찮겠지?"

"아니…… 안심하기에는 아마 이를 거야."

과연…… 이렇게 조그마한 '플레임'을 그레고리가 인정할까?

조그마한데다 유지도 안 되는 마법은 인정할 수 없다고 말할 것 같으니, 상황이 변하지 않을 가능성이 높았다.

"저도 같은 생각이에요. 리스에게는 미안하지만 아직 멀었다고 생각해요."

"그렇……구나. 확실히 방금 그건 너무 작았어."

"그러면 어떻게 할 거야? 리스 누나가 또 슬퍼하는 건 싫단 말이야!"

또 나에게 시선이 집중되었다. 가마히 있었다가 레우스가 검을 들고 그레고리에게 쳐들어갈 것 같으니, 빨리 대책을 내놓아야 할 것 같았다.

차라리 관점을 바꿔서 생각해보자.

리스를 어떻게 하는 게 아니라…… 환경에 변화를 주는 건 어떨까?

"그래……. 차라리 리스를 우리 반으로 이동시킬까?"

학교장과 지인 사이가 되기도 했으니, 마그나 선생님을 통해 부탁해보는 건 어떨까? 리스의 현재 상황, 그리고 그녀의 물마법으로 시험해보고 싶은 게 있다고 전하면 학교장은 재미있어하면서 허락해줄지도 모른다. 인맥이라는 건 이럴 때 쓰는 거니까 말이다.

"그거 좋은 생각이군요. 그렇게 하죠!"

"우리는 리스 누나가 한 반이 되어서 기쁘고, 리스 누나도 안전해질 거잖아!"

"자, 잠깐만요! 그렇게 간단히 반을 바꿀 수 있을 리가 없는데……."

뜬금없는 제안을 듣고 리스는 당황했다. 이 학교의 일개 학생에 불과한 내가 느닷없이 그런 소리를 했으니 이런 반응을 보이는 것도 당연했다.

"리스의 말도 일리가 있지만, 밑져야 본전이라는 생각으로 나한테 맡겨줬으면 해. 하지만 가장 중요한 건 리스의 마음이야. 너는 우리 반에 오고 싶어?"

"그, 그게………… 예. 에밀리아나 여러분과 함께 공부할 수 있다면 정말 기쁠 거예요."

"그럼 문제없겠네. 내일부터 손을 쓸 테니까 잠시만 더 버텨줘."

설령 반을 바꾸는 게 불가능하더라도, 학교장에게 알리면 어떤 식으로든 손을 쓸 것이다.

혹시 모르니 그레고리의 달콤한 말에 속으면 안 된다고 전해주자, 리스는 영문을 모르겠다는 듯이 나를 쳐다보았다.

"저기…… 왜 저한테 이렇게까지 해주시는 건가요? 저는 귀족이지만 돈은 거의 없어요. 혹시 정령이 보여서…… 아얏!"

나는 리스의 이마를 손날로 살짝 때려줬다.

확실히 그렇게 생각하는 것도 무리는 아니지만, 리스가 그런 말을 하지는 말아줬으면 했다. 나는 그다지 아프지는 않겠지만 머리를 감싸 쥐며 이쪽을 쳐다보는 리스를 향해 진지한 표정으로 말했다.

"귀족이나 정령 같은 건 상관없어. 리스는 에밀리아의 친구이고, 우리의 지인이 되었으니까 도와주려는 것뿐이야."

나와 자신의 동생밖에 몰랐던 에밀리아의 친구가 되어준 이가 바로 리스다.

전생의 나에게 파트너가 있었던 것처럼, 진심으로 신뢰할 수 있는 동료가 곁에 있는 것만으로도 인생은 크게 변한다. 즉, 리스를 돕는 것은 에밀리아를 위한 일이기도 했다.

무엇보다 노력가에 상냥한 리스가 귀족의 하찮은 오만이나 책

략에 휘둘리는 것을 용납할 수는 없다.

"고마……워요."

"그 말은 문제가 해결된 후에 해. 자아, 곧 저녁 시간인데 리스도 먹고 갈래?"

"먹고 가라니…… 여기서 만드는 건가요? 식당에 가면 먹을 수 있는데……."

"지금부터 식당에 가는 것도 좀 그렇고, 리스를 처음으로 초대한 기념 삼아 한 끼 대접할게. 사양할 필요 없어."

"시리우스 님께서 만드는 요리는 식당의 요리보다 훨씬 맛있어요. 아까 그 케이크, 정말 맛있었죠? 그러니 기대해도 될 거예요."

"케이크…… 정말 끝내줬어요."

리스는 몰래 군침을 삼키면서 고개를 끄덕였다.

그래. 애는 솔직한 게 최고지.

"혹시 먹고 싶은 거 있어?"

"고기가 먹고 싶어!"

"이럴 때야말로 전골을 먹죠. 다 같이 맛있게 먹는 거예요."

"그럼 고기와 채소를 이용한 산채 전골로 해야겠군. 레우스, 숲에 가서 고기를 구해 와."

"알았어! 다녀오겠습니다~!"

"시리우스 님, 저는 채소를 씻을게요."

각자가 자기 할 일을 하러 가는 가운데, 딱히 할 일이 없는 리스가 무심코 에밀리아에게 말을 걸었다.

"저기, 에밀리아. 진짜로 시리우스 군이 요리를 하는 거야? 보통은 시종인 당신이 해야……."

"제가 요리를 할 때도 있지만, 평소에는 시리우스 님이 만들어요. 그 케이크를 개발한 사람도 시리우스 님이에요."

"그 케이크도?! 지, 진짜로 어머니 같네."

귀족인 리스가 보기에 주인인 내 행동이 이상하게 보이겠지만 어쩔 수 없다.

하지만 다른 이들의 상식 같은 것은 아무래도 상관없다. 나는 나니까 말이다.

자아, 물이 끓기 시작했으니 육수를 만들어볼까.

얼마 후, 완성된 전골을 본 리스는 눈을 반짝였다.

처음으로 보는 요리겠지만 이미 향기와 형태만으로 즐기고 있는 것 같았다.

"와아…… 맛있어 보여. 이 접시에 덜어서 먹으면 되죠?"

"그냥 먹어도 돼."

"정말인가요? 그래도 되려나……."

"리스만 괜찮다면 저희도 괜찮아요. 전골은 가족이나 친구가 사이좋게 담소를 나누면서 먹는 요리니까요."

"친구와 사이좋게……. 응. 그럼 저도 덜지 않고 그냥 먹겠어요."

젓가락을 쓸 줄 모르기 때문에 먹기 힘들어보였지만, 리스는 미소를 지으면서 식사를 계속했다. 그건 그렇고, 케이크와 이 전골을 맛있게 먹는 모습을 보아하니, 리스는 먹는 것을 즐기는 편인 것 같았다.

"수프에 고기와 채소의 맛이 배어서…… 정말 맛있어요!"

"형님! 고기 더 넣자!"

"아직 많이 있으니까 사양하지 말고 먹어."

리스는 저렇게 호리호리한 몸의 어디에 다 들어가는 건지 의문이 들 정도의 양을 가볍게 먹어치웠다. 저렇게 맛있게 먹어주는 모습을 보니, 만든 사람으로서도 기분이 좋았다.

그리고 마지막으로 건조면으로 마무리를 한 후, 식후 홍차를 즐긴 우리는 헤어졌다.

"그럼 이만 실례할게요. 시리우스 님, 안녕히 주무세요."

"잘 자, 형님!"

"으, 으음…… 안녕히 계세요."

"응. 너희도 잘 가. 조심해서 돌아가라고."

남매와 리스를 현관에서 배웅한 후, 다이아장은 순식간에 조용해졌다.

이렇게 조용한 공간 속에서 오늘의 끝내기 위해 방으로 향하던 도중, 빈 방 중 하나에서 위화감을 느껴졌기에 들여다보니…….

"……이러니 올 때마다 짐을 잔뜩 들고 오는 거지."

에밀리아의 메이드복이 벽에 걸려있는 것은 이해가 되지만, 그녀의 개인적인 물품 같은 것도 점점 늘어나고 있었다. 마치 언제라도 이곳으로 이사할 수 있게 준비하는 것처럼 말이다.

룸메이트인 리스와 학교 기숙사에서 함께 지내는 생활도 즐기는 것 같지만, 이곳으로 거처를 옮길 기회를 호시탐탐 노리고 있는 것 같았다. 친구도 생겼고 다른 학생들과도 잘 지내는 것 같지만, 적어도 몇 년은 이쪽으로 오게 할 수 없다.

나는 무언의 호소 같은 느낌이 감도는 그 방의 문을 살며시 닫았다.

"아하…… 이건 확실히 문제군요."

다음 날…… 조금 일찍 등교한 나는 직원실이기도 한 마그나 선생님의 개인실을 찾아가서 상담을 했다. 빌 선생님에게 직접 부탁하는 것도 한 방법이지만, 학생의 반 이동 같은 일에 대해서는 담임에게도 이야기해두는 편이 좋을 것이다.

물론 상담 내용은 리스가 반에서 핍박을 당하고 있다는 것이었다.

"갑작스럽게 이런 이야기를 드려서 죄송하지만, 학교장님에게 전해주실 수 없을까요?"

"알았어요. 리스 양을 계속 그렇게 둘 수는 없으니 학교장께 전해드리죠. 그건 그렇고 입학하고 며칠밖에 지나지 않았는데 이런 일을 상담하러 오다니…… 당신은 정말 불가사의한 학생이군요."

"자기 자신에게 솔직하고 싶은 뿐이에요. 아, 그리고 이건 학교장님과 마그나 선생님께 드리는 선물입니다."

"이, 이건?! 아…… 어험. 뇌물은 곤란한테 말이죠."

내가 가지고 온 상자 안에 들어있는 케이크를 본 마그나 선생님은 흥미로워했다. 다른 학생에게 들었던 대로, 마그나 선생님은 이런 디저트류를 좋아하는 것은 분명해 보였다.

"뇌물은 아니에요. 저는 요리가 취미거든요. 제 몫을 만들다 겸사겸사 만든 겁니다."

"직접 만든 건가요? 확실히…… 이렇게 아름다운 형태와 문양은 처음 보는 군요."

"제 시종인 남매는 맛있게 먹긴 했는데, 어른의 의견도 듣고 싶어서요."

"즉, 제 감상이 듣고 싶은 거군요. 알았습니다. 그럼 감사히 받겠어요. 하지만 그냥 받으면 뇌물이나 다름없으니 계산을 하고 싶군요. 얼마죠?"

"가격은 정하지 않았으니, 드셔보시고 적당하다 싶은 금액을 선생님께서 정해주시지 않겠어요?"

"아무래도 맛에 자신이 있나 보군요. 하지만 저는 꽤 입이 고급이랍니다."

마그나 선생님의 표정은 진지하기 그지없었다.

하지만 내 케이크 또한 먹어본 이들 모두를 매료시킨 필살 디저트다. 그러니 문제없으리라.

자아…… 만약에 대비해 준비를 해뒀으니, 남은 건 선생님들이 어떤 반응을 보이는지 기다리기만 하면 되겠지.

그리고 점심시간에 남매와 함께 식당으로 향하고 있을 때였다.

"안녕하세요, 시리우스 군. 예의 건 때문에 왔습니다. 저와 같이 가주지 않겠어요?"

복도에서 학교장이 변장한 모습인 빌 선생님과 마주쳤다. 예의 건에 관한 일이라니 바로 따라가고 싶지만 꽤 거무튀튀한 이야기도 나누게 될 듯 하니 남매를 데리고 갈 수는 없었다.

"에밀리아. 레우스. 나는 선생님과 중요한 이야기를 해야 하니까, 먼저 점심을 먹고 있어."

"예의……. 예. 시리우스 님, 혹시 모르니 샌드위치를 주문해두겠어요."

"부탁해. 맞다. 겸사겸사 리스가 어쩌고 있는지도 살펴봐줄래?"

"알았어, 형님! 리스 누나, 오늘 실기 수업은 괜찮았으려나?"

"괜찮다면 좋겠어요. 그럼 시리우스 님, 먼저 실례하겠습니다."

빌 선생님은 고개를 숙인 후 식당으로 향하는 남매의 뒷모습을 온화한 눈길로 쳐다보았다.

"……리스 양은 좋은 친구를 얻었군요."

"리스와 아는 사이신가요?"

"좀 인연이 있었죠. 이런데서 할 이야기가 아니니, 장소를 바꾸기로 할까요."

빌 선생님을 따라서 걷다보니, 선생용 개인실이 줄지어 있는 복도에 도착했다. 이 복도의 끝에 학교장의 방이 있으며, 그 근처에 오늘 아침에 만났던 마그나 선생님의 방이 있다.

"저는 방이 없으니, 마그나 선생님의 방을 이용하도록 하죠."

미리 이야기를 해뒀는지, 빌 선생님은 노크도 하지 않고 안에 들어갔다. 마그나 선생님은 홍차를 준비하며 우리가 도착하기를 기다리고 있었다.

나와 빌 선생님이 방안에 있는 테이블을 사이에 두고 마주 앉았다. 그리고 마그나 선생님이 홍차를 내왔을 즈음, 빌 선생님은 귀에 하고 있던 귀걸이를 뺐다.

그리고 빌 선생님의 귀가 흐릿해지더니, 순식간에 엘프 특유의 긴 귀로 변했…… 아니, 되돌아갔다.

저 귀걸이는 변장용이며, 은폐와 현혹의 효과를 지닌 마도구이리라. 수수께끼가 풀려서 납득한 나를 본 학교장…… 로드벨은 만족스럽다는 듯이 고개를 끄덕였다.

"후후후……. 역시 시리우스 군은 제 정체를 눈치채고 있었군요. 언제부터 알고 있었던 거죠?"

"면접 때부터 수상하다고 생각했어요. 그리고 입학식에서 처음으로 모습을 봤을 때, 확신했죠. 그것보다, 왜 저에게 정체를 밝히신 거죠?"

"시리우스 군과는 좋은 관계이고 싶기 때문입니다. 그 편이 재미있을 것 같거든요!"

이 남자…… 정상이 아냐.

마치 장난기를 본 어린애처럼 눈을 반짝이고 있는 걸 보면, 방금 한 말은 진심인 것 같았다.

쓸데없이 서로의 속내를 알기 위해 탐색전을 하는 것보다는 나으니, 일단 납득하기로 했다.

"자아, 원래라면 시리우스 군에게 질문을 좀 하고 싶지만, 시간이 없으니 바로 본론에 들어가기로 하죠. 마그나에게서 들었습니다만, 아무래도 리스 양은 반에서 핍박을 당하고 있는 것 같군요."

"예. 어제 처음 만난 제가 보기에도, 그녀는 정신적으로 궁지에 몰려 있었어요."

"그리고 그레고리 선생님이 그것을 묵인하고 있다는 거군요. 하아…… 통탄할 일이군요."

"일단 리스를 위해 빨리 손을 써야겠다는 생각이 들어서, 저는 그녀의 반을 바꿔달라는 이야기를 드린 거죠."

머리를 감싸 쥐며 한숨을 내쉰 학교장은 내 제안을 듣더니 고개를 끄덕였다.

"예. 저도 같은 의견입니다. 그래서 아까 마그나를 보냈는데……."

"……뜻대로 안 된 거죠?"

"예. 지금은 신뢰를 얻는 중요한 단계이니 방해하지 말라며 거절하더군요."

바로 대응해준 것은 감사하지만, 이래서야 아무런 의미도 없다.

학교장의 권한이면 어떻게든 될 것 같지만, 그게 가능했다면 이미 했으리라. 복잡한 사정이 있다고 생각한 나는 다른 방법을 생각하는 사이에 머릿속에 떠오른 의문을 입에 담았다.

"그레고리 선생님에게 있어 리스는 그렇게 중요한 애인가요?"

정령이 보인다는 게 들켰을 가능성도 있지만, 내 예상으로 볼 때 그녀는 상당한 상위 귀족의 딸인 것 같았다.

내가 그렇게 묻자, 학교장은 진지한 표정을 지으며 나를 쳐다보았다.

"그 질문에 대답하기 전에, 저도 물어볼 게 있어요. 시리우스 군, 당신은 리스 양에 대해 얼마나 알고 있죠?"

"원래 평민이었으며, 얼마 전에 귀족이 되었다는 것만 들었어요."

"호오, 이미 거기까지 이야기한 건가요. 리스 양은 당신을 정말 신뢰하고 있는 것 같군요."

나도 그 점이 불가사의했다. 학교 기숙사에서 에밀리아가 나에 대한 이야기를 잔뜩 한 것 같은데……. 혹시 에밀리아가 자기 자신도 모르게 그녀를 세뇌한 것은 아니겠지?

"그럼 하나 더 묻겠습니다. 시리우스 군은 리스 양을 왜 구해주려는 거죠?"

아무래도 내가 리스를 노리고 있다고 생각하는 것 같았다.

하지만 내 본심을 털어놓자면…….

"리스가 누구든 저와는 상관없어요. 그녀는 에밀리아의 친구이며, 저희와 같이 밥도 먹은 동료죠."

함께 먹은 것은 전골이지만, 한솥밥을 먹은 사이……라고 할 수 있으리라.

그리고 그녀는 남매가 예전에 노예였다는 사실을 알고도 친구가 되어주었다.

그것만으로도 내가 그녀를 구해줄 이유는 충분했다.

"학교장님. 동료를 구하는데 이유가 필요한가요?"

"동료……인가요."

그렇다. 딴마음 같은 것은 전혀 없다. 내가 진지한 눈길로 쳐다보며 이유를 이야기하자, 학교장은 천천히 한숨을 내쉬면서 창밖을 쳐다보았다.

"……리스 양은 복잡한 사정을 안고 있어요. 전부 다 알고 있지는 않겠지만, 아마 그레고리는 리스 양의 그 사정을 알고, 그녀를 확보하려는 걸 테죠."

"복잡한 사정……이라고요?"

"그래요. 얽히고 만 이상, 당신도 알게 되겠지만…… 그래도 들은 건가요?"

"아뇨. 그건 언젠가 본인에게 직접 듣고 싶어요. 그것보다 리스의 반을 어떻게 하는 게 더 중요해요."

나로서는 리스의 정체보다 그게 더 중요했다. 학교장과 마그나 선생님은 내 말을 듣더니 서로를 쳐다보며 천천히 고개를 끄덕였다.

"그 의기…… 멋지군요. 그럼 시리우스 군에게 제안을 하나 하죠."

"방법이 있는 거군요. 자세하게 이야기해주세요."

"요즘은 유명무실해졌지만, 이 학교에는 선생님이 지정한 학생을 교환하는 '드로'라 불리는 룰이 있어요."

그것은 통칭, 드로 전이라고 불린다.

서로의 반에서 뽑힌 대표 학생들이 승부를 해서, 이긴 쪽이 상대방 반에서 학생 한 명을 데려갈 수 있는 특수한 룰이다.

과거에 어느 선생님이 다른 반의 학생에게 눈독을 들였고, 자신이 그 학생을 더 잘 키울 수 있다고 말한 게 시발점이라고 한다. 참고로 선생님들이 싸우지 않는 것은 상성 등의 문제로 승부가 갈릴 경우가 있기 때문이라고 한다.

즉, 그 승부에서 승리하면 리스를 아이온에서 빼올 수 있는 건가…….

"유명무실해졌다는 건, 그 룰이 쉽게 적용되지 않는 이유가 있는 거겠죠?"

"그래요. 우선 두 선생님이 허락을 해야 하며, 학생 본인이 납득하지 않는 한, 시합이 성립하지 않죠."

서로가 원하는 학생이 있다면 문제가 달라지지만, 보통은 받는 쪽과 학생이 거부하는 경우가 많기 때문에 자연적으로 유명무실해진 룰이라고 한다.

"아마 그레고리는 제 반 학생을 원하지 않을 겁니다."

"굳이 거론하자면…… 호르티아 가문의 마크 군이려나요?"

확실히 마크는 귀족 가문 출신이며 마법 실력도 뛰어나지만, 그레고리와는 성격이 맞지 않을 것이다.

그러고 보니 그쪽은 자존심과 긍지 같은 것에 집착하는 이들이 대부분이다.

"그럼 도발을 하거나 해서 리스 한 명만 걸고 싸울 수는 없나요? 그레고리 선생님은 나쁜 소문을 꽤나 달고 다니는 것 같으니, 그 증거 같은 걸 찾아서 보여주는 거예요."

"즉, 협박을 하자는 건가요? 시리우스 군도 꽤나 악랄한 사람이군요."

"아, 협박을 할 생각은 없어요. 그저…… 그가 저지른 악행의 증거가 지면에 떨어져 있는 건 어떨까요?"

"떨어져 있을 뿐인가요?"

"예. 떨어져 있을 뿐이에요."

마그나 선생님의 표정이 딱딱하게 굳은 걸 보면, 나와 학교장은 꽤나 음흉한 미소를 짓고 있는 것이리라.

"후후후……. 역시 당신은 재미있군요. 저와 같은 생각을 하고 있었던 건가요."

학교장은 그렇게 말하더니, 품속에서 종이를 하나 꺼내 바닥에 떨어뜨렸다.

마그나 선생님은 고개를 갸웃거리면서 그 종이를 줍더니, 적힌 내용을 보고 경악했다.

"하, 학교장님…… 이건 그레고리가 회계 담당자에게 제출한 서류 아닌가요?"

"어이쿠, 그레고리 선생님에게 어떻게 된 일인지 따지려고 준비한 서류를 떨어뜨리고 말았군요. 자칫하면 본인에게 넘어가고 말 것 같은데…… 뭐, 괜찮겠죠."

"사용용도가 불분명한 금액이 이렇게나 많은 겁니까?! 그 남자, 회계 담당자까지 협박한 거군요……."

이야기를 듣자하니, 회계 담당자를 협박해서 뜯어고치려고 한 서류를, 학교장이 그 전에 손에 넣은 것 같았다.

하지만 마그나 선생님은 이걸 쓸지 말지 고민하는 것 같았다. 그래서 나는 미소를 지으며 마그나 선생님에게 말했다.

"참, 마그나 선생님. 제가 드린 그 빵은 어땠나요?"

"예?! 아, 맞아요, 시리우스 군! 그 빵은 대체 뭐죠?!"

마그나 선생님은 내가 생각했던 것보다 더 격렬한 반응을 보였다. 아까까지만 해도 얼굴이 새파랗던 그가 흥분한 듯한 표정으로 다가오자, 나는 살짝 질리고 말았다.

"그건 케이크예요. 물론 제가 여러모로 어레인지했지만 말이죠."

"그게 말인가요?! 딱딱하고 퍼석퍼석해서 사람 먹을 게 못되는 그 빵이, 그렇게 폭신폭신하고 단맛 또한 절묘한 빵이 된 건가요?!"

"입에 맞은 것 같아서 다행이에요."

"예! 정말 멋진 빵이었어요. 그리고 그 빵의 가격 말인데, 은화 다섯 닢…… 아니, 금화 한 닢이면 어떨까요?"

"……예?"

내가 무슨 말을 하기도 전에, 마그나 선생님이 나에게 금화를 억지로 쥐어줬다.

유통 문제로 가격이 좀 올라가기는 하지만, 그래도 재료비는 동화 몇 닢 정도밖에 들지 않았다. 그런 케이크 한 조각이 금화 한 닢…… 전생의 돈으로 환산하면 10만 엔이나 된다.

"이, 이건 너무 많아요. 은화 한 닢이라도 과분해요."

"이 빵은 금화 한 닢의 가치가 충분히 있어요! 너무 많이 받았다고 생각한다면, 다음에 또 만들어주지 않겠어요?"

미끼의 효과는 예상 이상이군……. 뭐, 아무튼 잘 됐다.

나는 고개를 휙 돌리면서 난처한 듯한 표정을 지었다.

"만들어드리는 건 괜찮지만, 리스가 걱정되어서 케이크 만드는 것에 집중할 수가……."

"지금 바로 그레고리를 찾아가서 담판을 짓고 오죠! 그럼 학교장님! 뒷일을 부탁드립니다!"

마그나 선생님은 그대로 방을 뛰쳐나갔다.

복도 쪽을 쳐다보니, 마그나 선생님은 그레고리의 개인실 문을 부서져라 노크하고 있었다. 아마 뒷일은 맡겨둬도 될 것이다.

"후후후…… 재미있어졌군요. 그런데 시리우스 군. 드로 전을 치르게 된다면, 누가 싸울 거죠?"

"물론 저예요. 말을 꺼낸 당사자가 아무것도 안 할 수는 없으니까요."

"자신은…… 아, 물어볼 필요도 없을 것 같군요. 도와드릴 건 없나요?"

"시합을 감독해주시기만 하면 충분해요. 뒷일은 저희가 알아서 하겠어요."

드로 전의 승부 내용은 도전을 받아들인 쪽에서 정한다고 한다. 상대방이 수작을 부릴 가능성이 높지만, 학교장이 쳐다보고 있다면 저지할 수 있으리라.

"알았어요. 그런데 실은 저도 시리우스 군에게 부탁할 게 있어요. 매우 중요한 일이죠."

학교장에게서 느닷없이 엄청난 위압감이 뿜어져 나오자, 나는 전투태세를 취하는 게 한순간 늦고 말았다.

쳇…… 적이 아니라고는 해도 방심했어.

방금 학교장이 나를 죽일 생각이었다면 바로 당했을 거야.

"저한테도 케이크를 만들어주세요! 이번에는 더 큰 걸로요!"

…………그건 위압감을 뿜으면서 할 소리가 아니잖아.

디저트가 발달하지 않은 세계라서 그런지, 케이크는 수백 년은 살아온 엘프조차 매료시킬 수 있다는 사실이 판명되었다.

최강은 케이크인 것 같다.

그리고 수업이 끝난 후, 다이아장으로 돌아가려던 우리에게 마그나 선생님이 종이 한 장을 건넸다.

아무래도 드로 전 교섭에 성공한 것 같았다.

결과적으로 우리 반은 학생을 걸지 않고, 그레고리의 반에서만 리스를 걸게 하는데 성공한 것 같았다. 일처리가 빨라서 다행이다.

별다른 준비가 필요하지 않기에, 내일 오후에 드로 전을 치르기로 했다.

"학교장님과 확인을 해봤습니다만, 그레고리가 정한 룰에 딱히 문제없는 것 같아요. 하지만 무슨 짓을 할지 모르는 사람이니 조심하세요."

마그나 선생님에게 격려를 받은 후, 우리는 리스와 함께 다이아장으로 향했다.

그리고 드로 전의 승부 내용이 기재된 종이를 보여주며 남매와 리스에게 결과를 이야기하자, 그제야 드로 전에 대해 알게 된 리스가 크게 당황했다.

"일이 이렇게 되다니…… 정말 죄송해요!"

"일을 크게 키운 건 나야. 멋대로 일을 크게 키워서 미안해."

"아, 아뇨! 저를 위해 이렇게까지 해주시다니…… 정말 기뻐요."

우리는 지더라도 아무도 빼앗기지 않는다. 하지만 아이온에 있는 귀족들이 리스를 대하는 태도는 더욱 나빠질 것이다.

조용히 마음을 다잡으며 각오를 다지고 있을 때, 레우스가 의욕에 찬 표정을 지으며 손을 들었다.

"저기, 형님. 나도 싸울 수 있는 거지?"

"그래. 너도 참가하니까 말이야. 승부 방식은 3대3으로 치르는 모의전이거든."

종이에 적힌 룰은 아래와 같았다.

· 대전 인원은 각 반에서 세 명씩 선출.
· 마법은 중급까지.
· 나무로 된 무기를 사용. 위험한 공격을 할 시에는 심판 및 선생이 개입한다.
· 승패는 상대가 항복하거나, 심판이 전투가 불가능하다고 판단한 순간 갈린다.
· 커다란 케이크가 먹고 싶어요.

나는 그레고리가 적지 않은 게 분명한 마지막 항목에 줄을 그었다.

드로 전의 룰은…… 평범했다.

나한테 폐가에 살라고 말하는 멍청이인 만큼 더 어이없는 룰일 거라고 생각했는데, 의외로 평범했다. 상대는 거만한 녀석들이 많으니까, 우리를 얕보고 있는 걸까?

하지만 룰 곳곳에 허점이 있는 것도 같으니, 일단 방심은 하지 않기로 했다.

"세 명이라. 그럼 형님과 누나, 그리고 내가 나서면 되겠네!"

"예. 리스를 위해서도 최선을 다하겠어요."

"응! 역시 이런 게 제일 알기 쉽다니깐!"

기합에 찬 남매와 달리, 이 사태의 중심이라 할 수 있는 리스는 당혹스러워하고 있었다.

뭐…… 자신이 모르는 사이에 우리가 싸워야만 하는 사태가 벌어졌으니 저러는 것도 무리는 아닐 것이다. 하지만 아까 말한 것처럼 이것은 우리가 멋대로 벌인 일이다.

"리스는 우리의 폭주에 휘말렸을 뿐이야. 그러니 우리가 이기기를 빌기만 하면 돼."

"알았……어요. 여러분의 승리를 기원할게요."

미안해하는 듯한 그녀의 표정이 전생의 제자를 떠올리게 했기에, 나는 무심코 리스의 머리를 쓰다듬고 말았다.

"아…….'

"그런 표정 짓지 마. 뒷일은 우리에게 맡기면 돼."

"아, 예…… 부탁드릴게요."

"후후. 시리우스 님에게 쓰담쓰담은 끝내주죠. 저도 해주세요."

"형님, 나도 쓰다듬어줘!"

그리고 리스는 꼬리를 흔들며 내 손길을 즐기고 있는 남매를 부럽다는 듯이…… 그리고 뭔가를 회상하는 듯한 눈길로 쳐다보면서 눈을 가늘게 떴다.

학교장은 그녀가 복잡한 사정을 안고 있다고 했지만…… 아직은 묻지 않기로 했다.

"그럼 내일에 대비해 오늘 저녁에는 기운 날 만한 요리를 만들어볼까. 리스는 오늘도 먹고 갈 거지?"

"예! 아…… 그, 그리고 싶어요……."

"형님. 리스 누나도 기대하고 있는 것 같으니까 돈가스 만들자!"

"좋아. 그럼 오늘도 재료 조달을 부탁할게."

"시리우스 님. 저는 빵가루를 준비할게요."

리스는 조리실로 향하며 역할 분담을 하는 우리의 뒤편에 서서 작은 목소리로 중얼거렸다.

"……고마워요."

나는 리스가 내일은 미소 띤 얼굴로 저 말을 하게 해줘야겠다고 생각하면서 저녁 식사 준비를 시작했다.

다음 날…… 우리는 학교 부지 안에 있는 투기장으로 향했다.

광대한 부지가 있다고는 해도, 설마 투기장까지 있을 줄은 몰랐다. 원래는 각종 행사나 엘리시온의 축제에 쓰이는 장소지만, 제대로 신청을 하면 학생도 이용할 수 있다고 한다.

겉보기에는 전생에 존재하던 콜로세움과 같았으며, 관객석은 뒤편의 관객도 잘 볼 수 있도록 계단식으로 되어 있었다.

나와 남매는 그 투기장의 중심에 있는 시합장에 서서 대전 상대가 오기를 기다리고 있었다.

"형님, 투기장은 엄청 넓네. 그런데 이런데서 싸울 필요가 있을까?"

"저게 이유겠지."

관객석을 쳐다보니 우리 반인 카라리스의 학생들이 앉아있었고, 반대편 관객석에는 대전 상대인 아이온의 학생들이 앉아 있었다.

드로 전은 학교 생사가 아니기 때문에, 다른 반은 평범하게 수업 중이었다.

원래라면 대표자인 학생만으로 충분하지만, 그레고리의 제안에 따라 투기장에는 두 반의 모든 학생들이 모여 있었다. 아마 우리를 박살내는 광경을 학생들에게 보여줘서 격의 차이를 과시하려는 것이리라.

느닷없이 드로 전이 열린다는 말을 듣고 많은 학생들이 고개를 갸웃거렸지만, 우리 반 학생들이 보내는 시선은 비교적 따뜻했다.

"시리우스 군, 힘내!"

"파이팅, 에밀리아!"

"""형님! 두목! 꼭 이기세요!"""

클래스메이트들은 성원을 보내고 있지만, 반대편에 있는 아이온의 학생들의 태도는 최악이었다.

귀를 기울여보니, 어리석은 평민이……, 함부로 우리의 소중한 시간을 빼앗지 마라…… 같은 소리를 하며 우리를 깔보고 있었다.

우리가 질 거라고 믿어 의심치 않는 녀석들의 옆에서, 리스는 기도하듯 깍지를 끼고 있었다. 그리고 나보다 먼저 리스를 발견한 에밀리아는 진지한 표정을 지으며 주먹을 말아 쥐었다.

"리스…… 기다려. 우리가 반드시…….'"

"너무 부담을 가지지 마. 평소처럼 싸우면 문제될 건 없어."

"아…… 예. 죄송해요."

"어이, 형님. 우리의 상대는 언제 오는 거야?"

레우스가 말한 것처럼, 시합장에는 아직 우리밖에 없었다.

준비운동을 마친 우리는 언제든지 시작할 수 있지만, 대전 상대가 아직도 나타나지 않았다.

슬슬 상대를 부르러 갈까 하고 생각했을 때였다. 몇몇 선생님과 대전 상대로 보이는 학생들이 입구를 통해 모습을 드러냈다.

"기다리게 한 것 같군요."

"흥. 무능과 수인을 기다리게 한다고 해서 문제될 건 없지."

"기다리세요! 제 이야기는 아직 끝나지 않았어요!"

학교장이 변장한 빌 선생님이 앞장서서 걷고 있는 가운데, 귀찮다는 듯한 표정을 한 그레고리와 화가 잔뜩 난 마그나 선생님이 뒤따라 걸어오고 있었다.

말다툼을 벌이는 두 사람을 보며 내가 고개를 갸웃거리고 있을 때, 빌 선생님이 우리에게 다가와서 자초지종을 설명했다.

"늦어서 죄송합니다. 보다시피 좀 문제가 발생해서 말이죠……."

"예. 상황을 보아하니 얼추 상상이 되네요……."

대전 상대인 아이온의 학생들에게는 딴죽을 걸 곳이 잔뜩 있었다.

우리의 장비는 학교의 교복과 목제 검이지만, 상대측에는 철제 전신갑옷을 입고 목검을 든 이가 두 명이나 있었던 것이다.

확실히 방어구에 대해서는 명시되어 있지 않았지만, 이렇게까지 하는 건 좀 그렇다는 생각이 들었다. 게다가 얼굴을 강철 투구로 가리고 있기에, 안에 있는 사람이 진짜로 학생인지도 수상했다.

그리고 가장 어이가 없는 점은…….

"여섯 명인 것 같은데요?"

전신갑옷을 장착한 두 명 이외에도 나와 입학시험 면접 때 만났던 알스트로와 그의 시종 세 명이 있었다. 게다가 세 시종은 목검과 철제 가슴갑옷을 장비하고 있었다. 아무래도 싸움에 참가할 작정인 것 같았다.

어이없어하는 나에게 빌 선생님이 룰이 기재된 종이를 보여줬는데…….

· 대전 인원은 각 반에서 세 명씩 선출.　※단, 시종은 인원에 포함되지 않는다.

어제 몇 번이나 확인했지만, 그때는 후반부의 내용이 없었다.

참고로 이 서류를 작성한 사람은 드로 전의 승부 내용을 결정할 권리가 있는 그레고리다.

"이건 그레고리가 가지고 있던 종이예요. 제가 확인했을 때는 이 문장이 없었죠. 아무래도 시간차로 글자가 드러나게 손을 쓴 것 같군요."

"……악랄하네."

글자가 흐릿한 걸 보면, 불에 쬐면 글자가 드러나는 잉크를 사용한 것 같았다. 마그나 선생님이 저러는 것도 무리는 아니었다.

그것도 그럴 것이, 이 세상에는 복사기가 존재하지 않는다. 전부 손으로 써야만 하니, 이런 문제가 발생할 만도 하지만…… 그래도 이건 지나치게 노골적이었다.

내가 어이없어 하는 가운데, 그레고리는 빌 선생님에게 시합을 진행하라며 떠들어댔다. 아무래도 빌 선생님이 이 시합의 심판 같았다.

"기다리세요! 저는 아직 납득하지 못했어요!"

"종이에 적혀 있을 텐데? 헛소리는 그만 해줬으면 좋겠군."

"큭…… 이게 귀족의 방식인가요?! 저 갑옷도 그렇고, 정말 어른스럽지 못하군요!"

"아랫것들이 물고 늘어진다면, 전력을 다해 박살내주는 게 귀족이 방식이지."

"뭐, 마그나 선생님. 그레고리 선생님. 좀 진정하세요."

빌 선생님이 둘 사이에 끼어들자, 마그나 선생님은 불만 섞인 표정을 지으며 물러섰고, 그레고리는 불쾌하다는 듯이 혀를 쳤다.

"일개 교사 따위가 시끄럽구나!"

"일개 교사가 보기에도 어이가 없으니 말리는 겁니다. 두 사람의 의견이 차이가 나는 건 당연하지만, 우선 그에게 물어보는 게 어떨까요?"

그렇게 말하면서 나를 쳐다본 빌 선생님의 표정은 기대로 가득 차 있었다. 당신들이라면 딱히 문제없겠죠⋯⋯ 하고 말하는 듯한 표정이었다.

"싸워야 하는 사람은 시리우스 군이니까요. 자아, 당신은 이 룰에 이의를 표시할 건가요?"

"아뇨. 저희는 학생을 걸지 않았으니, 이 정도는 받아줘야겠죠."

"시리우스 군?!"

남매는 내 시종이니, 관객석에 있는 클래스메이트에게 도움을 청하면 인원수를 늘릴 수 있다.

하지만 관객석에 있는 학생들은 교복 이외에는 아무것도 장비하지 않았으며, 그레고리가 장비를 챙길 시간을 줄 리가 없다. 중급마법을 쓸 수 있는 마크라면 도움이 되겠지만, 우리가 벌일 일에 휘말려서 그가 다치는 것도 싫었다.

마그나 선생님은 내 대답을 듣고 놀랐으며, 빌 선생님은 더욱 진한 미소를 지으며 남매를 쳐다보았다.

"그럼 에밀리아 양과 레우스 군은 어떻게 생각하죠?"

"시리우스 님이 저렇게 말씀하신다면 저는 그저 따를 뿐이에요."

"형님이 하자는 대로 할 거야."

"……그렇다는 군요. 그럼 이대로 드로 전을 시작해볼까요."

"흥. 주제도 모르는 것들이 고집을 부리기는. 역시 무능과 수인은 쓰레기구나."

그리고 빌 선생님과 그레고리가 물러선 후에야 마그나 선생님은 정신을 차렸다.

"시리우스 군…… 저는 이런 방식을 인정하고 싶지 않아요. 지더라도 저희는 아무것도 잃지 않으니, 기권하는 게 어떨까요."

"아뇨. 이대로 내버려뒀다간 리스의 마음이 버티지 못할 거예요. 이 시합에서 결판을 내겠어요."

"시리우스 님의 말씀이 맞아요. 저희에게 맡겨주세요."

"형님과 우리라면 식은 죽 먹기야!"

우리가 자신만만한 목소리로 말하자, 마그나 선생님은 체념한 것처럼 한숨을 내쉬면서 상냥한 미소를 짓더니, 우리의 어깨에 손을 얹었다.

"알았습니다. 그럼 조심하며 싸우세요. 그리고 위험하다고 판단되면 바로 중단시키겠어요."

"반드시 이기겠어요."

그리고 마그나 선생님이 물러선 후, 시합장 중앙에서 기다리고 있는 여섯 명에게 다가가자 대전자들의 리더인 알스트로가 미소를 지으면서 우리를 손가락질했다.

"어이, 무능과 수인. 너희는 진짜로 나와 싸울 거냐?"

"안 그러면 여기에 오지 않았겠죠."

"흥, 좋다. 그레고리 선생님이 아까 말씀하신 것처럼, 귀족이란 아랫것들이 반항하면 전력을 다해 짓밟아 버리지. 도망치지 않은 걸 후회하게 만들어주마."

우리와 머릿수를 맞출 생각은 없는 건가. 그리고 방금 언동과 달리 웃음을 참고 있는 걸 보면, 약자를 괴롭히는 걸 좋아하는 것 같았다.

그런 알스트로가 가장 뒤편으로 물러서는 사이, 나는 대전 상대의 분석을 마쳤다.

목검과 전신갑옷을 입은 두 명은 벽 역할이며, 시종 셋은 목검과 강철 가슴 갑옷을 착용하고 있는 걸 보면 유격 담당인 것 같았다. 그리고 알스트로는 무기를 지니지 않았다. 아마 마법으로 후방지원을 하려는 것 같았다.

그리고 보니 알스트로는 두 개의 적성속성을 지닌 '더블'이다. 시합에 나온 것을 보면 상당한 실력자일지도 모르니, 저 녀석의 마법은 경계해야겠다.

"영광으로 알아라, 무능! 더블인 나, 알스트로 엘메로이와 싸우는 것을 말이다!"

"……저기, 형님. 저 녀석부터 베어버려도 돼?"

"아뇨. 제 바람으로 두 동강을……."

"마음은 이해가 되지만, 미리 의논해뒀던 대로 해줘."

""……예.""

시합을 시작하기 직전인데 왜 남매의 머리를 쓰다듬으며 달래

줘야만 하는 걸까.

긴장감이라고는 전혀 느껴지지 않는 우리를 본 알스트로가 표정을 굳힌 순간, 빌 선생님이 손을 치켜들며 힘찬 목소리로 말했다.

"그럼 지금부터 카라리스와 아이온의 드로 전을 시작하겠습니다."

인원수가 거의 두 배나 되기 때문에 클래스메이트들이 불안해하고 있지만, 그 불안도 곧 사라질 것이다.

왜냐면 우리는 이 세계에서 살아가기 위해 수련을 해왔기 때문이다.

이 정도 수준의 상대라면…… 설령 열 명이 같이 덤비더라도 우리의 적은 되지 못한다.

"시합…… 개시!"

그리고 빌 선생님이 팔을 휘두른 순간, 드로 전이 시작됐다.

"저 수인들을 빨리 해치워라! 남은 무능은 내 마법으로……."

"그렇게는 안 돼요! 바람이여…… '에어 샷'."

"우랴아아아아압——!"

""커억?!""

우선 남매를 전투불능으로 만든 후, 나를 자근자근 밟아줄 생각인 것 같지만…… 전투가 시작되자마자 남매가 먼저 움직였다.

에밀리아는 바람 구슬을 날렸고, 레우스는 '부스트'를 발동시키며 순식간에 접근해서 목검을 휘둘렀다. 두 사람의 공격은 아직 꼼짝도 못하고 있던 전신갑옷 착용자를 날려버렸다.

"저희가 있는 한, 시리우스 님의 몸에는 손가락 하나 댈 수 없어요!"

"형님과 싸우고 싶으면 우리를 먼저 쓰러뜨리라고!"

지금까지 쌓였던 울분을 폭발시키듯, 남매는 생생한 표정으로 내 앞에 서 있었다. 아마 남매는 자신들이 주인을 지키는 기사라고 생각하고 있으리라.

시합이 시작되자마자 두 명이 탈락하나 했더니, 갑옷을 입은 두 명이 비틀거리면서도 몸을 일으켰다. 아무래도 갑옷 때문에 힘조절에 실패한 것 같았다.

"바, 방금 그건…… 뭐야?"

"빠, 빨라……."

"이익, 진정해! 숫자로 밀어붙이면 돼. 너는 무능을 막아!"

알스트로의 목소리를 듣고 진정한 그들은 남매를 막기 위해 흩어져서 덤벼들었다.

"젠장! 내 공격이 통하지 않는 거야?!"

"올해 입학생은 어떻게 되어먹은 거야?!"

저 갑옷을 입은 자…… 키와 굵은 목소리로 볼 때, 학교에 입학하고 몇 년은 된 학생인 것 같았다. 적어도 우리와 같은 학년은 아닌 듯 싶었다.

투구를 벗겨서 그 사실을 밝히는 것도 방법일 것 같지만, 룰에 멤버를 '같은' 반에서만 뽑는다고 적혀 있지는 않으니 관둬야겠다. 게다가…… 이 정도는 이미 예상했었다.

전신갑옷을 입은 학생이 휘두르는 검과 알스트로의 시종이 날리는 공격이 남매의 발을 묶었다. 남매의 실력이면 고전할 만한 상대는 아니지만, 철제 방어구를 장비한 자를 나무로 된 무기로 공격하고 있는데다 처음 기습 때문에 상대는 우리를 완전히 경계하고 있었다. 그 탓에 애먹고 있는 것 같았다.

가장 문제는 힘조절이다. 지금까지 남매가 싸운 상대는 나나 마물이었기 때문에 인간을 상대할 때 힘을 얼마나 조절하면 되는지 알지 못하는 것 같았다. 이번 상대는 얼마 전에 싸운 도적과 달리 팔을 잘라버리거나, 나이프로 베어서는 안 되는 것이다.

게다가 진짜 실력을 발휘했다간, 에밀리아의 마법에 상대의 몸은 두 동강이 날 테고, 레우스는 목검으로 상대의 뼈를 박살내버릴 것이다.

"좋아. 그대로 막고 있어! 나는 기원한다. 내 불꽃의 마력을……."

이쪽 상황을 모르기에 자신의 생각대로 되고 있다고 착각한 알스트로는 '플레임 랜스'를 영창하기 시작했다. 태도는 거만하지만, 우리와 비슷한 나이에 마크와 마찬가지로 중급마법을 쓸 수 있다는 건 상당한 훈련을 해왔다는 증거이리라.

하지만…… 상대의 실력을 모르는 상태에서 저렇게 시간이 걸리는 큰 기술을 날리려고 하는 것은 실수나 다름없다.

"무능은 알스트로 님의 표적이나…… 으악?!"

나에게도 시종 한 명이 다가왔다. 그리고 나를 얕보고 있는데 목검을 허술하게 휘둘렀기에, 나는 그 공격을 몸을 비틀어 피하고 상대의 손목을 잡아 지면에 내리꽂듯 집어던졌다.

그리고 영창에 집중한 탓에 시종이 순식간에 당했다는 사실을 눈치채지 못한 알스트로를 향해 손바닥을 들면서…….

"충격이여……. '임팩트'."

"불꽃의 창으로 적을…… 커억?!"

충격파의 구슬을 위력을 억제해 날려서 영창을 중단시켰다.

내 공격을 맞고 지면을 구른 알스트로는 바로 몸을 일으켰지만, 그의 얼굴은 분노로 가득 차 있었다.

"이 무능 놈이! 어이, 네놈은 저 자식의 발도 못 묶는 것이냐?!"

"죄, 죄송합니다! 이 무능이 예상보다…….."

"변명 따위는 듣고 싶지 않다! 몸으로라도 막아내!"

혼이 난 시종은 명령을 수행하기 위해 다시 나에게 달려들었다.

이번에는 제대로 목검을 휘둘렀는데…… 예상했던 것보다 날카로웠기에, 나는 목검으로 막아냈다.

"더는 멋대로 하게 둘 수 없다. 내 검을 받아라!"

이 시종은 매일같이 검을 휘두른 것 같았다. 단순한 아첨꾼인가 했더니, 검에 관해서만큼은 진지한 남자인 것 같았다. 성격은 그렇지만, 그런 올곧은 의지는 싫지 않았다.

그래서 나는 상대가 휘두르는 검을 쳐내면서 신경 쓰이는 점을 지적해줬다.

"빠르기는 하지만…… 검의 무게에 의지한 공격이네. 공격이 너무 가벼워."

어쩌면 평소에는 철제 검으로 수련을 하는 걸지도 모른다. 그 탓에 검을 휘두르는 속도는 빨라도, 가벼운 목검을 사용하는 지금은 공격에 충분한 위력이 실리지 않는 것이다.

내 지적을 듣고 정곡이 찔린 듯한 시종은 눈을 치켜떴다.

"뭐?! 무능 따위가 무슨 소리를 하는 거냐?!"

"검과 속성은 아무런 상관도 없어. 한 마디 더 하자면 검을 쥐는 힘도 들쑥날쑥 인걸. 이래서는 약간의 충격에도 검을 놓칠 거야."

"다, 닥쳐라!"

자신보다 하수라고 생각했던 이에게 받은 지적을 인정하고 싶지 않은 것 같지만, 내가 검을 간단히 받아내고 있으니 인정할 수밖에 없으리라.

시종은 자신의 갈등을 얼버무리려는 듯이, 필사적으로 나를 물고 늘어졌다.

"큭, 하지만 지금은 알스트로 님의 명령을 우선해야 해! 나는 네놈을 막을 뿐이다!"

이런 상황이 아니라면 이 자의 실력을 살피고 싶지만, 아쉽게도 이제 시간이 다 되었다.

"이 정도 위력이면…… 괜찮을 거예요!"

"우랴아아아아아앗——!"

힘 조절의 요령을 터득한 남매가 각자의 마법과 기술로 전신갑옷을 입을 학생과 시종을 날려버렸으니, 나도 슬슬 끝내야겠다.

공격을 막아낸 후, 시종이 쥔 목검의 칼자루를 재빨리 치자,

목검은 그대로 상대의 손에서 빠져 나가더니 그대로 하늘을 갈랐다.

"앗?!"

"검을 쥐는 힘이 들쑥날쑥이라고 했잖아."

그리고 무기를 잃고 경악한 남자의 배를 때려서 기절시켰다.

남매가 날려버린 이들 또한 꼼짝도 하지 않았기에, 이제 남은 상대는 알스트로 한 명 뿐이었다.

우리 반 학생들은 그 광경을 보고 환성을 질렀으며, 상대 반 학생들은 망연자실하거나 현실을 부정해댔다.

자아, 이제 한 번 더 알스트로의 영창을 방해한 후에 단숨에 접근해서……

"바람의 충격으로 부숴라…… '에어 샷'."

그렇게 생각했지만, 이번에는 상대가 빨랐다. 내 마법으로 영창을 방해받는 것을 경계한 건지, 이번에는 영창이 짧은 초급 바람마법을 날린 것 같았다.

"아무 짝에도 쓸모없는 놈들. 이렇게 되면 내 마법으로 한 번에 쓸어주마."

역시 마법 훈련을 열심히 해왔는지, 바람 구슬을 동시에 두 개나 날렸다. 표적은 남매이지만, 에밀리아는 같은 마법을 날려서 상쇄시켰다. 하지만 레우스는 목검을 치켜든 채 꼼짝도 하지 않았다. 아무래도 그것을 할 생각인 것 같았다.

"지금이다아아앗──!"

레우스가 고함을 지르며 펼친 기술은 강파일도류의 기본인 강

천(剛天)이다.

자신의 의지를 검에 담아 일직선으로 휘두르는 그 일격은 레우스의 신체능력과 동체시력 덕분에 '에어 샷'을 정확하게 베었다.

그 순간, 레우스 주위에 바람이 불었고, 그 바람이 가라앉자 주위에 흩날리는 모래 먼지와 목검을 휘두른 레우스의 모습이 눈에 들어왔다.

"이…… 이럴 수가?!"

그 순간, 투기장에는 정적이 흘렀고 알스트로의 신음 섞인 중얼거림이 들려왔다.

마법을 벤다.

그것은 강검 라이오르가 처음으로 보였던, 검을 극한까지 익힌 자가 쓸 수 있는 기술 중 하나다.

본인의 실력을 여실히 드러나며, 마법을 정확하게 벨 수 있는 기술과 마법에 맞을 각오가 필요하기에 쓰는 사람은 거의 없다.

또한 바람속성은 눈에 보이지 않는 마법이 많기 때문에 다른 속성에 비해 난이도가 높다.

하지만…… 레우스는 마법을 베는 데 성공했다.

다른 속도도 초급마법이라면 전부 벨 수 있으며, 창시자인 할아버지는 중급마법도 간단히 벤다고 한다. 그 할아버지는 진짜 괴물이다.

"헤헷, 난폭한 우리 누나에 비하면 꽤나 얌전한 마법이었어!"

"레우스…… 네가 무슨 말을 했는지 알고 있는 거니?"

"히익?! 미, 미안해, 누나!"

"기다려! 레우스, 나한테 혼 좀 나봐야겠네!"

"자, 잠깐만, 누나! 누나까지 아이언클로를 쓰지…… 앗?!"

다들 입을 다물고 있는 탓에 레우스의 중얼거림이 에밀리아의 귀까지 닿은 것 같았다. 참고로 레우스가 말하려고 한 것은 어디까지나 에밀리아가 날린 '에어 샷'이지, 그녀 자신을 말한 것은 아니다.

시합 도중인데도 불구하고 남매가 저렇게 장난을 치고 있을 때, 겨우 정신을 차린 알스트로가 분통을 터뜨리며 주먹을 말아 쥐었다.

"제…… 젠장……. 무능과 아인이! 나를 바보 취급해?! ……절대 용서 못한다!"

"네가 어떻게 생각하든 우리가 알 바 아니지만, 이 상황을 이해하고 있기는 한 거야?"

"내 '플레임 랜스'만 날릴 수 있으면 너희 따위…… 그래! 어이, 무능인 네가 리더지? 너, 나와 1대1 마법 승부를 해라!"

이제 결과는 명백했지만, 패배만큼은 인정하기 싫은 것 같았다.

에밀리아에게서 겨우 해방된 레우스는 그 일방적인 제안을 듣더니 어이없다는 눈길로 알스트로를 쳐다보았다.

"아야야……. 저 녀석, 무슨 소리를 하는 거야? 형님, 뒷일은 나한테 맡기고 물러나."

"아니, 괜찮아. 그 승부, 받아주겠어."

상대가 진짜 실력을 발휘하지 못하게 하며 승리를 거두는 것도 뛰어난 전략이지만, 저렇게 제멋대로에 거만한 녀석은 패배를 인정하지 않을 것이다. 그런 이유로 리스를 내놓지 않는다면 곤란하니, 저 제안을 받아주면 여러모로 편해질 것이다.

내 대답은 남매뿐만 아니라 마그나 선생님도 놀라게 했고, 알스트로와 그레고리는 미소를 머금었다. 아마 내가 자신의 우위를 포기하는 바보 같은 녀석이라고 생각하는 것이리라.

그 외에도 눈을 반짝이며 이 상황을 지켜보고 있는 심판이 있지만…… 그쪽은 내버려두기로 할까.

"시, 시리우스 군. 대체 왜 그런……."

"심판, 들었겠지? 지금 바로 알스트로와 무능의 1대1 대결로 변경해라!"

"……당사자들이 동의한다면 어쩔 수 없죠. 그럼 에밀리아 양과 레우스 군은 이제 나서지 마세요. 두 사람이 나선다면 즉시 여러분이 진 걸로 하겠습니다. 그러니 물러나 있으세요."

남매는 납득 못하겠다면서 떠들어댔지만, 내가 미소를 지으면서 머리를 쓰다듬어주자 순순히 물러섰다.

그리고 어느 정도 거리를 두고 나와 대치한 알스트로는 승리를 확신한 듯 미소를 지었다.

"네놈의 마법은 분명 빠르지만 위력이 약해. 결국 무능의 마법으로는 나를 쓰러뜨릴 수 없다!"

"중요한 건 상대가 마법을 발동시키지 못하게 하는 것 아닐까?"

"닥쳐라! 일격에 전황을 뒤집어야 진정한 마법이다. 내 진짜 힘을 보여주마!"

그리고 알스트로는 눈을 감더니 자신이 지닌 최대 마법을 사용하기 위해 영창을 시작했다.

나는 바로 쏠 수 있지만, 1대1 마법전에서는 각자가 마법을 동시에 날려 부딪히게 해야 하기에, 상대가 마법을 날릴 때까지 기다려야만 했다.

그래서 나는 오른손에 마력을 집중시킨 채, 영창을 하듯 중얼거리면서 알스트로가 준비가 끝날 때까지 기다렸다.

"불꽃의 창으로 내 적을 꿰뚫어라…… '플레임 랜스'."

발사된 '플레임 랜스'는 마크가 날린 것보다 컸다. 아까 알스트로가 한 말은 거짓말이 아닌 것 같았다.

정통으로 맞는다면 아무리 마법에 내성이 있는 교복을 입었어도 심한 부상을 입을 것이다.

하지만…… 위력에 너무 집중한 탓에 마법이 날아오는 속도가 너무 느렸다. 평소 같으면 그냥 옆으로 몸을 날려서 피하겠지만, 지금 그랬다간 진 게 된다.

그렇기 때문에 '서치'로 날아오는 마법을 조사하면서, 나는 오른손을 앞으로 뻗어 마법을 날렸다.

"부숴라…… '런처'."

전생의 무기인 그레네이드 런처를 흉내 낸, 착탄하는 순간 충격파를 뿜는 마법이다.

하지만 그 충격탄은 '플레임 랜스'에 비하면 명백하게 작았기에, 불꽃의 창에 그대로 삼켜졌지만…….

"이래서 내가 일격에 전황을…… 아닛?!"

내가 날린 마법은 '플레임 랜스'를 내부에서 파열시키더니, 불꽃의 창을 충격파로 소멸시켰다.

상성 문제도 있겠지만, 내 마법은 중급에도 충분히 통용된다는 게 판명됐다.

언젠가 마크에게 도움을 받아서 시험해볼 생각이었는데, 수고를 덜었군.

"말도 안 돼…… 안 된다고! 내 마법이 무능 따위에게……! 나는 더블이란 말이다!"

알스트로는 자신의 마법이 간단히 요격 당하자 머리를 감싸 쥐었다. 그리고 갑자기 고함을 지르더니 또 '플레임 랜스'를 영창하기 시작했다.

이렇게 됐으니 알스트로의 마력이 바닥날 때까지 어울려줄 생각을 하며 나도 '런처'를 준비했지만, 아무래도 알스트로의 상태가 이상했다. 눈이 공허했으며, 초점이 맞지 않았다.

게다가 알스트로의 머리 위에 생겨난 불꽃의 크기는 아까의 두 배는 되었다. 위력 또한 차원이 다를 것이다. 하지만 형태는 창이 아니라 구체 모양이었다. 마치 마력만을 과도하게 쏟아 부은 듯한…… 아무튼 불완전한 마법 같았다.

"앗! 마법이 폭주하려고 합니다! 빨리 막아야 해요!"

"상관없다! 알스트로, 날려버려라! 귀족의 이름에 먹칠을 할 바에야 저 무능을 해치우란 말이다!"

"자아…… 과연 그렇게 될까요?"

비상사태가 벌어진 것 같지만 마그나 선생님은 그레고리 때

문에 손을 나설 수가 없으며, 빌 선생님은 마력을 끌어올리기는
했어도 아슬아슬한 순간까지 방관자에 전념하려는 것 같았다.

아무래도 학교장은 나를 시험해볼 속셈인 것 같았다.

"형님, 도망쳐!"

"시리우스 님, 제가 바람으로……!"

"괜찮아. 둘 다 물러나 있어."

남매가 나를 향해 뛰어왔지만, 나는 그들을 향해 손을 들어서
제지했다. 그리고 한쪽 무릎을 지면에 댄 후, 바닥에 마법진을
그리기 시작했다.

그 사이에도 알스트로는 불꽃에 마력을 쏟아 붓고 있었다. 그
런 그의 얼굴은 새파랗게 질렸으며, 땀 또한 대량으로 흘리고
있었다. 마력 고갈의 징후가 분명했다. 그런 상태에서도 계속
마력을 쏟아 붓고 있으니, 이대로 내버려뒀다간 마법을 제어할
마력마저 사라지면서 머리 위에서 폭발할 것만 같았다.

"아아…… 아아아아아아아아──!"

분노인지, 귀족의 긍지 때문인지는 모르겠지만, 알스트로는
'플레임 랜스'와는 명백하게 다른 불꽃 덩어리를 날렸다. 이번 마
법은 너무 커서 '런처'로 막을 수 있을지 확신이 생기지 않았다.

하지만 그 순간 마법진이 완성되었기에, 나는 바로 마력을 주
입했다.

"'어스'…… 기동."

발동된 것은 흙의 초급마법이었다. 그 마법은 내 전장에 흙으
로 만든 벽을 생성했다.

그리고 연속해서 생겨난 흙벽은 중간에 틈을 남기며 삼중으로 전개되었다. 하지만 그것을 본 레우스는 당황한 목소리로 고함을 질렀다.

"형님, 벽이 너무 얇아! 뚫릴 거라고!"

"걱정하지 마. 하나 더……."

마지막 작업을 끝마친 순간, 불꽃 덩어리가 흙벽에 부딪히더니 굉음을 내면서 폭발을 일으켰다. 그 탓에 방대한 양의 흙먼지가 날리면서 시야가 완전히 차단되고 말았다.

"……어쩔 수 없군요. '윈드 스톰'."

빌 선생님이 마법을 펼치자, 주위에 바람이 불면서 흙먼지가 단숨에 날아갔다.

원래 수많은 바람 칼날로 넓은 범위를 갈가리 찢는 중급마법이지만, 사람들이 다치지 않도록 조절한 것이다.

이 제어 능력과 무영창 발동…… 매직 마스터라 불릴 만한걸.

"흠…… 아무래도 결판이 난 것 같군요."

흙먼지가 가라앉은 시합장에서는 완벽하게 승패가 갈려 있었다.

알스트로는 마력이 고갈된 채 쓰러져 있었고, 그의 동료들은 기절했거나 전투 불능 상태였다.

그리고 우리는 생채기 하나 나지 않은 채 두 발로 서 있었다.

"그레고리 선생님. 승패가 갈린 걸로 봐도 되겠죠?"

"……흥!"

"약속을 지켜주셔야겠어요. 그리고 이번 드로 전에서 발생한 불상사는 학교장님에게 보고하겠습니다."

"멋대로 해라! 나는 이만 돌아가겠다!"

빌 선생님이 그렇게 말하자, 그레고리는 언짢은 듯이 코웃음을 치며 시합장에서 나갔다.

쓰러진 알스트로에게는 눈길 한 번 주지 않는 것을 보면, 실망 정도가 아니라 흥미 자체를 잃은 것 같았다. 그리고 아이온의 귀족들도 어이없다는 표정으로 돌아가기 시작했으며, 관객석에는 이제 몇몇 학생만 남아 있었다.

"······교사나 학생이나 정말 너무하네."

"그래요. 하지만 그레고리는 이번 일을 책임져야 할 겁니다."

한숨을 내쉬면서 내 곁으로 온 빌 선생님은 마그나 선생님에게 부상자들의 치료를 부탁한 후, 말했다.

"대결 종료. 드로 전의 승자······ 카라리스!"

그 선언을 한 후, 빌 선생님은 미소를 지으면서 나에게 악수를 청했기에 응했다.

"우선 축하드립니다. 정말 흥미로운 대결이었어요. 그런데 하나 물어보고 싶은 게 있어요. 마지막 마법은 어떻게 막은 거죠?"

발사된 불꽃을 막기 위해 흙벽을 세 개 만들었지만, 그 정도로는 불꽃에 간단히 돌파당해도 이상할 것이 없었다.

그런데 흙벽이 부서지기는 했어도 공격을 막아냈으니 불가사의한 것이다.

"마법이 불완전했기 때문에 막아낼 수 있었던 거예요."

그 '플레임 랜스'는 마력을 지나치게 쏟아 넣은 탓에 창 형태조차 되지 못했다. 그 탓에 원래 지니고 있던 관통력이 사라지고 말았다.

"그 대신 위력이 강해졌으니, 몇 배는 강력한 충격을 견뎌낼 필요가 있었어요. 저 흙벽의 파편을 보세요."

"파편? 그러고 보니 박살난 것치고는 벽의 파편이 적군요."

"세 개의 벽 사이에 모래와 흙을 채워뒀죠. 그래서 충격을 분산시킨 거예요."

전생에서 게릴라 활동에 참가했을 때 만든 바리케이드와 같은 구조다. 그때의 벽은 더 두터웠지만, 크레인으로 휘두른 철구도 몇 번이나 막아낼 만큼 튼튼했다.

"흙벽을 이런 식으로 쓸 수 있을 줄은 몰랐어요. 정말 대단하군요! 한 수 배웠어요."

빌 선생님은 즐거워하며 몇 번이나 고개를 끄덕였다. 아무래도 어린애인 나에게 가르침을 받으면서도 거부감을 전혀 느끼지 않는 것 같았다. 이 탐욕스러움이 이만큼 강해진 비결일지도 모른다.

실은 상대를 돔 모양의 흙벽에 가둬서 항복을 받아낼 생각으로 준비한 것인데, 결과적으로는 잘 됐다.

빌 선생님은 그 외에도 물어보고 싶은 게 있는 것 같지만, 사후처리를 해야 한다고 말하더니 아쉬워하며 돌아갔다.

그리고 내가 한숨 돌리고 있을 때, 남매에게 등을 떠밀리며 다가오는 리스가 내 눈에 들어왔다. 남매가 어디에 갔나 했더니 리스를 데리러 갔던 것 같았다.

"시리우스 님! 리스를 데리고 왔어요!"

"자아, 리스 누나! 빨리 가자!"

"자, 잠깐만?! 좀 천천히…… 꺄앗?!"

나는 등을 떠밀리며 돌에 발이 걸린 바람에 휘청거리는 그녀의 어깨를 잡았다. 하지만 보기에 따라서는 리스가 내 품에 뛰어든 것처럼 보일 수도 있는 상황이라서 그녀는 얼굴을 새빨갛게 붉히면서 허둥지둥 나에게서 떨어졌다.

"저, 저기…… 고마…… 워요."

"기쁜 건 알지만 너무 무모한 짓은 하지 마."

"아, 예. 미안해, 리스."

"리스 누나, 잘못했어."

순수하게 기뻐하는 남매를 본 리스는 신경 쓰지 말라고 말하면서 고개를 저은 후, 다시 나를 쳐다보며 미소를 지었다.

"다들…… 무사해서 다행이에요."

"헤헷, 형님과 함께 싸웠으니 당연하지!"

"이제 리스도 같은 반이 됐군요. 그리고 저희 모두의 친구예요."

"뭐? 모두의…… 친구?"

리스는 그 말을 듣더니 눈을 치켜뜨며 딱딱하게 굳었다.

그러고 보니 아직 그녀에게 전하지 않았다.

"그래. 리스는 이제 에밀리아의 친구가 아니라, 우리 모두의 친구야."

"리스 누나, 싫어?"

"그럴 리가 없잖아! 이건…… 기뻐서 우는 거야……."

리스는 우리의 말을 듣더니 울기 시작했다. 에밀리아는 그런 리스를 가려주는 듯 상냥하게 끌어안았다.

"고마워, 에밀리아. 하지만 잠시만 기다려. 나는 아직 중요한 말을 하지 않았어."

하지만 고개를 저으면서 에밀리아에게서 떨어진 리스는 우리를 향해 미소를 지었다.

"시리우스 군…… 에밀리아…… 레우스 군…… 정말 고마워요! 앞으로도 잘 부탁해요!"

이런저런 일이 있었지만, 이 자연스러운 미소를 본 것만으로도 충분했다.

"우리야말로 잘 부탁해."

그 후, 드디어 마음이 진정된 리스와 이야기를 나누고 있을 때, 부상자들을 돌보고 온 마그나 선생님이 우리에게 다가왔다.

"리스 양. 확인 삼아 묻겠는데, 당신은 저희 반에 들어오는 것에 동의하는 거죠?"

"예! 저는 카라리스에 들어가고 싶어요."

"알았습니다. 수속을 밟기 전에, 우선 해야 할 일을 하도록 할까요."

마그나 선생님이 옆을 바라보니, 카라리스의 클래스메이트들이 관객석에서 내려와 우리 앞에 서 있었다.

"너희는 정말 대단하구나! 알스트로 님은 거만하기는 해도 마법 실력은 진짜배기지. 그런 상대를 이렇게 완벽하게 이기다니……. 나는 좋은 친구와 라이벌을 찾은 것 같아."

"그렇게 인원수가 다른데도 이길 줄은 몰랐어!"

""""역시 형님과 두목은 대단해요!""""

찬사가 연달아 들려오자, 마그나는 손뼉을 치면서 학생들의 주목을 모았다.

"자아, 여러분. 오늘부터 카라리스에 들어오게 된 학생을 소개하겠습니다. 자아, 리스 양."

마그나 선생님은 리스의 등을 살며시 밀어서 클래스메이트들 앞에 세웠다. 갑작스럽게 자기소개를 하게 된 탓에 동요한 듯한 그녀는 우리를 쳐다보았다. 하지만 우리가 괜찮다는 듯이 고개를 끄덕이자, 리스는 마음을 굳게 먹으면서 클래스메이트들을 쳐다보았다.

"여, 여러분, 만나서 반가워요. 오늘부터 카라리스에 들어가게 된 리스라고 해요. 적성속성은 물이며, 회복 마법이 특기에요. 저기…… 잘 부탁드립니다."

""""잘 부탁해!""""

리스가 소개를 끝내자, 클래스메이트들은 아낌없는 박수를 보냈다.

이렇게…… 우리 반에 새로운 학생이 들어왔다.

방과 후, 나는 빌 선생님에게 불려서 마그나 선생님의 방에 갔다.

참고로 남매와 리스는 우리끼리 축하 파티를 하기 위해 시장을 보러 갔다. 그리고 시장을 보고 나서, 바로 다이아장으로 가라고 지시를 내려뒀다.

"왔군요. 자아, 앉으세요."

겨우 며칠 사이에 이곳에 몇 번이나 방문한 거지, 하고 생각하면서 소파에 앉자, 마그나 선생님은 바로 홍차를 준비해줬다. 아무래도 제자라기보다 시종 같았다.

"고마워요. 그런데…… 저를 왜 부른 거죠?"

"시리우스 군은 당사자 중 한 명이니, 알려두는 편이 좋을 것 같아서요."

"정보를 얻는 거야 감사할 일이지만, 일개 학생인 저에게 왜 이렇게까지 해주시는 건가요?"

"일전에도 말했다시피, 시리우스 군과 함께 하다보면 재미있을 것 같아서예요. 저는 당신과 친해지고 싶기 때문에 정보를 제공하는 거죠. 그것만으로는 납득이 안 되나요?"

신기한 마법이나 새로운 무언가를 보면 어린애처럼 눈을 반짝이는 것을 보면, 진짜로 저렇게 생각하는 게 틀림없어 보였다.

그리고 빌 선생님…… 학교장 로드벨은 400년 넘게 살아왔는데도, 아직 탐욕적으로 지식을 흡수할 뿐만 아니라 마법 수련도 계속한다고 한다.

보아하니 상식이 통하는 사람 같으니, 대가만 제대로 지불하면 이런저런 마법을 배울 수 있을 것 같다. 그러니 사이좋게 지내도 손해는 보지 않을 것 같았다.

"무엇보다 이번에는 리스 일로 신세를 졌으니까요. 당신들이 드로 전에서 승리한 덕분에 그레고리 선생님에게서 리스 양을 데려올 수 있었어요. 정말 고맙습니다."

"일단…… 납득할게요. 그런데 방금 말한 소식이 뭐죠?"

"이번 드로 전에 관한 겁니다. 우선 리스 양의 반 변경이 무사히 끝났습니다. 서류도 제대로 기재했으니, 이제 그레고리도 아무 말도 못하겠죠."

그렇게 압도적인 결과였으니 불평하지도 못할 것이다. 아무튼 리스는 별 문제가 없는 것 같았다.

"그리고 당신이 쓰러뜨린 알스트로 군 말인데, 마력 고갈로 쓰러지기는 했지만 몸에는 이상이 없었습니다. 아까 전에 정신이 들었는데, 휴식을 취하기 위해 기숙사로 돌아갔죠."

"그런가요. 아무튼 이상이 없다니 안심이 되네요."

"그건 자업자득이었으니 시리우스 군이 걱정할 필요 없어요. 시합 때 봤다시피 쓸데없이 자존심만 강한 애니까요. 이번 일이 좋은 약이 되겠죠."

빌 선생님은 엘리시온에서 오랫동안 살고 있었으니, 알스트로에 대해서는 태어났을 때부터 알고 있었으리라.

귀족의 아들일 뿐만 아니라 '더블'로 태어난 탓에, 자신은 특별한 존재라는 교육을 받아왔다. 그리고 그 결과, 저렇게 거만하고 제멋대로인 사람이 되고 만 것 같았다.

"그런 귀족한테 제가 이겼는데, 별문제 없을까요?"

성격으로 볼 때, 나에게 복수를 하려고 해도 이상할 게 없었다. 혹시 조심해야 할 점은 없는지 물어봤지만, 빌 선생님은 고개를 저으면서 품속에서 뭔가를 꺼냈다.

"그 점은 걱정할 필요 없습니다. 아까 그에게 서약서를 받았거든요."

"서약서…… 봐도 될까요?"

빌 선생님이 얼마든지 보라는 것처럼 건네준 서약서의 내용을 요약하자면…… 알스트로는 앞으로 우리나 카라리스에 간섭해서는 안 된다는 내용이었다. 지키지 않는다면, 학교장이 즉시 본가에 보고를 한다고 되어 있는데…….

"……본가에 보고하는 정도로 괜찮을까요?"

"그의 아버지는 매우 엄격한 분이죠. 이번 일이 알려진다면, 알스트로 군은 즉시 본가로 불려갈 겁니다."

전력적으로 명백하게 우위에 서며 싸움을 벌였을 뿐만 아니라, 도중에 일방적으로 룰을 변경했는데도 패배한 것이다. 귀족의 체면을 짓밟은 데다, 그의 아버지는 그런 일을 절대 허락하지 않는 군인 타입의 사람이라고 한다.

성격은 교정하지 못한 것 같지만, 마법 실력은 엄격한 아버지의 교육에서 비롯된 것일까.

그런 아버지가 있는 본가에서 나온 알스트로에게 기숙사 생활은 낙원처럼 느껴질 것이다. 그러니 이 서약서의 효과는 절대적이리라.

"아이온의 학생인 귀족들도 봤으니, 그들을 통해 전해질 것 같은데요."

"귀족의 체면이 있으니 부모의 귀에 들어가기 전에 말단에서 차단하겠죠. 하지만 저는 인맥이 있으니 그의 아버지에게 직접 이야기를 하는 게 가능합니다. 시리우스 군들에게 보복을 못하게 하겠다고 제가 약속하죠."

평범한 평민인 내가 처리하기 힘든 문제인데다, 빌 선생님은 마그나 선생님을 통해서가 아니라 직접 이 사실을 알려줬다. 그러니 믿어도 괜찮을 것이다.

내가 고마워하면서 고개를 숙이자, 빌 선생님은 갑자기 표정을 굳혔다.

"문제는 그레고리 선생님이군요. 서류 조작에 농간…… 그리고 학생의 폭주를 막는 것은 고사하고 부추겼죠. 까딱했으면 다치는 정도로 끝나지 않았을 거예요."

듣자하니 룰이 바뀌었다는 사실을 알스트로에게는 알리지 않았으며, 전신갑옷을 입은 두 학생 또한 그레고리가 준비했다고 한다. 참고로 갑옷을 입은 학생들은 내 예상대로 이 학교 4학년 선배들이었다.

그 사실을 시합 직전에 안 알스트로는 난색을 표했지만, 그레고리의 말에 넘어가 그대로 받아들였다고 한다. 이렇게 들으니 알스트로는 그렇게 나쁘지 않은 것 같지만, 그레고리의 제안을 받아들였으니 정상참작의 여지는 없다.

보고를 들으면 들을수록 어이가 없는 녀석이다.

"저기, 왜 그런 자를 이곳의 선생으로 두는 거죠?"

"평소에는 이렇게 나쁘지는 않아요. 학생들에 대한 교육 태도 또한 거만하기는 해도 나름 신경 써서 하죠. 아마 드로 전의 상대가 시리우스 군 일행이었기 때문일지도 몰라요."

그러고 보니 일전에 그레고리는 극단적으로 수인을 싫어하며, 나 같은 무속성은 쓰레기로 여긴다는 이야기를 들었다. 무속성과 수인에게 개인적으로 원한이 있는 걸지도 모르지만, 그걸 왜 우리에게 퍼부으면 곤란했다.

"물론 시리우스 군들은 아무런 잘못도 없어요. 그러니 멋대로 이런 짓을 저지른 그레고리 선생님에게는 제가 벌칙을 몇 가지 줬습니다. 그리고 요즘 들어 수상한 행동을 하고 있으니, 감시도 하기로 했죠."

"감시…… 더 자세한 이야기는 듣지 않는 편이 좋을 것 같네요."

"그래주면 고마울 것 같아요. 아무튼 감시도 붙였으니, 시리우스 군과 친구들에게 간섭하는 것을 앞으로 막을 거라는 이야기를 하고 싶었던 거예요."

여러모로 내가 모르는 사정이 있는 것 같지만, 더 깊이 추궁할 필요는 없을 것 같았다.

애초에 내가 학교에 들어가기로 마음을 먹은 것은 가능한 한 보호받을 수 있는 곳에서 나이를 먹기 위해서다. 나 혼자라면 몰라도, 남매가 이런저런 일에 휘말려 위험해지는 것은 사양하고 싶으니까 말이다.

"이야기는 이걸로 끝입니다만, 마지막으로 하나 더……."

아…… 응. 무슨 소리를 하려는 건지 감이 오네.

"……케이크 말이죠?"

"그래요. 시리우스 군이 제안하는 가격에 살 테니, 가능한 한

빨리 부탁해요."

"빌 선생님, 무슨 소리를 하는 겁니까! 시리우스 군에게는 제가 먼저 부탁했다고요!"

"아뇨. 제자면 제자답게 스승에게 양보하세요."

"제자한테도 양보할 수 없는 게 있어요!"

이게…… 최강의 마법사라 불리는 남자, 그리고 그 남자의 제자인가.

나는 아무것도 못 본 걸로 하면서 조용히 방에서 나갔다.

"그럼 리스가 무사히 우리 반에 온 걸 기념하며……."

"""건배!"""

그 후, 다이아장으로 가서 다른 이들과 합류한 나는 재빨리 준비를 시작했다. 그리고 넷이서 조촐한 축하 파티를 열었다.

과일을 짜서 만든 과즙으로 건배를 하고, 테이블에 놓인 각종 요리를 각자 마음껏 즐겼다.

"저기, 형님. 이 고기는 아직 안쪽이 빨개. 안 익은 거 아냐?"

"로스트비프라는 요리인데, 제대로 익혔으니까 문제없을 거야."

"흐음…… 맛있어! 더 먹어도 돼?"

"다른 사람 몫은 남겨. 자아, 리스도 사양하지 말고……."

……먹으라고 말할 필요도 없었다. 리스는 자신의 몫을 확보하더니, 행복한 표정으로 고기를 먹고 있었다.

"우물우물…… 행복해요…… 앗?! 저, 정말 맛있네요!"

"이제 우리 앞에서 체면 차릴 필요 없어. 그리고 이렇게 맛있게 먹어주니 만든 사람으로서도 기쁘네."

자신이 만든 요리를 맛있게 먹어주는 것이야말로, 만든 이에
게 있어 최고의 행복이다.

리스가 얼굴을 붉힌 채 사양하지 않고 음식을 먹기 시작하자,
나는 만족스러운 표정을 지었다.

시끌벅적하면서도 평온한 파티가 끝난 후, 나는 뒷정리를 하
다 문득 눈치챘다.

"에밀리아. 꼬리가 왜 그래?"

"예?! 아…… 저기……."

에밀리아의 꼬리를 보니 털이 약간 흐트러져 있었다.

에밀리아는 레우스와 다르게 항상 깨끗하게 털을 손질했다.
그래서 지적을 했더니, 에밀리아는 엄청 충격을 받은 듯한 표정
을 지었다.

"왜, 왜 그래?! 그렇게 심각한 문제인 거야?"

"시, 시리우스 님 앞에서 이렇게 단정하지 못한 모습을 보이
다니…… 저는 시리우스 님의 시종일 자격이 없어요."

그러고 보니 에밀리아는 오늘 드로 전을 치르면서 격렬하게
움직였다. 그 후에는 파티 준비를 하느라 정신이 없었으니, 털
을 손질한 짬이 없었으리라.

"그럴 리가 없잖아. 너는 항상 잘해주고 있어. 자아, 이리 와."

"어?!"

에밀리아용 빗을 들고 거실 소파에 앉은 내가 옆자리를 손바

닥으로 두드리자, 에밀리아는 눈을 반짝이며 달려왔다.

그리고 폭신폭신한 꼬리를 내 허벅지에 얹자, 나는 그 꼬리를 상냥하게 빗어줬다.

"후후…… 우후후…… 우후후……."

수인에게 있어 꼬리는 소중한 것이며, 마음을 허락한 사람에게만 만지게 해준다. 즉, 내가 하고 있는 것은 수인 특유의 애정 표현 중 하나이며, 가족이나 연인들이 하는 행동이다.

"누나…… 좋겠다."

"나중에 너도 해줄 테니까 기다리고 있어."

꼬리가 희미하게 떨리는 것은 너무 기쁜 나머지 꼬리를 흔들고 싶은 것은 필사적으로 참고 있기 때문이리라.

몇 분 만에 빗질이 끝나자, 에밀리아는 행복한 표정으로 자신의 꼬리를 쓰다듬었다.

"행복해요……."

"형님, 다음은 나야!"

이대로 하늘에 승천할 것 같은 에밀리아의 다음은 레우스 차례였다.

레우스가 누나와 똑같은 표정을 지으며 내 옆에 앉자, 나는 그가 준 빗으로 약간 거친 듯한 꼬리를 빗어줬다.

"오오…… 오오!"

부드럽게 빗는 방법을 좋아하는 에밀리아와 달리, 레우스는 약간 거칠게 빗는 것을 좋아한다. 그리고 남매가 다른 빗을 사용하며, 전용 빗 이외의 다른 빗으로 빗어주면 약간 기분 나빠

하기도 했다. 좋아하는 빗의 살 부분의 두께와 강도가 다른 것 같았다.

약간 성가시기는 하지만, 이렇게 기뻐하는 표정을 볼 수 있으니 이 정도 수고는 얼마든지 들일 수 있다.

그리고 레우스의 털을 빗어주고 테이블 앞에 앉자, 리스는 진지한 표정으로 나를 쳐다보았다.

남매의 털을 빗어주는 동안에는 따뜻한 미소를 머금고 있었는데, 지금은 뭔가를 결의한 듯한 눈빛을 띠고 있었다.

"흠……. 아무래도 뭔가 할 말이 있나 보네."

"예! 실은 부탁이 있어요. 저를…… 당신의 제자로 삼아주지 않겠어요?"

"……진심이야?"

느닷없이 무슨 소리를 하나 했지만, 표정을 보아하니 농담이 아닌 것 같았다.

"이유를 말해줄래?"

"예. 제가 학교에 입학한 건 제가 원해서가 아니라 아버님의 뜻이었어요. 그러니 목표도 없죠. 그저 마법을 단련하고, 정령이 보이는 것을 숨기며 살자고…… 생각했어요."

리스는 거기까지 말한 후, 영웅담을 이야기하듯, 동경하는 시선으로 나를 쳐다보았다.

"하지만…… 여러분이 싸우는 모습을 보고 결심했어요. 시리우스 군이 저를 구해준 것처럼, 저도 누군가를 구할 수 있는 존재가 되고 싶다고…… 생각했어요."

"……그래서 내 제자가 되려는 거야?"

"예. 지금 저는 약해요. 정령이 보이지만 제대로 다루지 못하고, 자신 있는 거라고는 회복마법 뿐이죠. 그러니…… 강해지고 싶어요. 여러분의 뒤에 숨는 게 아니라, 어깨를 나란히 할 수 있을 만큼 강해지고 싶어요."

자신의 생각을 밝힌 리스는 나를 똑바로 쳐다보더니, 나와 시선이 마주쳤는데도 고개를 돌리지 않았다.

아마 원래부터 마음속에 품고 있던 생각이 우리를 만나면서 폭발한 것일지도 모른다.

"내 제자가 되면 혹독한 훈련을 받게 돼. 그 훈련은 레우스조차도 우는 소리를 할 만큼 힘들었어."

"윽?! 형님, 너무해!"

"훈련이 얼마나 힘든지는 에밀리아에게 들었어요. 여러분을 따라갈 수 있을지는 모르겠지만, 최선을 다하겠어요. 그러니까…… 부탁이에요!"

어느새 필사적으로 고개를 숙이는 리스의 옆에 남매가 서더니, 애원하는 듯한 시선을 나에게 보내고 있었다.

하아. 자기 일도 아닌데 이렇게 버려진 강아지 같은 눈길로 쳐다보다니……. 정말 리스와 친해진 것 같네.

"정령이 보인다는 걸 악용할지도 모른다고."

"아뇨. 에밀리아와 레우스 군을 보면 알 수 있어요. 시리우스 군은 그런 짓을 하지 않을 거라는 걸요. 게다가…… 설령 이용당하더라도, 그게 나쁜 일은 아니라고 확신할 수 있어요."

뭐, 적어도 나는 본인의 의지에서 벗어나는 짓을 시키지는 않을 것이다.

만난 지 얼마 안 된 나를 너무 신뢰하는 것 같다는 생각이 들지만, 사람을 보는 안목도 내가 가르쳐주면 될 것이다.

무엇보다도, 물의 정령을 다룰 수 있으면 마법을 얼마나 강하게 만들 수 있을까…… 라는 생각을 나는 벌써부터 하고 있었다.

남매가 이렇게 따르기도 하니, 리스는 좋은 친구이자 서로의 실력을 갈고 닦기 위한 라이벌이 되어 주리라.

"알았어. 내 제자가 되는 걸 허락해줄게."

"정말인가요?!"

"그래. 하지만 내 훈련은 정말 힘드니까 각오해둬."

"예! 앞으로 잘 부탁드려요, 시리우스 씨!"

"저기…… 왜 나를 시리우스 씨라고 부르는 거야?"

"제자가 됐으니 제 윗사람이기도 하고, 선생님이라고 부르면 학교 선생님과 헷갈릴 거예요. 그리고 시리우스 님이라고 부르는 것도 좀 아닌 것 같아요."

"평범하게 이야기를 나누고 있지만, 나는 너보다 연하거든? 그러니까 반말을 써도 되는데……."

"저는 가르침을 받는 입장이잖아요. 신경 쓰지 마세요, 시리우스 씨."

으음…… 뭐, 본인이 납득한 것 같으니 괜찮겠지.

이렇게 내 제자가 한 명 늘어나게 되었다.

이름은 페어리스.

통칭 리스이며, 물의 정령이 보이는 상냥한 여자애다.

남매와 포옹을 하며 내 제자가 된 것을 기뻐하는 리스를 보면서, 나는 앞으로의 일을 생각했다.

아무튼 정령이 보인다는 것이 주위에 알려질 가능성을 고려해, 최악의 경우 직접 자신의 몸을 지킬 수 있을 수준만큼은 단련시키기로 했다.

우선…… 체력을 단련시켜야겠지. 그 다음에는 그녀의 의견과 적성에 맞춰 훈련을 변경해 나가야겠다.

남매와는 종족을 비롯해 전부 다르니까, 리스 전용의 훈련 메뉴를 짜야겠다.

쉽지는 않겠지만…… 그런 생각을 하는 것도 꽤나 즐거웠다.

여담이지만…… 에밀리아는 기숙사로 돌아가기 전까지 계속 자신의 꼬리를 쓰다듬고 있었다.

이 꼬리는 이제 씻지 않을 거라는 소리도 할 것 같았기에, 내가 농담하듯 이렇게 말했더니…….

"나중에 목욕하면서 깨끗하게 씻어."

"너, 너무해요!"

"잠깐…… 당연한 소리를 했을 뿐이잖아."

"하지만 이 여운을 잊고 싶지…… 아, 맞아요! 같이 욕실에 들어가서 시리우스 님에게 씻겨달라고 하면……."

"안 돼!"

에밀리아…… 너는 대체 뭐가 되려고 이러니?

《에필로그》

리스가 내 제자를 되고 며칠 후 그녀는 오늘도 우리와 함께 다이아장 주위를 돌고 있었다.

"그래. 바로 그거야. 호흡은 일정하게 하려고 계속 유념해. 그리고 무리를 하면 오히려 힘들어질 거야."

"하아…… 하아…… 예!"

언뜻 보기에는 평범한 여자애지만, 리스는 동년배 여자애보다 체력이 셌다.

본인의 말에 따르면, 고향에서는 전직 모험가였던 어머니와 함께 사냥이나 채취를 하며 산을 뛰어다녔기 때문이라고 한다. 얌전해 보이는 외모와 달리 마음이 굳세며, 내가 만든 생전 처음 보는 음식을 주저 없이 먹는 것도 그래서이리라.

하지만 어디까지나 약간 센 편일뿐이기에, 여차할 때는 좀 불안했다.

그렇기 때문에 남매를 처음 데려왔을 때와 마찬가지로 달리기를 통해 체력을 단련시키고 있는 것이다.

물론 기초체력이 강한 은랑족 남매와 달리, 리스는 체력이 부족한 인간족이기 때문에 훈련양은 어느 정도 조절하고 있다.

"한 바퀴만 더 돌고 끝내자. 라스트 스퍼트!"

"힘내! 리스!"

"파이팅, 리스 누나! 힘들겠지만, 이거 끝내고 먹는 밥은 정말 맛있어!"

"하아…… 응!"

이미 이 정도 달리기에 익숙한 남매는 몸에 무게추를 달고 달렸지만, 이미 훈련을 끝내고 리스와 나란히 뛰며 응원을 하고 있었다.

"이제…… 조금만…… 으윽?!"

하지만 지친 탓에 자기 발에 걸린 리스는 골인 직전에 넘어지고 말았다.

그런 리스가 걱정된 남매가 뛰어와서 부축해주려 했지만, 나는 그들을 말렸다. 그리고 한쪽 무릎을 꿇은 후, 그녀의 얼굴을 들여다보았다.

"리스. 혼자서 일어설 수 있겠어?"

"하아……. 예……!"

"그래? 서두를 필요는 없으니까 천천히 일어나. 그리고 자신의 발로……."

"예. 끝까지…… 뛸게요……."

리스는 비틀거리면서 몸을 일으키더니, 끝까지 자신의 발로 뛰었다. 그녀는 한계를 넘어섰는지 다리가 풀렸지만, 수건을 펼친 에밀리아가 그녀를 부축했다.

"리스, 수고했어."

"응…… 나…… 힘냈……어……."

훈련을 끝낸 리스는 만족스럽다는 듯한 미소를 지으며 기뻐했고, 남매 또한 자기 일처럼 기뻐했다.

그건 그렇고…… 리스는 좋은 의미에서 예상외네.

나는 리스를 세자로 삼은 다음 날, 남매 때와 마찬가지로 리스를 한계에 도달할 때까지 뛰게 해서 그녀의 체력을 파악했다.

그리고 리스를 위한 훈련 계획을 짰는데, 처음에는 좀 혹독하게 짠 후 나중에 리스에게 맞춰 조정하려 했다. 혹독하게 한 것은 리스의 각오를 보기 위해서였다. 한때의 감정에 휘둘려 내 제자가 된 것은 아닐까, 리스의 강해지려는 마음이 어느 정도인지 알고 싶었던 것이다.

너무 혹독하면 훈련양을 줄일 생각이지만, 도중에 포기하며 무리라고 말한다면 관두게 할 생각도 했다. 하지만 리스는 땀범벅이 되어가면서도, 몇 번이나 쓰러지면서도, 결국 포기하지 않았다.

남매가 격려를 해준 덕분이기도 하겠지만, 리스는 그 정도로 변하고 싶은 것일지도 모른다. 겉모습과 달리, 리스는 남매에게 뒤지지 않을 정도의 근성을 지닌 여자애다.

피곤해서 움직이지 못하는 리스의 머리에 손을 대고 '스캔'을 해보니…… 피로 이외의 딱히 이상한 점은 없었다.

나중에 재생활성을 해준 후, 충분히 쉬게 해주면 되리라.

"좋아, 아침 훈련은 이걸로 끝이야. 식사 준비가 끝날 때까지 리스는 천천히 쉬고 있어."

"예…… 배…… 고파요……."

"나도 배고파!"

"우선 수분 보충을 한 후, 옷을 갈아입도록 하죠."

그 후, 리스는 다이아장의 빈방에서 옷을 갈아입었다. 그리고 그녀가 재생활성을 받으며 잠시 눈을 부치는 사이, 아침 식사 준비를 했다.

식사 준비가 끝났을 즈음, 리스를 깨웠다. 그리고 다 같이 식탁에 둘러앉아 합장을 한 후, 식사를 시작했다.

"맛있어! 형님의 달걀말이는 정말 최고야!"

"자아, 시리우스 님의 몫을 따로 뒀어요."

"고마워. 리스. 식사를 못하겠으면 하다못해 수프만이라도……아, 괜찮은 것 같네."

"우물우물…… 더 주세요."

리스는 한숨 자기는 했지만 여전히 피로가 남아있었다. 음식을 더 달라고 하는 리스를 보니, 남매와 마찬가지로 튼튼한 위장을 소유한 것 같았다.

내 제자들은 하나같이 많이 먹기 때문에 아침 식사를 8인분이나 준비했지만, 세 사람 다 엄청난 속도로 먹어댔기에 벌써 음식이 바닥나려 하고 있었다.

"맛있어……. 얼마든지 먹을 수 있을 것 같아……."

몇 번이나 봤지만, 리스는 정말 식사를 맛있게 했다.

또한 그녀는 레우스에게 버금 갈 만큼 많이 먹지만, 귀족답게 우아하게 식사를 했다. 입을 크게 벌리며 먹지도 않았다.

리스는 수프를 두 그릇이나 먹어치운 후에도 아직 부족하다는 듯이 나를 쳐다보았다.

"저기……."

"더 먹을래? 부끄러워할 필요 없으니까 얼마든지 먹어."

"그래요, 리스. 곱빼기로 드릴까요?"

"……응!"

"나도 더 줘!"

식사량이 상당하지만, 우리는 성장기인데다 먹는 것 이상으로 운동을 해서 에너지를 소모하고 있으니 살찔 염려가 없다.

잔뜩 먹으면서 성장한 남매도 군살은 거의 없으니까 말이다.

학교에서 수업을 받고 다이아장에 돌아온 우리는 또 훈련을 시작했다.

근처에서 남매가 평소 하던 훈련을 하는 가운데, 가볍게 달리기를 한 나와 리스는 함께 마법 훈련을 시작했다.

"몇 번이나 말했지만, 중요한 건 이미지야. 학교에서 가르치는 것과 다를지도 모르지만, 실제로 우리는 이미지를 통해 마법을 쓸 수 있게 되었어."

"여러분을 보니 이해가 되기는 하지만, 그래도…… 역시 어려워요."

"뭐, 이야기만 듣고 바로 할 수 있다면 아무도 고생하지 않겠지. 그럼 평소 마법을 사용하는 요령으로, 오늘은 물 구슬을 동시에 열 개 정도 만들어볼까?"

"예?! 저는 아직 네 개밖에……."

"할 수 없다고 생각하면 안 돼. 그리고 리스의 곁에는 정령이 있잖아? 정령과 잘 소통하며, 마법의 제어를 맡겨보는 건 어때?"

"정령과…… 해볼게요!"

이미지에 대해서는 얼마든지 가르쳐줄 수 있지만, 정령에 관해서는 피아에게 들은 이야기 말고는 아는 게 없다. 그러니 시행착오를 반복하면서 해볼 수밖에 없다.

마력을 집중시키면서 정령에게 말을 거는 리스를 쳐다보고 있을 때, 각자의 훈련을 마친 남매가 내 곁으로 왔다.

"시리우스 님. 저도 도울게요."

"형님, 훈련 끝났어! 그러니까 나중에 대련을 하자!"

"그래. 리스의 훈련이 끝난 후에 말이야."

"……부탁이야! 아…… 됐어…… 됐어요!"

"이해가 빠르잖아, 리스. 그럼 다음 단계로 넘어가볼까."

"예. 부탁드려요!"

노엘, 디와 헤어지고 약간 쓸쓸했지만, 새로운 만남, 그리고 새로운 제자가 생겼다.

학교생활은 이제 막 시작되었지만, 아직 가르칠 게 남은 남매와 눈앞에서 기뻐하고 있는 리스를 단련시키며, 나는 충실한 하루하루를 보내고 있었다.

——노엘——

저희가 시리우스 님과 헤어지고 벌써 1년이 흘렀습니다.

지금쯤…… 그분은 어떻게 지내고 있을까요?

어쩌면 학교의 귀족들을 전부 무릎 꿇렸을지도 몰라요.

에미는 여전히 시리우스 님에게 찰싹 달라붙어 있을 것 같고, 레우 군도 열심히 검을 휘두르고 있겠죠.

그러고 보니 일전에 받은 편지에, 에미에게 친구가, 그리고 시리우스 님에게 새로운 제자가 생겼다고 적혀 있었어요.

학교에서도 잘 생활하고 있는 것 같으니, 저도 안심이 되어요.

그리고 저희는…….

"언니!"

갑자기 문이 열리더니, 제 여동생 중 한 명인 노키아가 들어온 덕분에 저는 현실로 돌아왔어요.

정말. 오후에 자기 방에서 시리우스 님을 걱정하는, 지적이면서도 우아한 사모님을 연출하고 있었는데…… 노키아 때문에 엉망이 되어버렸군요.

"뭐가 지적이고 우아한 사모님이야! 뱃속에 애가 있다고 너무 늘어진 거 아냐?!"

"응? 디 씨가 쉬고 있으라고 했으니까 괜찮아."

제가 커다란 배를 노키아를 향해 내밀자, 그녀는 어이없다는 표정을 지으며 고개를 절레절레 저었어요.

정말, 임산부는 여러모로 많이 힘드니까, 그렇게 노골적으로 한숨을 쉬지 않아도 되잖아요.

"하아…… 아기가 태어난 후에도 언니가 농땡이를 치지 못하도록 감시해야겠네……."

"괜찮아. 아기가 태어난 후에도 이 언니는 열심히 일할 거니까! 육아와 일, 그리고 디 씨를 떠받치는 멋진 미인 유부녀라고 불리게 될 거야!"

"이런 언니를 디 씨가 받아준 것 자체가 기적이야."

으으…… 그러는 노키아가 디 씨를 동경한다는 건 이 언니도 알고 있다고요.

노키아도 나이를 먹을 만큼 먹었고, 디 씨는 믿음직한 남성이니 저러는 것도 무리는 아닐지도 모르지만, 이 언니는 절대 디 씨를 넘겨주지 않을 거예요!

"……언니, 왜 갑자기 무시무시한 표정을 짓는 거야?"

"아무것도 아니야. 그런데 무슨 일이야?"

"아, 맞다. 개드 씨가 왔으니까 언니도 내려와봐."

"정말? 이번에는 빨리 왔네."

"뭔가 중요한 물건을 가지고 왔대. 언니의 주인인 시리우스 님의 편지……."

"그 말부터 먼저 하란 말이야!"

"어, 언니, 그렇게 허둥대다간 아기가…… 앗, 언니?!"

노키아가 뒤편에서 비명에 가까운 고함을 지르고 있지만, 저는 무시하며 방밖으로 뛰쳐나갔어요. 평소에는 잔소리를 해대지만, 실은 언니를 매우 걱정하는 사랑스러운 여동생이에요.

아기에게 부담을 주지 않도록 천천히 밖으로 나가보니, 제 남편인 디 씨가 가르간 상회의 마크가 그려진 마차에 탄 개드 씨와 이야기를 나누고 있었어요.

"왔구나. 배는 괜찮아?"

"괜찮아요, 여보. 부담을 주면 안 된다지만, 그래도 조금은 몸을 움직여줘야 하니까요."

"노엘의 말이 맞아. 너는 너무 걱정이 많다고."

"너는 내 마음을 이해 못할 거야."

"흥! 뭐, 틀린 말은 아니지. 여자조차 없는 내가 알 리가 없다고."

금방이라도 싸움이 벌어질 것 같은 분위기지만, 이 두 사람은 항상 이런 분위기예요. 다툴 정도로 사이가 좋다고나 할까……. 남자는 정말 불가사의한 생물이네요.

"그것보다 편지는요! 시리우스 님에게서 편지가 왔다는 게 사실인가요?"

"그래. 자아, 이게 노엘에게 보내는 편지야."

편지를 뜯어보니, 안에서 종이 세 장이 나왔어요.

깨끗한 글씨로 쓴 편지가 시리우스 님의 것이고, 깨끗하면서도 귀여운 글씨가 에미, 그리고 약간 글씨가 서툴지만 편지지에 가득 찰 만큼 많은 글이 쓰여 있는 게 레우 군의 편지예요.

편지에서도 개성이 느껴져서 재미있네요. 나중에 천천히 읽어 야겠어요.

"그리고 디에게 줄 건 이거야. 너한테는 편지뿐만 아니라 짐을 보냈어."

개드 씨는 그렇게 말하더니, 마차 안에서 나무 상자를 꺼냈어요.

저건, 설마……?!

"편지를 훑어 봤는데, 나에게 새로운 요리 레시피를 가르쳐주셨어. 이건 그 요리의 재료지."

"역시 시리우스 님이세요! 이번에는 대체 어떤 요리를 개발하셨을까요……."

"새로운 요리라. 어이, 나도 맛 좀 보자."

"좋아. 그 상자를 안으로 옮겨줘."

"그 정도야 식은 죽 먹기지. 지금은 밑 준비를 하는 시간이라 손님이 안 오지? 그러니 정면으로 들어가겠어."

"부탁해."

개드 씨는 상자를 안아들더니, 반 년 전에 연 저희의 가게에 들어갔어요.

가게 이름은…… 에리나 식당이에요.

저와 디 씨의 소중한 사람의 이름을 따오고, 시리우스 님께서 지금 원조를 해주신 덕분에 완성된 저희의 소중한 가게예요.

지금은 밑 준비 시간이라 손님이 없지만, 가게를 여는 시간이 되면 손님들로 가득 차죠. 이 마을의 유명한 가게랍니다. 디 씨의 요리를 먹기 위해 다른 마을에서 일부러 오는 귀족도 있어요.

이렇게까지 가게를 키우는 건 힘들었지만, 지금은 저희도, 시리우스 님과 마찬가지로 순조롭답니다.

식당 안의 테이블에 나무 상자를 내려놓은 후, 개드 씨가 뚜껑을 열자 저희 가족이 모여들었어요. 이 가게에서 일하는 세 여동생과 디 씨의 제자인 제 남동생은 안에 든 내용물이 모습을 드러내는 순간을 고대하고 있어요.

"……그럼, 열 테니, 확인을 부탁해."

"응."

디 씨는 편지를 한손에 든 채 나무 상자의 내용물을 테이블에 펼쳐놓았어요.

안에는 다양한 색깔을 지닌 가루가 들어있는 용기가 잔뜩 있었어요. 그 외에는 흰색을 띤 길쭉한 열매…… 같은 게 들어 있었죠.

"디 씨. 이게 대체 뭐죠?"

노키아가 질문을 하자, 디 씨는 편지를 내려놓더니 흰색이 길쭉한 열매가 든 용기를 자신의 손바닥 위에 올려놓았다.

"이건 쌀……이라고 하는 것 같아. 물을 넣고 지으면 맛있어지는 것 같군."

"그럼 이 녹색과 노란색 가루는 뭐야?"

"이걸 전부 조합하면 스파이스가 되는 것 같아. 배합비율도 적혀 있으니까 일단 만들어보기로 할까."

"흐음, 대체 어떤 요리가…… 어, 이게 뭐지?"

옆에서 편지를 쳐다보던 개드 씨는 이상하다는 듯이 고개를 갸웃거렸다.

"이 묘한 글자는 뭐야? 너, 읽을 수 있어?"

"당연하지. 이건 시리우스 님이 가르쳐주신 일본어라는 글자야."

"이걸로 쓰면 다른 사람에게 레시피를 들키지 않아요. 알 수 있는 사람은 일본어를 배운 저희뿐이니까요."

"흐음…… 그 나이에 이런 것까지 생각하다니 말이야. 그 나리는 정말 상상을 초월하는 인물인걸."

현재 가르간 상회는 시리우스 님이 개발한 보존식량이 대박을 치는 바람에 엄청 돈을 벌어들이고 있는 것 같아요. 게다가 시리우스 님 덕분에 방해꾼도 해치웠기에, 그분이 있는 방향으로는 발을 뻗고 잘 수가 없대요.

후후후…… 개드 씨도 시리우스 님이 얼마나 대단한 사람인지 눈치채서 다행이에요. 시종으로서 정말 자랑스럽다니까요.

"흠…… 고기의 종류에 따라 배합 비율이 달라지는 것 같군. 그리고 보니 닭고기가 남아있으니, 이 두 개의 스파이스를 좀 많이……."

스파이스가 들어있는 용기를 번갈아 쳐다보던 디 씨는 요리사다운 눈빛을 띠고 있어요.

아아…… 여전히 멋지다니까요. 상냥한 점도 좋지만, 요리사다운 표정을 짓고 있는 당신도 정말 멋져요.

그러니까 노키아. 그런 눈빛으로 디 씨를 쳐다보더라도 절대 안 넘겨줄 거예요.

"좋아……. 다 됐어. 아라드. 준비해."

"예."

아라드는 저보다 세 살 적은 남동생이에요.

요리사인 디 씨를 동경해서, 지금은 제자가 되어 매일같이 요리를 배우고 있죠.

주방에 들어가는 디 씨와 아라드를 쳐다본 후, 저는 편지를 읽으면서 요리가 완성될 때까지 기다리고 있었는데…….

"이렇게 많은 가루를 써서 요리를 만들 수 있는 거야? 맛이 뒤죽박죽이 될 것 같아."

아무래도 편지나 읽고 있을 때가 아닌 것 같아요.

노키아에게 시리우스 님의 위대함을 알려줘야 해요!

"노키아! 시리우스 님이 그딴 실수를 하실 리가 없어. 그분이 보내준 거니까 분명 끝내주게 맛있는 요리가 될 거야."

"시리우스 님이 대단하다는 이야기는 들었어. 그런데 그 사람은 대체 몇 살이야?"

"으음, 이제 곧 열두 살이 되실 거야."

"영 미덥지 않네~."

만난 적이 없으니 저렇게 생각하는 것도 무리는 아니지만, 역시 믿어주지 않는군요.

이렇게 되면 디 씨의 요리에 걸 수밖에 없어요.

저는 기대에 부푼 채 편지를 읽으면서 요리가 완성될 때까지 기다렸어요.

잠시 후, 주방에서 향긋한 향기가 흘러나왔어요.

마치…… 배를 고프게 만드는 향기라고 할까요. 저는 무심코 마른 침을 삼켰어요.

제 동생들도 마찬가지인지, 주방을 쳐다보고 있었죠.

"……다 됐어."

"완성했어!"

그리고 드디어 요리가 완성됐어요.

디 씨는 빨간 수프가 든 커다란 냄비를 들고 있었고, 아라드는 흰색 알갱이가 잔뜩 들어있는 냄비를 들고 있었어요. 왜 냄비가 두 개인 걸까요?

제가 그런 의문을 느끼고 있을 때, 디 씨는 냄비를 테이블에 나란히 놓았어요. 그리고 저희가 모여들자, 요리를 설명하기 시작했어요.

"이 새하얀 쌀에 이 붉은색 수프를 끼얹어서 먹는 것 같아. 카레라이스라는 요리라는군."

"같이 먹는 요리였군요. 그런데 이 흰색 요리는 물기가 많은 것 같은데요?"

약간 끈적끈적한 느낌의 처음 보는 요리예요. 진짜로 맛있을지 의문이 들었지만, 시리우스 님의 요리는 겉보기에는 이상해도 대부분 맛있으니 괜찮을 거예요.

분명 이번에도 끝내주는 요리일 거예요.

"원래 쌀을 더욱 불린 후에 만들어야 하는데, 이번에는 물의 양과 불 조절이 완벽하지 않았던 것 같아."

"그래도 맛은 좋아. 이런 요리를 고안하다니, 시리우스 님은 정말 대단한 사람이네!"

아라드는 미리 맛을 봤는지 눈을 반짝이고 있었어요.

후후후…… 그렇죠?! 그렇죠?! 눈앞에 있지도 않은데 사람을 굴복시키는 이 위광! 이게 바로 시리우스 님의 실력이에요!

"나리가 엄청나다는 건 알았으니까 빨리 먹자고. 이 냄새 때문에 배가 고파 죽을 것 같아."

"빨리 나눠줘."

"아라드 오빠!"

"우왓! 알았으니까 진정해!"

다들 눈빛이 날카로워요. 금방이라도 아라드에게 달려들 것만 같네요.

안 돼요. 시리우스 님의 요리는 차분히 기다리며, 엄숙하게 맛봐야 해요.

옛날 같으면 저도 동생들과 같은 행동을 취하겠지만, 지금의 저는 달라요.

접시를 준비한 후, 차분히…… 차분히…….

"아라드! 나도 빨리 줘!"

"좀 기다려, 누나!"

······제 마음속의 야성을 억누를 수가 없네요.

제가 아라드에게 달려들려고 하자, 디 씨는 제 어깨를 두드리며 접시를 내밀었어요.

"노엘은 이걸 먹어. 이 요리는 좀 매우니까, 너를 위해 매운 맛이 덜한 걸 만들었어."

"여보······."

"많이 먹어."

아아, 역시 당신은 최고예요! 사랑해요! 당신과 결혼하기 정말 잘했어요!

"언니?! 서로를 응시하며 뭘 하고 있는 거야?!"

"아, 이럴 때가 아니지. 그럼 잘 먹겠습니다."

"그래."

우리는 스푼을 들고 밥과 수프를 끼얹은 카레라이스를 먹었어요.

그러자 다들 스푼을 입에 문 채 그대로 딱딱하게 굳어버렸어요. 그리고 곧 허둥지둥 물을 마시기 시작했죠. 하지만 다들 만족스러운 표정을 짓고 있었어요.

"이거 맵네! 하지만······ 맛있어!"

"엄청 진하면서 중독될 것 같은 맛이야. 음식 남아 있어?"

"미안. 카레는 있지만 밥이 얼마 없으니 한 사람 당 한 그릇밖에 못 줘. 빵이라도 찍어먹는 게 어때?"

"아라드, 좋은 생각이야. 이걸 빵에 넣어서 튀기는 카레빵이라는 레시피도 있지."

"그것도 맛있을 것 같네. 아무튼 밥이 없으면 빵이라도 부탁해."

어느새 저도 순식간에 다 먹어치웠어요.

디 씨가 말한 것처럼, 매운 맛이 약해서 정말 먹기 좋았어요. 솔직히 말해 더 먹고 싶네요.

"노에, 내 몫도 먹을래? 너와 같은 거니까 먹어도 돼."

"하지만 그러면 여보는……."

"너는 아기를 가졌잖아. 내가 해줄 수 있는 건 이런 것뿐이야."

저희 수인은 인간족과 달리 임신을 하면 많이 먹게 돼요.

이건 강한 아이를 낳으려는 본능이라고 일컬어지죠.

아무튼, 저는 요즘 먹는 양이 늘어서 큰일이에요. 먹어도 먹어도, 영양분이 뱃속의 아기에게 가는 것 같아서, 항상 배가 고파요.

그때마다 디 씨는 영양가가 많은 요리를 만들어주고, 이렇게 자기 몫을 나눠주기도 해요.

"그렇지 않아요. 저는 항상 당신에게 도움을 받고 있으니까요……."

"나도 그래. 네가 있기 때문에 나는 힘을 낼 수 있어."

"여보……."

"노엘……."

"언니!"

아, 디 씨에게 또 반해버리고 말았네요.

노키아의 목소리를 듣고 정신이 들었네요. 하지만 좀 더 그런 기분을 맛보고 싶었는데…….

"개드. 이 식재료 말인데……."

"나만 믿어! 다음 매입 때 잔뜩 구해오지. 그러니까 또 만들어 줘."

"당연하지."

이미 양산화의 단계에 들어갔으며, 개드 씨와 계약 내용을 확인하고 있어요.

옛날 친구라 원래 재료를 싸게 들이기는 했지만, 거래 금액이 예상한 것보다 더 싸서 디 씨가 놀라고 말았어요.

"……너무 싸지 않아? 네 이익이 너무 작아."

"아, 이건 나리의 명령이야. 나리 덕분에 얻은 이익을 너희 쪽으로 돌려 달래."

개드 씨의 설명에 따르면, 시리우스 님이 만드신 그 보존식량 등에 대한 정보의 대가로, 매상담 일부를 시리우스 님에게 보수로서 지불한다고 해요.

기간은 몇 년 동안이지만, 시리우스 님은 그 보수 중 일부로 저희를 지원해주시려는 것 같아요.

저희는 거절하려고 했지만, 개드 씨는 고개를 저으면서 디 씨의 어깨에 손을 얹었어요.

"내가 이런 말을 하는 건 그렇지만, 이 가게를 열고 아직 반 년 밖에 안 됐잖아? 너희에게 여유가 있지는 않을 거야. 그러니 감사히 받아들이는 게 어때? 나리도 너희가 그래주면 기뻐할 거야."

"그……래. 노엘, 편지에……."

"예! 감사하다고 적어둘게요!"

저와 디 씨는 먼 곳에 계신 그분을 향해 고개를 숙였어요.

멀리서도 이렇게 저희를 챙겨주시다니……. 한참 후에나 만날 수 있지만, 빨리 뵙고 싶어요.

"……시리우스 씨는 정말 대단한 사람이네."

"그렇지?! 노키아도 드디어 이해했구나."

"응. ……그래도 만나봐야 제대로 알 수 있을 것 같아."

정말…… 솔직하게 대단하다고 말하면 될 텐데 말이죠.

편지로 시리우스 님에게 물어볼까요? 시리우스 님이 얼마나 대단한지 제 동생이 이해하지 못한다고요. 으음…… 하지만 시리우스 님이라면 아무래도 상관없다고 말씀하실 것 같아요.

아, 맞다. 편지 하니 생각났어요. 카레가 너무 맛있어서 깜빡했는데, 이번 편지에는 중요한 사실이 적혀 있었어요.

"여보, 시리우스 님이 드디어 지어주셨어요!"

"정말이야?!"

저는 아까 요리를 기다리면서 읽은 편지를 디 씨에게 건넸어요.

시리우스 님에게 한 부탁은…… 바로 저희 아이의 이름을 지어달라는 것이었어요.

임신한 후에 보낸 편지에, 저희 아이의 이름을 생각해달라고 했는데, 그건 부모의 권리라며 거절하셨죠.

하지만 거듭 부탁한 끝에 결국 자신의 뜻을 굽힌 시리우스 님이 편지에 자신이 생각한 이름을 적어서 보내주셨어요.

남자애라면…… 딜란.

여자애라면…… 느와르.

"이제…… 네가 태어나기만 하면 돼."

제가 배를 쓰다듬으며 말하자, 디 씨도 제 배를 상냥하게 쓰다듬어줬어요.

"딜란과 느와르……. 좋은 이름이야."

"응. 저도 그렇게 생각해요. 우리, 앞으로도 힘내요, 여보."

"나만 믿어. 너와 이 아이는…… 내가 지키겠어."

후후…… 태어날 아이는 남자애일까요? 여자애일까요?

어느 쪽이든 좋으니, 빨리 태어나렴……. 우리의 보물.

그리고 아빠엄마와 함께 시리우스 님을 모시자꾸나.

——라이오르——

내가 시리우스와 헤어지고, 수십 년 동안 살았던 집을 떠난 후로…… 며칠이 지났다.

내가 살고 있던 숲은 '파멸의 숲'이라 불리는 곳이다. 방향감각이 이상해질 만큼 넓으며, 중급 모험가가 힘을 합쳐 덤벼도 쓰러뜨리지 못할 만큼 위험한 마물이 활보하는 무시무시한 숲이다.

하지만 마물은 내가 검을 한 번 휘두르면 그대로 끝이기에, 나에게 있어서는 그저 넓디넓은 숲에 지나지 않는다.

별다른 문제도 없고, 도중에 덤벼드는 마물을 구워 만든 고기를 씹으면서 걷다보니, 나는 드디어 숲을 빠져나왔다.

그리고 나는 어떤 사실을 깨닫고…… 크게 후회했다.

"하아…… 실수했구나……."

혼자 다니면 혼잣말이 늘기 때문에 조심했지만, 이번만큼은 혼잣말을 참을 기력조차 없었다. 애용하는 검이 평소보다 무겁게 느껴지는 가운데, 나는 길을 따라 걸으면서 그 녀석이 있는 방향을 쳐다보며 한숨을 내쉬었다.

"왜 나는…… 같이 가자고 하지 않았지?"

세계를 둘러보고 싶다고 말했던 시리우스가 학교에 간 것은 자신이 너무 어리기 때문이라고 들었다.

실력은 뛰어나지만 미성년자이기 때문에 모험가 길드에 가입할 수 없고, 어린애이면 귀찮은 일이 늘겠지만, 나라는 보호자가 있으면 문제될 게 없다는 사실을 깨달은 것이다.

물론 거절당할 가능성도 있지만, 말도 해보지 않고 후회하는 것보다 말을 해보고 후회하는 편이 훨씬 낫다.

게다가 그의 성격으로 볼 때, 내 제안에 응해줄 가능성이 컸을지도 모른다.

거기까지 생각이 미치자…… 분통이 터졌다!

"크아아아아——! 정말 후회되는 구나!"

나는 지금까지 검에 모든 것을 바치며 살아왔다.

싸우는 것을 좋아하고, 강한 상대와 싸울 때 행복을 느꼈다.

그건 지금도 마찬가지지만…… 지금은 새로운 즐거움이 세 개나 생겨버렸다.

그중 하나는 시리우스다.

어린애지만 실은 나를 능가하는 괴물이며, 아직 이겨보지 못한 라이벌이자, 절친이다.

지금은 그 녀석과 싸우는 게 내 삶의 보람이며, 그 녀석에게 이기는 게 내 목표다.

역시 목표라는 게 있으니 좋다.

다음은 그 녀석이 데리고 왔던 에밀리아다.

시리우스의 제자이자 시종인, 귀여운 은랑족 여자애다.

그 애가 나를 할아버지라고 불러줬을 때는…… 마음이 떨렸다.

나는 검에 모든 것을 바치며 살아왔기 때문에 자식이 없다. 그런 나에게는 자식이나 손자를 아끼는 마음 같은 게 눈곱만큼도 존재하지 않을 줄 알았는데…… 그 때 생겨난 기쁨은 잊을 수가 없다.

시리우스는 그런 나를 손녀 바보라고 불렀지만, 나는 그저 에밀리아가 귀여울 뿐이다. 착각하지 말아줬으면 좋겠다.

그리고 에밀리아의 동생인 꼬맹이…… 이름이 레우스였던가?

나는 내가 인정한 자의 이름만 외우지만, 그 꼬맹이가 지닌 강함을 향한 탐욕은 인정한다. 나와 시리우스에게 몇 번이나 지고도 또 도전하는 정신도 말이다. 동체시력을 타고 났으니, 언젠가는 나를 뛰어넘을 것이다.

뭐…… 본인 앞에서는 절대 이런 말을 안 했지만, 내가 대련 때 실력을 절반 정도라도 발휘하게 한다면 이름을 외워줄 생각이다.

꼬맹이는 시리우스의 제자지만, 내 제자라고 할 수 있을지도 모른다.

아직 어린애지만, 나를 닮은 구석도 있어서, 여러 가지 기술을 가르쳐줬다.

만날 때마다 성장한 게 느껴지는 그 꼬맹이를 단련시키는 것은 즐거웠다.

그런 녀석들과 같이 여행을 할 찬스를, 나는 그냥 놓치고 만 것이다!

지금 생각해보니 정말 아쉽다. 잘 하면 귀여운 에밀리아와 함께 다닐 수 있고, 꼬맹이를 단련시킬 수 있으며, 그 녀석과 언제라도 싸울 수 있는데 말이다.

그 녀석은 에밀리아와 꼬맹이를 데리고 학교에 갔으며…… 나는 혼자서 여행을 하고 있다.

여행을 싫어하는 건 아니지만, 그 녀석이 부러워 죽을 것 같다.

"앗, 할아버지! 위험하니까 피해!"

그런 생각을 하면서 걷고 있을 때였다. 뒤편이 시끌벅적하기에 나는 길옆으로 비켜섰다.

그러자 엄청난 속도로 달리는 마차가 내 옆을 지나가더니, 한동안 나아간 후에 속도를 줄이며 완전히 멈춰 섰다. 아무래도 마차를 끄는 말이 한계에 도달한 것 같았다.

내가 도와줄 이유도 없으니, 그대로 걸어서 마차 옆을 지나가려 할 때였다. 또 뒤편이 시끌벅적했다.

"헤헤, 드디어 멈춰선 거냐."

"성가시게 하기는. 하지만 이제 다 끝났다고."

그 목소리를 듣고 돌아보니, 말에 탄 여러 남자가 떠들어대면서 이쪽으로 향하고 있었다.

흐음…… 저 놈들은 도적인 것 같았다. 하지만 나와는 상관이 없는 일이기에 계속 걷다 보니, 멈춰선 마차 안에서 두 남녀가 튀어나와 내 앞을 막아섰다.

"저, 저기, 모험가 님! 저희를 구해주지 않겠습니까?"

"음…… 나 말이냐?"

"예, 저렇게 커다란 검을 들고 다니시는 걸 보면 고명한 검사시죠?!"

"고명, 이라……."

내 이름이라면 꽤 알려져 있고, 저런 도적은 단숨에 쓸어버릴 수 있다.

하지만…… 솔직히 말해 귀찮다. 강자라면 몰라도, 지금의 나는 저런 졸개와 싸울 마음이 들지 않았다.

필사적으로 나에게 매달리는 두 남녀를 두고 떠날까 했지만…….

"아, 아빠. 우리…… 괜찮은 거야?"

"아, 너는 마차에 숨어 있어! 부탁이에요! 돈이라면 얼마든지 드릴게요!"

"부디, 저희를 구해주세요!"

"방금 그 애는…… 너희의 애인가?"

"예. 하지만 딸은 봐주십시오! 저는 행상인이라 돈이라면 얼마든지 있습니다!"

"네 딸을 달라는 게 아니다! 어쩔 수 없지…… 너희는 마차에 숨어 있어라."

마차에서 얼굴을 내민 여자애가 문득 에밀리아와 겹쳐 보였다.

외모는 전혀 다르고, 나이만 비슷할 뿐이지만…… 눈에 들어온 이상, 그냥 놔둘 수 없었다.

나, 원래 이런 성격이었나?

아니, 나는 시리우스의 손에 죽을 뻔한 이후로 다시 태어났다. 검을 휘두르는 이유는 이런 거라도 상관없겠지.

"아앙? 뭐야? ……덩치가 엄청 큰 늙은이네."

"어이, 영감탱이. 우리는 저기 있는 마차에 볼일이 있거든? 돈 될 만한 건 내려두고 빨리 꺼져."

"그렇게 커다란 검을 휘두를 수나 있는 거야? 좀 자기 분수에 맞는 무기를 들고 다니라고."

내가 막아서자, 도적들은 나를 비웃었다.

나를 약자 취급하다니, 위기관리 능력이 부족한 놈들이구나.

도적의 질이 예전에 비해 떨어진 걸까? 강자의 구별하는 것은 도적의 필수 능력일 텐데 말이다.

"시끄럽구나! 헛소리 작작하고 빨리 덤벼라!"

일단 견제 삼아 내가 기합을 내뿜자, 도적들은 그 자리에서 주춤했다.

뭐야? 설마 내가 고함을 질렀을 뿐인데, 겁먹은 거냐?

대체 얼마나 질이 떨어진 건지 모르겠군.

"이, 이 자식! 우, 우리는 세 명이나 된다고! 기어오르지 말란 말이야!"

겨우 정신을 차린 듯한 한 명이 말을 몰면서 나를 향해 검을 휘둘렀다.

덤비는 건 좋지만…… 검을 휘두르는 속도가 너무 느리군.

"하앗!"

나는 그 도적을 향해 애검을 한 손으로 휘둘렀다.

그러자 도적은 말과 함께 두 동강이 나더니, 둘로 나눠진 채 내 뒤편에서 쓰러졌다.

"……아니?!"

"말이…… 어? 방금…… 뭐가 어떻게 된 거야…….”

나는 애검에 묻은 피를 털어내기 위해 검을 휘두르면서 생각했다.

역시 그 녀석과 싸우며 팔이 한 번 잘려나갔던 탓인지 감각이 둔하군.

"뭐냐. 이걸로 끝이냐?"

"제, 젠장! 포위해! 저렇게 큰 검을 뜻대로 휘두르지는…….”

"느리구나, 이 얼간이들아!"

나는 지껄여대고 있는 도적에게 접근한 후, 이번에는 말이 아니라 도적의 머리를 향해 검을 휘둘렀다. 애검은 상대의 머리를 과일처럼 박살냈고, 나는 남은 녀석은 노려봤지만…….

"히, 히이이익——?!"

부리나케 도망치는 군. 쫓아가는 것도 귀찮았기에 도망친 녀석은 그냥 내버려두기로 했다.

그리고 애검을 다시 등에 매자, 마차에 숨어있던 상인이 다가와서 고개를 숙였다.

"오오…… 순식간에 두 명이나 쓰러뜨리다니, 정말 엄청난 실력을 지니셨군요!"

"이 정도는 아무것도 아니다. 그런데 너희의 말은 괜찮은 거냐?"

"아직 숨은 붙어 있지만, 무리를 한 탓에 한동안은 휴식을 취해야 할 것 같습니다……."

"한동안……."

내 감에 따르면 도적들의 소굴은 근처에 있는 것 같고, 방금 녀석들은 단순한 졸개일지도 모른다.

"아마 도망친 녀석이 동료들을 데리고 보복을 하러 오겠지. 마차를 버리고 서둘러 이곳을 벗어나는 게 좋을 거다."

"예?! 마차와 상품을 잃으면, 저희는 어떻게 먹고 살……."

"목숨과 상품, 둘 중 뭐가 더 중요한 지 잘 생각을 해보고 결정해라. 그럼 잘 있어라."

"저기, 답례는……."

"필요 없다."

내가 멋대로 한 일이니, 보수를 받을 수 없다.

도적이 보복하러 올 거라는 것은 어디까지나 내 생각이며, 그 전에 말이 회복된다면 문제는 없으리라.

그러니 이제 그만 떠나자고 생각하며 나는 뒤돌아섰지만…….

"저기, 엄마. 저 할아버지가 우리를 구해준 거지?"

"응. 정말 강한 분이구나. 하지만 네가 밖을 보는 건 좀……."

아까 그 애가 어머니와 함께 서 있는 모습을 보고 말았다.

흐음…… 역시 에밀리아는 전혀 닮지 않았다. 하지만 이대로 두고 가는 건 마음에 좀 걸렸다.

"어이, 상인."

"예! 왜, 왜 그러시죠?"

"제안을 하나 할까 한다만……."

그 후 어느 정도 시간이 흐르자 하늘이 서서히 붉은색으로 물들기 시작했다.

곧 있으면 하늘은 완전히 어둠에 뒤덮이겠지만, 나와 상인 일가는 마차를 길옆으로 옮긴 후, 쉬고 있었다. 아니, 상인 일가는 도적의 습격을 두려워하고 있었기에 쉬고 있었던 사람은 나뿐일지도 모른다.

"진짜로 올까요?"

"오지 않으면 그 편이 더 좋겠지. 뭐, 온다 해도 문제될 게 없지만 말이다."

내가 여기에 머물고 있는 것은, 말이 회복될 때까지 지켜주기로 마음먹었기 때문이다.

내일이 되면 말도 회복될 것이다.

상인 남성에게서 차가 든 컵을 넘겨받은 후, 나는 도적이 도망친 방향을 쳐다보았다.

"그런데 너도 꽤 간이 크구나. 내가 이런 말을 하는 것도 좀 그렇지만, 나 같이 수상한 늙은이를 믿으니 말이다."

"상품을 지키다 목숨을 잃든, 짐을 버리고 도망쳐서 거지가 되든 그게 그겁니다. 당신의 실력은 아까 봤으니, 가능성이 높은 쪽을 골랐을 뿐이죠."

"그런가. 그런데 나는 속세를 꽤 떠나 있어서 바깥 세계가 어떻게 돌아가고 있는지 모르거든. 괜찮다면 좀 가르쳐줬으면 하는데 말이야."

"예. 제가 아는 한도 내에서 알려드리겠습니다."

오랫동안 숲에 은거하고 있었고, 이제부터는 여행을 계속할 거니, 정보 수집을 할 필요가 있었다.

"나는 강해지기 위해 여행을 하고 있는데, 이 근처에 강한 상대는 없느냐?"

"이, 이 나이에 말인가요?! 아…… 죄, 죄송합니다. 하지만 저는 당신보다 강한 사람을 본 적이 없어요. 이렇게 강하시면서 더 강해지려고 하시는 건가요?"

"당연하지. 나보다 강한 녀석이 한 명 있거든. 그 녀석을 완전히 쓰러뜨리기 위해 나는 강해져야만 해."

"강자를 찾으시다면 투기장에 가보는 게 어때요?"

나와 상인의 대화를 들은 소녀가 끼어들었다.

소녀가 느닷없이 끼어든 탓에 내가 기분이 상했을 거라고 생각한 상인은 허둥지둥 소녀를 멀찍이 떼어놓으려 했다. 하지만 나는 그런 상인을 말리면서 소녀에게 이야기를 들려달라고 부탁했다.

"이 대륙에서 가장 활기찬 곳인데, 강한 사람도 잔뜩 있다고 들었어."

"그러냐……. 그 투기장이라는 건 어디에…… 아, 역시 왔구나."

투기장이 어느 방향에 있는지 물어보려고 한 순간, 도적으로 여겨지는 기척이 다가오는 게 느껴졌다.

나는 자리에서 일어난 후, 소녀의 머리에 손을 얹었다.

"미안하지만 해야 할 일이 생겼구나. 나중에 자세하게 이야기 해주겠느냐?"

"으, 응…… 알았어."

"설마 도적입니까?!"

"그런 것 같다."

상인에게 숨으라고 말한 후 마차를 등지고 서서 잠시 기다리 자, 말에 탄 남자들이 흙먼지를 일으키며 다가오는 게 보였다.

그리고 그 녀석들은 나에게 다가오더니, 한 남자가 앞으로 나 서면서 나를 손가락으로 가리켰다.

"두목! 이 녀석이에요. 이 녀석이 그 두 명을 죽였어요!"

"평범한 늙은이잖아. 진짜로 이 늙은이가 그들을 죽인 거야?"

"저 검을 보세요. 저걸로 말과 함께 그대로 베어버렸어요!"

"확실히 저 검이라면 가능할 것 같군."

두목이라고 불린 남자는 미심쩍은 눈빛을 띠고 있었지만, 내 검을 보고 약간 납득한 것 같았다.

그리고 두목이 뭐라고 중얼거리는 사이, 나는 도적들의 숫자 를 세고 있었는데…….

"맙소사. 이렇게, 많다니…….

"엄마! 아빠!"

"괘, 괜찮아. 분명…… 괜찮을 거야."

"이건 좀 뜻밖인걸."

설마…… 이렇게 적을 줄이야.

적어도 50명은 될 줄 알았는데…… 겨우 30명뿐이었다.

게다가 내 앞에 몰려 있지 말고, 포위하면 될 텐데 말이다. 나를 얕보고 있는 게 분명해 보였다.

"어이, 늙은이! 감히 우리 동료를 죽였겠다!"

"시끄럽다. 남을 해치려 할 때는 거꾸로 자신이 해를 당할 수도 있지. 설마 자신이 일방적으로 착취하는 쪽이라고 생각한 것이냐?"

"시끄러워! 두목, 아직 멀었나요?"

"……내 명에 따라 인형에게 생명을 부여하라…… '록 골렘'."

두목이라 불린 남자가 지면에 손을 대자, 주위의 흙이 솟아오르면서 나도 올려봐야 할 만큼 커다란 골렘이 생겨났다.

흐음. 저 두목은 도적인데도 마법을 쓸 줄 아는 것 같았다.

"호오…… 골렘인가."

"아무리 강한 검을 지녔어도, 이렇게 큰 골렘의 바위로 된 몸을 벨 수는 없을걸? 가라, 골렘!"

뭐야. 내 검이 특수한 거라고 생각하는 것 같구나.

확실히 이상한 기능이 달려 있기는 하지만, 기본적으로 튼튼하고 무겁기만 한 검인데 말이다.

게다가…….

"너무 작아! 좀 더 커다란 골렘을 데려와라!"

내가 젊은 적에 싸웠던, 삼백 살이 넘는 엘프가 만든 골렘은 이것보다 몇 배나 큰데다, 몸도 강철로 되어 있었다.

이런 바위 골렘은 그 녀석에 비하면 종이나 다름없다.

골렘이 휘두른 주먹을 품속에 파고들어서 피한 후 발을 향해 검을 휘두르자, 골렘의 두 발은 간단히 잘려나갔다. 그리고 골렘은 커다란 소리를 내면서 무너졌다.

도적들이 망연자실하는 가운데, 나는 마무리를 짓기 위해 검을 치켜들었다.

"강파일도류…… 강충섬(剛衝閃)!"

검에 담긴 마력, 그리고 검을 휘두를 때 발생하는 충격파로 정면의 적들을 쓸어버리는 기술이다.

그 충격파는 골렘을 산산조각 냈을 뿐만 아니라, 뒤편에 있던 몇몇 도적도 해치운 후 소멸했다.

그건 그렇고…… 바위라고 해도 너무 무르구나. 마치 시리우스가 가지고 온 두부 같다. 아, 그걸 생각하니 두부가 먹고 싶어졌다.

""""…………어?""""

숫자가 스무 명으로 준 도적들은 얼이 나가버렸다.

이 녀석들은 대체 뭐지? 도망치지 않는다면 공격해주지.

"뭐하는 거냐, 이 멍청이들아! 단체로 몰려와서 나 같은 늙은이한테 겁먹은 것이냐!"

또 강충섬을 날리자, 도적의 숫자가 더욱 줄어들었다.

그제야 위험을 감지한 듯한 도적 중 꽤 나이가 많아 보이는 녀석이 나를 손가락으로 가리키며 외쳤다.

"저 대검…… 이 실력…… 틀림없어! 저 할아버지는 도적 살해자 라이오르다! 다들 도망쳐! 이대로 있다간 몰살당할 거야!"

"라이오르?! 맙소사…… 끄아아아아아악?!"

"강검 라이오르라는 소리잖아! 죽은 게…… 아아아앗?!"

오래간만에 반가운 호칭을 들었군.

아직 유명하지 않았던 시절, 나는 강한 상대를 찾아 여행을 했다. 그리고 여행을 하려면 돈이 필요했기 때문에 빈번하게 도적 사냥을 했던 시기가 있었다.

돈이 되는 부위를 남겨둬야 하는 마물과 다르게 힘조절을 할 필요가 없기 때문에, 당시의 나에게 있어 도적은 귀중한 수입원이었다.

그렇게 백 개 넘는 도적단을 괴멸시켰더니, 어느새 '도적 살해자'라는 호칭이 붙은 것이다.

대륙의 높으신 녀석들이 도적에 의한 피해가 줄었다고 기뻐하며 나에게 고맙다는 말을 한 적도 있다.

그리고…… 나는 은거했을 뿐이니까, 멋대로 죽이지 말라고.

"도망쳐! 도망쳐엇! 젠장…… 두목은 어떻게 됐어?!"

"아까 그 충격파에 휘말려 기절…… 크어어어억?!"

"그럼 뒤쪽에 있는 녀석들을 인질……."

"멍청아! 그런 게 통할 상대가…… 크으윽!"

"하아아! 사냥당하는 입장이 된 기분이 어떠냐?"

음…… 역시 몸을 움직이니 좋군.

적들의 한가운데에 뛰어들어 애검을 마음껏 휘둘러서 도적들을 베다보니 컨디션이 살아났다.

그중에는 상인을 인질로 잡기 위해 마차에 다가가려고 한 녀석도 있지만, 강충섬을 날려서 저지…… 아니, 해치웠다.

오래간만에 도적 퇴치를 하느라 흥분한 나는 마음껏 날뛰고 말았다.

"흐음…… 이쯤하면 됐겠지."

나는 애검을 등에 메면서 주위를 둘러보았다.

강충섬에 인해 파괴된 지면, 박살이 난 골렘의 파편, 그리고 다양한 형태로 죽어 있는 도적들이 굴러다니는 광경은 마치 전쟁이라도 일어난 것 같았다.

하지만 상인 일가를 지키는 걸 우선하다보니 도적 중 몇 명을 놓치고 말았다. 뭐, 두목은 확보했으니까, 이 녀석을 마을에 끌고 가서 넘기면 다소의 사례금을 받을 수 있을 것이다.

좀 심했다고 생각하며 반성하고 있을 때, 상인이 새파랗게 질린 얼굴로 나에게 말을 걸었다.

"저, 저기…… 정말 감사합니다."

"고마워할 필요 없다. 나는 그저 날뛰고 싶었을 뿐이니까 말이야."

"그래도 인사를 드리고 싶습니다. 좀 지나치다는 생각도 들지만, 저희가 도움을 받은 것은 사실이니까요."

약간 겁을 먹은 것 같기는 하지만 이 처참한 광경을 연출한 나에게 고맙다는 말을 하는 걸 보면 꽤 간이 큰 녀석이군.

"운이 좋았다고 생각해라. 그럼 나는 이제 가볼까."

"잠깐만요. 어디로 가시는 겁니까?"

"아, 맞다. 아까 아가씨가 이야기했던 투기장이라는 곳에 갈 생각인데, 어느 쪽으로 가면 되지?"

"그, 그럼 저희와 함께 가시지 않겠습니까? 도적을 옮기는 걸 도와드릴 수도 있고, 저희도 실은 거기로 향하고 있거든요."

아까지만 해도 얼굴이 새파랗게 질려있던 그는 진지한 얼굴…… 상인다운 얼굴로 나를 쳐다보며 그렇게 말했다.

"호오, 내가 무섭지 않은 것이냐?"

"무, 무서웠던 건 당신의 정체를 몰랐기 때문입니다. 하지만 도적들이 한 말과 당신의 실력을 보고 확신했어요. 당신은…… 강검이라 불리시는 라이오르 님이시죠?"

"부정은 하지 않겠지만, 그게 뭐 어쨌다는 거지? 나는 너 정도는 단숨에 죽여버릴 수 있는 늙은이다."

"그럴 생각이셨다면 진작에 하셨겠죠. 게다가 라이오르 님은 저희를 지키기 위해 싸워주셨으니, 적어도 적은 아니라고 확신했습니다."

합리적인 생각이다.

사실 나도 마차를 얻어 탈 수 있다면 여러모로 편했다. 방금 이 남자가 말한 것처럼 도적을 편하게 옮길 수 있을 테고, 행상 인이라면 요리도 할 줄 알 것이다. 요리를 못하는 나로서는 매우 득이 많은 제안이었다.

"게다가 라이오르 님이 함께 해주신다면 군대에게 보호를 받는 것보다 훨씬 안심이 되겠죠. 그런 타산적인 생각도 했습니다."

"하하하! 꽤 말을 잘하는 군. 하지만 군대보다 안심이 되는 건가. 그 정도까지 높이 평가해줄 줄은 몰랐는걸."

"과대평가는 아니라고 생각합니다. 전설과 만나 영광입니다. 강검 라이오르 님."

그리고 상인은 약간 흥분한 듯한 표정으로 악수를 청했다.

나는 그 손을 움켜쥐면서 생각했다.

나는 이제…… 그 이름으로 불려서는 안 된다고 말했다.

"나는 라이오르가 맞지만, 이제 강검은 아니지. 강검은…… 이미 죽었거든."

그렇다……. 시리우스에게 모든 것을 걸고 덤벼서 진 순간, 나는 이제 강검이 아니게 되었다.

그러니 지금 이 자리에 있는 이는 평범한 늙은이에 지나지 않는다.

"지금의 나는 그저 라이오르에 불과하지. 앞으로도 검 하나로 살아갈 한 남자일 뿐이다."

나는 이제 원점으로 돌아가, 다시 강해질 것이다.

그리고 언젠가, 어른이 된 시리우스와 싸워서…… 이기리라!

그렇다. ……나는 이제 한 명의 도전자다.

"그런데 아가씨. 투기장이 있는 마을에 대해 자세하게……."

"히익?! 어, 엄마~!"

……도망쳤다.

"죄, 죄송합니다. 딸이 방금 싸움을 보고 겁을 먹은 것 같아요……."

"……괜찮다."

에밀리아도 지금의 나를 보면 도망칠까?

만약 그런 일이 벌어진다면…… 나는 절망하고 말지도 모른다.

다시 태어난 김에 자제라는 것을 익힐 필요가 있을지도 모르겠구나…….

학교에 입학하고 한 달이 지났을 즈음, 내 제자이자 시종인 남매는 반의 중심적인 존재가 되었다.

에밀리아는 주위의 시선을 한 몸에 모을 만큼 빼어난 미모를 지닌 데다, 어머니에게 시종 교육을 받으면서 익힌 정중한 태도와 기품 덕분에 남녀불문하고 인기가 있었다. 그리고 레우스는 부하가 생겼으며, 솔직하고 구김 없는 미소와 순진무구한 성격 때문에 클래스메이트들이 편하게 대할 수 있었다.

한편…… 나에게 말을 거는 클래스메이트는 솔직히 말해 적었다.

미움을 받는 것은 아니지만, 역시 내가 무속성이라 그런지 거리를 두는 것 같았다.

하지만 마크만은 속성이나 신분 같은 것을 개의치 않으면서 나에게 말을 걸어줬다.

처음 만난 것은 에밀리아 때문이었지만, 현재 나와 마크는 절친이라고 할 수 있는 사이가 되었다.

어느 날, 방과 후…… 나와 마크는 학교의 훈련장에서 마법 연습을 하고 있었다. 참고로 남매는 근처에서 개인 훈련을 하고 있으며, 리스는 본가에서 연락이 온지라 일찍 돌아갔다.

방과 후인데도 왜 이곳에 있는지 설명하자면, 마크가 요즘 들어 마법이 늘지 않는다는 고민을 나에게 털어놨기에 내가 이 세상에서 발견한 마법이론을 가르쳐주기로 마음먹었기 때문이다.

하지만 내 마법은 실물이 있다는 착각이 들 정도의 강한 이미지가 중요했다. 그리고 자신의 한계를 넘어서기 위해, 그리고 지금까지 익힌 선입관을 떨쳐내기 위해 지금까지 매운 마법과 지식을 잊으라는 이야기이기도 했다.

즉, 책과 수업을 통해 배운 가르침을 부정하는 것이기 때문에 보통은 이런 이야기를 들으면 당혹스러워하거나 웃음을 터뜨릴 것이다. 하지만 마크는 미소를 지으며 고개를 끄덕였다.

"……그래. 그런 생각도 있군."

"설명해놓고 이런 말을 하는 것도 좀 그렇지만, 이렇게 간단히 납득해도 괜찮은 거야?"

"확실히 시리우스 군의 이론은 이질적이지만, 네 가르침을 받은 저 두 사람이 결과를 증명하고 있잖아? 시험해볼 가치는 충분히 있어."

기존의 생각에 사로잡혀, 머릿속이 굳어버린 녀석들과 말다툼을 하는 게 싫을 뿐, 나는 딱히 이 이론을 숨길 생각이 없다. 그래서 이해할 수 있을 만한 상대에게는 얼마든지 가르쳐줄 수 있다.

그리고 유연한 사고방식을 지녔으며, 강해지기를 원하는 마크라면 내 가르침을 이해하고, 남매처럼 마법을 자유자재로 사용할 수 있게 될지도 모른다.

실력이 늘지 않는 것 때문에 고민하고 있었던 탓인지, 마크는 바로 내 가르침을 시험해봤다.

"머릿속에 완성된 마법을 떠올리는 거야. 지금까지 마크가 썼던 '플레임 랜스'를 뛰어넘을 정도로 커다란 화염 창을 만들어내는 자신을 이미지하는 거지."

"불꽃을 크게 만들기만 해서는 드로 전에서 알스트로 님이 보여줬던 것과 큰 차이가 없을 것 같은데?"

"그건 분노에 몸을 맡긴 채 마력을 쏟아 부었기 때문에 그렇게 된 거야. 게다가 사람은 무의식적으로 자신의 한계점을 정하려 하는 버릇이 있어. 으음…… 자신은 절대 무리라고 생각하는 사람의 마법을 쓰고 싶다, 쓸 수 있다고 생각하는 것부터 시작해볼까?"

"자신은 절대 무리인 마법……."

그대로 잠시 동안 마법 연습을 지켜봐주며 실수를 지적한 사이, 마을에 설치된 종소리가 저녁 시간이 되었다는 것을 알렸다.

"……시간이 이렇게 됐네. 시리우스 군, 내가 부탁해놓고 이런 말을 해서 미안하지만, 나는 슬슬 돌아가 봐야만 해."

"아, 신경 쓸 필요 없어. 그러고 보니 마크는 학교 기숙사가 아니라 본가에서 생활하지?"

"그래. 아버님에게 배울 게 많거든. 기숙사 생활도 매력적이지만, 아버님에게 받는 교육도 중요해."

자세한 이야기를 들어보니, 낮에는 학교에서 수업을 받고, 남는 시간에 공부 및 마법 훈련을 한다고 한다. 그리고 집에 돌아가면 아버지에게서 제왕학을 배우는 것 같았다.

젊다고는 해도, 과로로 쓰러지지 않으면 좋겠는데…….

"몸 상태가 나빠지면 주저하지 말고 말해."

"하하하. 걱정해주는 건 고맙지만, 몸 관리는 잘 하고 있는 편이니 안심해도 돼."

"그럼 괜찮지만 말이야. 그럼 남은 건 내일……은 무리군."

학교에는 한 달에 몇 번, 휴교일이라 불리는 휴일이 존재한다.

이때는 청소 및 점검 때문에 학교 시설을 이용할 수 없기에, 이 훈련장도 이용할 수 없다. 내일이 휴교일이니 모레 훈련을 계속해야겠다고 생각하고 있을 때, 마크가 좋은 생각이 났다는 것처럼 손뼉을 쳤다.

"그래! 시리우스 군, 내일 혹시 약속이라도 있어?"

"……딱히 없어. 평소처럼 훈련을 하고, 마을이나 산책할 생각이야."

"그럼 내일 우리 집에 초대할 테니, 우리 집에서 오늘 못 다한 훈련을 하지 않겠어?"

마크의 가문인 호르티아 가에는 거대한 훈련장이 있다고 한다.

그곳이라면 훈련을 할 수 있겠지만…… 마크의 본가라.

잘 모르는 귀족의 집이라면 전력을 다해 사양하겠지만, 빌 선생님에게서 들은 이야기에 따르면 호르티아 가문은 신뢰해도 되는 귀족이라고 한다.

게다가 예절을 중시하며, 내 절친인 마크 또한 신뢰할 수 있는 남자다. 그렇기에 경계심보다 흥미를 강하게 느낀 나는 마크의 제안을 받아들이기로 했다.

"그럼…… 실례하도록 할까?"

"그래. 사양하지 말고 와. 물론 네 시종인 두 사람 뿐만 아니라 리스 양도 데리고 와도 돼."

"고마워. 두고 갔다간 난리법석을 떨 것 같고, 설득하는 것도 귀찮거든."

만약 그런 사태가 벌어졌다면 남매는 주인에게 버림받은 강아지 같은 눈빛을 머금을 테고, 리스 또한 내 양심을 마구 자극하는 눈빛을 띨 것이다.

마크는 내 대답을 듣더니 뭔가를 떠올린 듯한 표정을 지으며 만족스럽다는 듯이 고개를 끄덕였다.

"내일 오전에는 볼일이 있으니, 정오 즈음에 시리우스 군이 있는 다이아장으로 마차를 보낼게."

"아…… 우리는 평민이잖아. 마차를 타는 편이 오히려 부담스러우니까 걸어서 갈게."

"나는 신경 쓰지 않지만, 네 생각이 그렇다면 존중할게. 그럼 우리 집의 고용인과 문지기에게 이야기를 해두겠어."

이렇게 우리는 마크의 본가인 호르티아 가에 초대를 받았다.

다음 날…….

"여기가 마크의 집이구나……."

"호르티아 가는 엘리시온에서도 손꼽히는 귀족이라고 들었지만……."

"엄청 큰 집이네. 우리가 살던 저택이 몇 개나 들어갈 것 같아."

"하지만 다른 귀족의 저택에 비하면 작은 편이야. 남들 이목 때문에, 이 저택보다 더 화려하게 꾸며놓은 곳도 있어."

엘리시온에는 귀족이 사는 저택만이 모여 있는 구역이 있으며, 마크의 저택도 그곳에 있었다.

초대를 받기는 했지만, 거대한 저택과 넓은 토지, 그리고 입구에 서 있는 무대를 휴대한 문지기를 보며 마크가 귀족이라는 걸 다시 실감했다.

마크가 미리 이야기를 해두겠다고 했기에, 우리는 문 앞에서 날카로운 눈길로 우리를 쳐다보고 있는 문지기들에게 당당하게 말을 걸었다.

"저기, 이곳이 호르티아 가문의 저택이 맞습니까?"

"그래. 그런데 너희는 누구지?"

"저는 시리우스라고 해요. 실은 마크 님에게 초대를 받고 왔습니다만……."

"시리우스……. 흠, 은랑족을 두 명 데리고 온 소년…… 보고 대로군. 들어가라."

그리고 바로 문을 통과했다.

너무 간단히 통과를 허락했기에, 신체검사라도 해야 하는 것 아니냐고 물어봤지만, 문지기는 웃음을 흘리면서 대답했다.

"이 근처에서 은랑족은 거의 볼 수 없거든. 게다가 무기를 지닌 애들 몇 명 들여보냈다고 해서 이 저택에 문제가 발생할 리가 없지."

"그 만큼 자신이 있다……는 건가요?"

"호르티아 가문의 현 당주님의 의향에 따라, 저택의 고용인 전원이 중급 모험가급의 실력을 지니고 있거든. 허튼 짓을 해서 우리를 적으로 돌리지 않게 조심해."

마크만 보고는 상상도 되지 않았지만, 아무래도 호르티아 가문은 상당한 무투파인 것 같았다. 문지기의 말대로 여러모로 조심하는 편이 좋을 것 같았다.

"형님. 이 저택에는 세 보이는 사람이 많은 것 같아. 한 판 붙어 봐도 돼?"

"당연히 안 되지."

특히 레우스가 폭주하지 않도록 막아야겠다…….

문을 통과한 후 저택으로 향하던 도중, 남매와 리스는 저택의 안뜰을 흥미롭다는 듯이 쳐다보았다.

"아름다운 정원이네. 정원사의 실력이 뛰어난 것 같아."

"이렇게 넓은 안뜰을 보니 마음껏 뛰어다니고 싶네!"

"시리우스 님, 저기 좀 보세요. 로드벨 님의 동상이 있어요."

"응. 꽤 멋진 동상이네."

정원 중심에는 장인이 만든 듯한 로드벨의 동상이 있었으며, 매직 마스터라는 호칭에 걸맞은 그의 모습을 멋지게 재현하고 있었다.

뭐…… 케이크를 가져다주면 마그나 선생님과 어린애처럼 한 입이라도 더 먹겠다며 싸워대는 모습을 본 나로서는 기분이 미묘하지만 말이다.

이대로 계속 나아가서 저택의 코앞에 도착했을 즈음, 현관의 문이 열리면서 마크가 모습을 드러냈다.

"아, 왔구나."

"마크 님. 오늘 초대해주셔서 정말 감사합니다."

그의 등 뒤에 나이가 지긋한 고용인들이 있었기에 존댓말로 인사를 건넸지만, 마크는 그 말을 듣더니 쓴웃음을 지으면서 고개를 저었다.

"우리 집에서는 신분 같은 걸 개의치 않아도 되니까 평소처럼 대해줘."

"……알았어. 마크의 뜻에 따를게."

"후후, 너의 그런 태도가 정말 마음에 들어. 연습 전에 우선 안에 들어가서 홍차라도 한 잔 하겠어?"

"아, 좋아. 그리고 이건 선물이야. 차갑게 식힌 후에 가족과 같이 먹어."

초대를 받았다고 해도 예의상 빈손으로 올 수 없기에 푸딩을 만들어왔다.

하지만 등 뒤에 있는 고용인이 미심쩍어 했기에, 하나만 꺼내서 레우스와 리스에게 먹게 했다. 그러자 그들은 경계심을 약간 누그러뜨렸다.

"네가 만든 과자구나……. 기대되는걸. 자아, 다들 사양하지 말고 들어와."

"""실례하겠습니다.""""

"응. 호르티아 가에 잘 왔어."

미소를 머금은 마크가 우리를 호르티아 가의 저택 안으로 안내했다.

고용인들에게 인사를 받으면서 향한 홀에는 호화로운 장식품으로 꾸며져 있을 뿐만 아니라, 청소도 깔끔하게 되어 있었다. 그 외에도 각종 무기가 전시되어 있었기에, 허락을 받고 가까이 가서 살펴보니 손질이 잘 되어 있었다. 만약 우리가 마크에게 해를 끼치려고 한다면, 주위에 있는 고용인이 이 무기를 들고 우리를 공격할 것이다.

귀족에게 초대를 받는다는 익숙하지 않은 상황에 긴장하며 홀을 통과한 우리는 2층에 있는 테라스로 향했다.

다과회 준비가 되어 있는 테이블 앞에 앉자, 주위에 있던 고용인들이 깍듯한 동작으로 홍차를 따라줬다. 에밀리아는 고용인들의 숙련된 움직임을 날카로운 눈빛으로 관찰하고 있었다.

"……에리나 씨와는 좀 다르군요. 공부가 됐어요."

장인 같은 눈빛을 띤 그녀는 신경 쓰지 않기로 마음먹은 후, 나는 맞은편에 앉아있는 마크를 향해 다시 고개를 숙였다.

"오늘 초대해줘서 고마워."

"하하하. 내가 와달라고 한 거잖아. 너무 딱딱하게 굴지 말고 편하게 있어."

마크가 미소를 지으며 손뼉을 치자, 우리 앞에 과자가 놓였다. 우리가 이곳에 온 이유는 마법 훈련을 하기 위해서지만, 딱히 서두를 필요는 없기에 잠시 동안 느긋하게 대화를 나누고 있었지만…….

"이 홍차⋯⋯. 약간 잡내가 나는 군요. 하지만 이 향기는⋯⋯."

"역시 귀족이 먹는 과자는 맛있네. 하나 더 줘!"

"저도 부탁해요."

내 제자들은 편하게 있는 정도가 아니라, 아예 평소와 다름이 없었다.

날카로운 눈빛으로 홍차의 맛을 평가하는 에밀리아와 과자를 더 달라고 하는 레우스와 리스를 보며 쓴웃음을 짓고 있을 때, 마크도 나와 같은 표정을 짓고 있었다.

제자들의 행동에 어이없어 하는 게 아니라, 다른 일로 고민을 하고 있는 것 같았다.

"⋯⋯시리우스 군. 실은 훈련을 시작하기 전에 만나줬으면 하는 사람이 있어."

"혹시 그게 네 진짜 목적이었던 거야?"

"그렇지 않아. 네가 만나줬으면 하는 이는 내 형님이야. 너희를 초대했다고 가족에게 설명했더니, 한 번 만나보고 싶다고 하셨지. 딱히 권유 같은 걸 하려는 건 아니니까 안심해도 돼."

"그럼 좋아."

내가 고개를 끄덕이자 마크는 손뼉을 쳤다. 그러자 근처에 있던 고용인이 조용히 고개를 끄덕인 후 밖으로 나갔다.

잠시 후 마크가 말하는 인물이 나타났는데⋯⋯.

"하하하! 호오, 너희가 내 동생의 친구구나!"

우아함과는 거리가 먼, 야성미 넘치는 스무 살 정도의 거한이

웃음을 터뜨리면서 나타났다.

귀족이 입을 듯한 화려한 옷을 입기는 했지만, 철저하게 단련한 근육이 옷 너머로 드러나고 있었다. 몸에 힘을 주면 옷의 단추가 떨어져나갈 것 같았다.

"소개할게. 이 사람이 내 형님이신 막시밀리안이야."

"막시밀리안이다. 잘 부탁해. 으음…… 너는 이름이 뭐지?"

"시리우스예요. 저야말로 잘 부탁드립니다."

상대방이 손을 내밀었기에 악수를 나눴다. 막시밀리안은 나보다 연상에 몸집도 컸기 때문에 악수를 한다기보다 상대가 내 손을 감싸 잡은 것만 같았다.

그리고 이 남자는 절묘하게 악력을 조절해서 내 실력을 파악하려 했다. 숨길 생각이 없었기에 손에 힘을 주자, 막시밀리안은 미소를 지으면서 더욱 세게 손을 움켜쥐었다.

"호오…… 꽤나 단련된 손인걸. 나중에 나와 싸워보지 않겠어?"

"형님. 시리우스 군은 저와 함께 마법을 훈련할 예정이에요."

"그래? 그럼 어쩔 수 없지. 여유가 생기면 나중에 나와 한 번 싸우자고!"

무례한 표현이기는 하지만, 뇌가 근육으로 됐다는 말이 딱 들어맞는 사람이었다.

그리고 내 어깨를 두드리며 떨어진 막시밀리안은 에밀리아와 리스와 악수를 한 후, 마지막으로 레우스와 악수를 했는데…… 그때 움직임을 멈췄다.

"……호오?"

"으…… 크윽…… 질까 보냐……."

나는 어느 정도 선에서 멈췄지만, 이 두 사람은 진심으로 힘 대결을 하고 있는 것 같았다.

하지만 아까 악수를 하면서 재본 실력으로 볼 때, 힘은 막시밀리안이 더 뛰어날 것이다. 레우스도 단련을 하기는 했지만 역시 아직 어리기에 어른을 당해내는 것은 힘들었다.

참고로 옷의 단추는 옛날 옛적에 떨어져 나갔다.

"흐음…… 꽤 소질이 있는 걸. 어이, 마크. 이 소년과도 같이 훈련을 할 거야?"

"형님. 레우스 군은 시리우스 군의 시종이니까, 제가 아니라 그에게 물어보세요."

"그래? 어이, 시리우스. 이 녀석과 대련을 하고 싶어서 그러는데, 좀 빌려가도 될까?"

"형님, 나는 아무래도 상관없어!"

레우스의 눈은 하고 싶다고 외쳐대는 것처럼 진지하기 그지없었다.

설마 레우스가 도전을 하는 게 아니라 도전을 받게 될 줄이야. 조금 불안하기는 하지만 언동으로 볼 때 사소한 점은 신경 쓰지 않는 사람 같으니 나는 쓴웃음을 지으며 고개를 끄덕였다.

"레우스는 언동이 좀 무례한 편인데, 그 점을 고려해주신다면……."

"나는 그런 걸 신경 쓰지 않는다고. 좋아! 그럼 소년, 나와 한번 붙어보자!"

"좋아! 형님, 갔다 올게! 그리고 나는 소년이 아니라 레우스라고!"

"하하하, 나한테 인정받는다면 이름을 외워주지!"

……마치 태풍 같은 사람이었다.

겨우 몇 분 만에 의기투합한 두 사람을 지켜보며 나와 마크는 조용히 한숨을 내쉬었다.

"결국 저 사람은 뭘 하러 왔던 거야?"

"미안해. 내 형님은 보다시피 강자만 보면 환장을 하거든. 시리우스 군들이 상당한 실력자라고 내가 말해준 바람에 자신의 눈으로 확인하고 싶어졌던 것 같아. 끌려간 레우스 군이 다치지 않으면 좋겠는데……."

"그 녀석은 하루가 멀다 하고 다치니까 괜찮아. 그리고 다양한 상대와 싸워보는 것도 좋은 경험이 될 거야."

"그렇게 말해줘서 고마워. 그럼 슬슬 가자."

내가 원래 목적인 마법 훈련을 하기 위해 자리에서 일어나자, 에밀리아가 그런 내 앞으로 와서 정중히 고개를 숙였다.

"시리우스 님. 송구하지만 부탁을 하나 드리고 싶습니다."

"별일이 다 있네. 부담 가지지 말고 말해봐."

"고맙습니다. 실은 이곳에서 일하시는 고용인 분들과 이야기를 좀 나누고 싶습니다만……."

에밀리아의 시종 지식은 어머니에게서 배운 게 전부다. 그러니 호르티아 가문에서 일하는 현역 시종들에게 이런저런 것들을 배우고 싶은 것이리라.

"열성적으로 가르침을 받으려 하는 건 좋은 일이지. 마크, 저기……."

"아, 나도 에밀리아 양의 그런 면은 멋지다고 생각해. 미안하지만 부탁할게."

"예. 알겠습니다."

하지만 그냥 방치해둘 수도 없기에, 마크의 뒤편에 서있던 나이 지긋한 집사가 에밀리아와 함께 하기로 했다.

그는 꽤 높은 지위의 고용인인 듯 하니, 신뢰해도 될 것 같았다.

"시리우스 씨. 저도 에밀리아와 함께 갈게요. 왠지 좀 신경이 쓰이거든요."

"……부탁할게."

시종으로서의 피가 끓는 듯한 에밀리아는 이 저택에 들어온 후로 계속 눈을 반짝이고 있었다. 이러다 폭주를 할지도 모르니 리스가 함께 해준다면 걱정이 덜 될 것 같았다.

요즘 들어 남매의 폭주 방지책 역할을 하게 된 리스에게 고마워한 후, 나와 마크는 호르티아 가문의 훈련장으로 향했다.

그리고 훈련장에서 마크와 함께 마법 훈련을 했고, 해가 질 즈음에는 어느 정도 요령을 전수하는 데 성공했다.

"하아…… 하아…… 해냈어. 드디어 해냈다고!"

지금까지 하나만 만들 수 있었던 '플레임 랜스'를 동시에 두 개를 만들어낸 마크는 양손을 치켜들며 기쁨에 젖었다. 아직 원하는 대로 날리지는 못하는 것 같지만, 여러 개를 만들어낼 수 있게 됐으니 머지않아 그것도 가능해지리라.

"축하해, 마크. 방금처럼 자신의 한계를 정하지 않으며, 이미지를 뜻대로 할 수 있게 된다면 마법의 폭이 더욱 넓어질 거야."

"응. 말로 표현은 할 수 없지만 이해는 했어. 그건 그렇고…… 성장했다는 걸 실감한 건 정말 오래간만이야. 진짜 기쁘네."

그리고 기쁨의 여운에 젖은 마크와 함께 저택으로 돌아온 나는 고개를 무심코 고개를 갸웃거리게 되는 광경을 목격했다.

"레우스, 즐거웠어! 또 싸우자고!"

"응! 다음에는 안 질 거야, 막시밀리안 씨!"

닮은꼴 두 사람이 저러는 것은 이해가 된다. 직접 싸워보고 서로를 인정한 것이리라.

레우스가 몸 곳곳에 부상을 입기는 했지만, 두 사람은 어깨동무를 한 채 즐겁게 웃고 있으니 그냥 두기로 했다.

"후후……. 잘해보렴, 에밀리아. 당신의 무기를 완벽하게 다루게 된다면 한방에 끝낼 수 있을 거야."

"지도해주셔서 감사해요!"

그리고 에밀리아는 호르티아 가문의 고용인들에게 많은 것을 배운 것 같지만, 그 상대가 전부 여성인데다 하나같이 요염하다는 점이 신경 쓰였다.

고용인이라기보다 불륜 상대 같다고나 할까…… 잠자리 시중을 전문으로 하는 여성 같아 보였다. 게다가 에밀리아는 이곳에 올 때와 달리 한 손에 조그마한 봉투를 들고 있었다. 너는 대체 여기서 뭘 배운 거야?

355

"리스. 다음에는 내 요리를 배부르게 먹여줄게."

"예, 잘 먹었습니다!"

가장 수수께끼인 사람은 리스였다.

에밀리아와 같이 행동할 줄 알았더니, 왜 요리장으로 보이는 사람과 친근하게 대화를 나누고 있는 걸까?

"이분 말인가요? 이 저택의 요리장이신데, 에밀리아와 함께 조리실에 갔다 만났어요."

설명을 요구하자, 저택을 안내받다 들른 조리실에서 어쩌다 보니 음식을 시식하게 되었다고 한다. 그리고 요리장은 리스가 음식을 먹는 모습이 마음에 들었는지 각종 요리를 대접해줬다고 한다.

그것은 우리와 합류하기 직전까지 계속 된 것 같았다. 즉, 리스는 방금까지 계속 음식을 먹어댄 건가…….

"마크가 저녁을 대접해주겠다는데…… 먹을 수 있겠어?"

"기대되네!"

"아…… 응."

만면에 미소를 지은 걸 보면 문제없는 것 같았다.

참고로 리스는 근육과 지방이 적당히 붙은 평균적인 체형을 지녔다. 대체 몇 시간 동안 먹어댄 음식은 저 몸의 어디에 다 들어간 것일까?

리스를 제자로 맞이하고 느낀 가장 큰 수수께끼다.

"하하하. 아무래도 다들 친분을 쌓은 것 같네."

너무 친해진 것 같다고 판죽을 날리고 싶지만, 다들 즐거워 보이니 괜히 한 마디 하는 것도 좀 그럴 것 같았다.

결국 나는 아무 말도 하지 않았다.

호화로운 저녁 식사를 먹은 후, 호르티아 가의 저택을 나선 우리는 다이아장으로 돌아갔다.

딱히 할일이 없어도 남매와 리스는 기숙사 소등 시간이 임박할 때까지 다이아장에서 지낼 때가 많았다. 그리고 오늘은 내가 마크와 훈련을 하는 동안 있었던 일을 이야기해줬다.

"할아버지만큼은 아니지만 막시밀리안 씨의 검도 엄청 묵직했어! 그리고 형님과 한 번 싸워보고 싶대."

"뭐, 기회가 된다면 싸워보면 되겠지. 그런데 리스는…… 계속 음식을 먹었던 거지?"

"아, 아하하………… 예."

호르티아 가에 있던 동안 행복에 젖어있던 리스는 다이아장에 돌아오고 마음이 진정된 것 같았다. 자신의 행동이 부끄러워졌는지 말끝을 흐렸다.

"그런데…… 에밀리아는 그 사람들에게 뭘 배운 거야?"

"아, 예! 정말 유익한 걸 많이 배웠어요!"

평범한 남자라면 한 눈에 반하고 말 정도로 멋진 미소를 에밀리아가 짓자, 나는 불길한 느낌을 받았다.

그리고 에밀리아가 호르티아 가에서 가지고 온 봉투를 내가 쳐다보자, 그녀는 딱히 숨길 생각이 없다는 것처럼 안에 들어있는 것들을 보여줬다.

"후후후. 이게 제 비장의 카드예요! 그리고 리스 몫도 받아왔죠."

"검은색 천? 누나, 그게 뭐야?"

"손수건……치고는 천이 얇네. 그리고 구멍이…… 앗?!"

리스는 에밀리아에게 받은 검은색 천을 펼쳐보았다. 그것은…… 검은색 속옷이었다.

리스가 얼굴을 새빨갛게 붉힌 가운데, 에밀리아는 승리를 확신한 듯한 미소를 나에게 지었다.

"저한테는 아직 약간 크지만, 조금만 손질하면 입을 수 있어요! 그 사람의 말에 따르면, 이걸 입고 침대에 숨어들면, 그 어떤 남자도 한방에 간다고 해요!"

"몰수!"

"아앗?!"

에밀리아에게 이런 건 아직 일러!

나는 아버지 같은 심정으로 속옷을 몰수하자, 에밀리아는 금방이라도 울음을 터뜨릴 것 같은 표정을 지으며 속옷을 되찾으려 했다. 하지만 내가 머리를 쓰다듬어주자 그녀는 움직임을 멈췄다.

"우후후…… 앗?! 아, 아니에요! 돌려주세요…… 우후후……."

"좀 더 크고 나면 줄게. ……알았지? 몇 년 만 지나면 에밀리아도 이게 잘 어울리는 멋진 어른이 될 거야. 그때 입는 거야. 응?"

"예……. 크면 입을게요……."

남이 보면 여자한테서 속옷을 빼앗은 변태 같아 보이겠지만,

이건 어디까지나 에밀리아를 생각해서 한 일이다.

그러니 부끄러워할 필요는 눈곱만큼도 없다.

이렇게 호르티아 가문 방문은 끝⋯⋯이 나지 않았다.

다음 날⋯⋯.

"안녕하세요, 시리우스 군."

"⋯⋯안녕하세요, 빌 선생님. 꼭두새벽부터 무슨 일이죠?"

학교에 등교한 내가 교실에 들어가기도 전에 빌 선생님이 나타났다.

무슨 일이 있는 건가 싶어서 긴장하고 있을 때⋯⋯.

"아, 슬슬 케이크가 먹고 싶어서⋯⋯ 이렇게 찾아오고 말았습니다."

애냐!

"⋯⋯내일 만들어올 테니까 오늘은 돌아가주세요."

"약속한 거예요!"

진지한 표정으로 그렇게 말한 후 돌아가는 빌 선생님을 딱딱하게 굳은 표정으로 배웅하고 있을 때, 등 뒤에서 이야기를 듣고 있던 제자들이 납득한 것처럼 고개를 끄덕였다.

"시리우스 님의 케이크는 정말 맛있으니 저러는 것도 무리는 아니죠."

"나도 먹고 싶어, 형님!"

"저, 저도 먹고 싶어요⋯⋯."

겨우 케이크⋯⋯ 하고 생각하는 내가 이상한 걸까?

한숨을 내쉬면서 교실에 들어간 내가 클래스메이트와 인사를 나누며 자리에 앉자, 지각한 것도 아닌데 헐레벌떡 교실에 뛰어들어온 마크가 나를 찾아왔다.

"시리우스 군! 갑작스럽게 이런 소리를 해서 미안한데, 실은 부탁하고 싶은 게 있어!"

"아, 응. 우선 설명부터 좀 해주면 안 될까?"

"그, 그래. 실은 어제 밤에 있었던 일인데……."

어젯밤…… 우리가 돌아간 후, 내가 선물 삼아 만들어간 푸딩을 마크의 가족들이 먹었다고 한다.

독이 들어갔을 가능성도 있는데 그걸 먹다니, 그것만으로도 신뢰할 만한 사람들이라는 생각이 들었고, 또한 기뻤다.

하지만 문제는 그 다음에 발생한 것 같았다.

푸딩은 가족들이 사이좋게 먹은 것 같지만…….

"실은 마지막에 그게 딱 하나 남았는데, 빨리 먹는 사람이 임자라면서 여동생이 먹는 바람에 형님의 눈이 뒤집히고 말았어! 그러니 오늘 방과 후에라도 우리 집에 와서 그걸 만들어주면 안 될까?"

……정말 사방에 애들 천지군.

후기

이 작품을 읽어주신 독자 여러분. 오래간만입니다. 네코입니다.

응원해주신 여러분 덕분에 드디어 2권을 낼 수 있었습니다.

멋진 일러스트와 신 캐릭터인 리스를 귀엽게 그려주신 Nardack 님.

그리고 이 작품의 출판에 관여해주신 분들에게 진심으로 감사 드립니다.

작가인 네코는 환희에 떨고 있습니다만, 시리우스 일행의 이 야기는 이제 막 시작되었습니다. 이대로 3권, 4권도 계속 낼 수 있도록 최선을 다하겠습니다.

자아…… 이제 쓸 게 없군요.

지난 권은 후기가 한 페이지였습니다만, 이번에는 여러 페이 지를 써야 하기에…… 작품에서 쓰지 못한 소재에 대해 써볼까 합니다.

약간 스포일러적인 이야기가 들어갈 수도 있으니 본편을 읽은 후에 읽어주셨으면 합니다.

본편에서 쓰지 못한 소재…… 1.

시리우스는 은랑족 남매와 만나기 전에 엘프인 피아, 강검 라 이오르와 만났습니다. 하지만 본 작품의 구상 단계에서는 어떤 귀족 청년과도 만납니다.

라이오르와 만난 후의 이야기이며, 시리우스는 아드로드 대륙을 탐색하다 커다란 마을을 발견합니다.

　그리고 근처 숲에서 착륙한 후, 그 마을로 향하다 여러 남자에게 쫓기는 한 청년을 발견합니다. 그리고 그들은 목격자를 없애겠다는 명분으로 시리우스를 죽이려 합니다.

　하지만 시리우스는 그들을 간단히 격퇴했고, 그의 실력을 목격한 청년은 사정을 설명한 후 시리우스에게 호위를 부탁합니다.

　시리우스는 가족이 걱정하기 때문에 돌아가 봐야 한다면서 거절하지만, 청년의 끈질긴 부탁에 결국 조금만 도와주기로 합니다.

　청년은 근처 마을에 사는 귀족 중 한 명이며, 상속 문제로 친동생이 그의 목숨을 노리고 있습니다. 그리고 여러모로 조사해 보니, 청년의 동생은 귀족 가문을 섬기는 시종에게 조종당하고 있다는 사실이 판명되죠. 그래서 시리우스는 비밀리에 그들을 처리합니다.

　지금은 기억이 잘 나지 않지만, 아마 여기서 전직 에이전트의 능력을 보여줄 예정이었을 겁니다. 저격을 한다든가, 사고사로 위장한다든가…… 아, 거기까지는 생각하지 않았던 것 같네요.

　그 후, 청년과 헤어진 시리우스는 다 큰 후에 그와 다시 재회하면서 새로운 이야기를…… 같은 느낌이었습니다.

　이 이야기를 본편에서 쓰지 못한 것은…… 메모를 해두지 않아서 깜빡했다가, 시리우스가 입학하는 시점까지 글을 쓴 후에 생각났기 때문입니다.

뭐, 깜빡하지 않았더라도 페이지 수의 문제로 삭제했을지도 모르지만요.

본편에서 쓰지 못한 소재⋯⋯ 2.

사실 구상단계에서는 리스가 제자가 되는 과정에서 겪는 에피소드가 하나 더 있습니다.

에밀리아의 친구로서 소개를 받고 친해지는 것은 같지만, 시리우스와 그녀가 친해지는 이벤트가 하나 더 있었죠.

학교에 입학하고 며칠 후, 모든 신입생이 함께 근처 숲에 가서 실전 경험을 쌓기 위한 마물 퇴치 및 야영을 체험하는 1박2일 레크리에이션 같은 행사가 열립니다.

이때, 리스를 소개받고, 시리우스가 만든 요리를 맛보려고 학생들이 몰려들며, 귀족이 야영하기 싫다고 불평을 하는 등, 자잘한 문제를 일으키며 하루가 지나가죠.

하지만 집에 돌아가는 길에 리스는 우연히 멍청한 귀족에게 원한을 사게 됩니다. 그리고 그 귀족을 리스를 높은 절벽에서 밀친 후, 사고로 위장하죠.

시리우스는 주저 없이 절벽에서 몸을 날려 리스를 구출한 후, '스트링'을 이용해 낙하속도를 줄이며 절벽 아래의 숲에 착지합니다.

그곳은 흉포한 마물이 배회하는 위험한 숲이며, 시리우스는 정신적 충격 때문에 다리가 풀린 리스를 업은 채 '서치'로 주위를 조사하며 합류 지점으로 향합니다.

　도중에 비가 내리자, 우연히 발견한 동굴에서 옷을 말린다……
같은 이벤트도 생각해뒀죠.

　그리고 숲을 빠져나오기 전에 거대한 마물과 마주치지만, 시
리우스는 리스를 지키기 위해 전력을 다해 쓰러뜨립니다.

　시리우스의 엄청난 실력을 본 리스는 무속성도 이렇게 강해질
수 있다는 걸 압니다. 그리고 강해지고 싶다는 열망을 품고 있
던 그녀는 시리우스의 제자가 되죠.

　……같은 내용을 생각하고 있었습니다.

　하지만 리스의 입장과 앞으로의 전개를 생각해 빼고 말았죠.

　이번에는 분량 문제로 넣지 못했지만, 다음에는 1권 앞부분에
나왔던 전력을 다하는 시리우스, 그리고 리스의 정체에 대한 부
분까지 다뤄볼까 합니다.

　그럼 여러분. 다음 권이 나온다면 또 뵙겠습니다.

World Teacher 2
©2016 by Koichi Neko
First published in Japan in 2016 by OVERLAP, Inc.
Korean translation rights reserved by Somy Media, Inc.
Under the license from OVERLAP, Inc., Tokyo JAPAN

월드 티처 이세계식 교육 에이전트 **2**

2016년 12월 1일 1판 1쇄 발행
2017년 10월 30일 1판 4쇄 발행

저   자 네코 코이치
일 러 스 트 Nardack
옮 긴 이 이승원
발 행 인 유재옥
담당편집자 김민지
편   집 김다솜 김민지 정영길 박찬솔 권오범 조찬희 박은정 이문영
라이츠담당 오유진
디 지 털 홍승범 박지혜
발 행 처 ㈜소미미디어
인쇄제작처 코리아피엔피
등   록 제2015-000008호
주   소 서울시 마포구 토정로222, 403호 (신수동, 한국출판콘텐츠센터)
판   매 ㈜소미미디어
마 케 팅 한민지
전   화 편집부 (070)4164-3962, 3963 기획실 (02)567-3388
              판매 및 마케팅 (070)4165-6888, Fax (02)322-7665

ISBN 979-11-5710-537-3 04830
ISBN 979-11-5710-455-0 (세트)